樋口一葉　豊饒なる世界へ

山本欣司　著

和泉書院

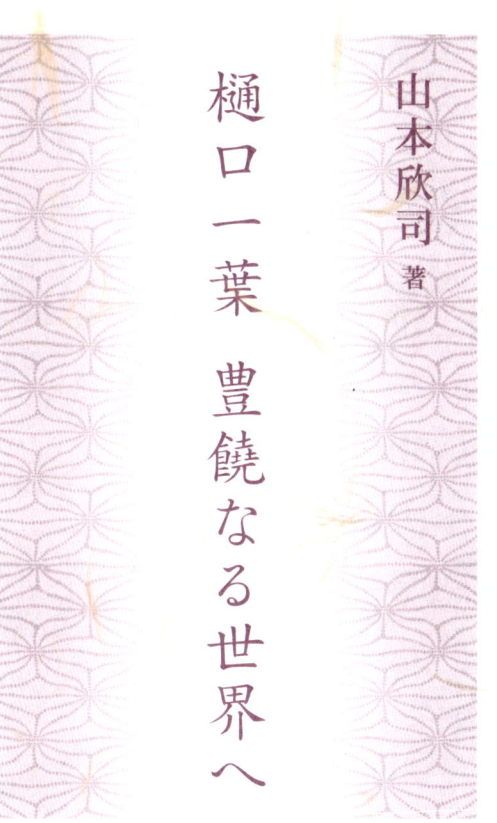

目　次

目　次

第一章　「正直は我身の守り」
――「大つごもり」を読む――

一　問題の所在

お峯が罪を犯すのは不可避であった。「大つごもり」のドラマは、その一点に向かって直線的に突き進んでいくのである。御新造の設定も、養家の窮状も、石之助が帰ってきたことも、すべてがお峯を追い詰めていくための仕掛けとして巧妙に計算され、配置されている。（下）において、御新造がお峯の無心を断るところなど、読者の期待を裏切らないという意味では、まさに必然的な展開である。

　そういう意味で、「大つごもり」を構造の面から考えた場合、前田愛氏の「金銭をめぐる抑圧と解放のドラマ」という把握は(1)、強い説得力があり、研究史において定説化しているのも当然といえるのかもしれない(2)。安兵衛一家の貧窮ぶりを眼のあたりにし、二円の調達をうべなったお峯が、御新造の「機嫌かい」により追い詰められ、ついに盗みを働くという展開には確かなリアリティーが込められている。また、お峯の救済者たる石之助にしても、そこに至る行動は一貫し、納得のいくものである。「放蕩《のら》」になった原因も明確であり、「持つまじきは放蕩を仕立る継母ぞかし」の一節も効いている。以上のような理解に立つかぎり、「大つごもり」は明快なシステムにもとづいた、わかりやすい小説と考えられよう。

　ただし、そうはいうものの問題がないわけではない。私がここで取り上げたいのは末尾近く、「かけ硯を此処へと奥の間より呼ばれ」たお峯が、心の中で次のように述べているところである。

最早此時わが命は無き物、大旦那が御目通りにて始めよりの事を申、御新造が無情そのまゝに言ふてのけ、術もなし法もなし正直は我身の守り、逃げもせず隠られもせず、欲かしらねど盗みましたと白状はしましよ、伯父様同腹《ひとつ》で無きだけを何処までも陳べて、聞かれずば甲斐なし其場で舌かみ切つて死んだなら、命にかへて嘘とは思しめすまじ（下）（傍線引用者、以下同様）

「大つごもり」を「主家への忠誠と自責の念をさいごまで疑おうとしないお峰の視点を中心に書かれた物語」と考える前田氏は、この部分について「お峰自身も意識していない『御新造』への復讐を読みとることができるだろう」と述べている。しかしそれは、無意識裡の行動などでは決してない。お峯は、我身の「正直」をよりどころとして、すべてを「言ふてのけ」ようと決心した。明らかに御新造に楯突き、刃向かおうとしているのである。(3) お峯の言葉から、それまで彼女を苛み続けていた罪意識やおびえが姿を消していることを見逃してはならない。

「欲かしらねど盗みましたと白状はしましよ」という言葉には、明らかに開き直りのニュアンスが込められている。〝正直に白状しよう〟というような、謙虚でしおらしい気持ちのあらわれとみることはできないと考えられるのである。そのような単純な理解を阻む余剰を、この表現は抱え込んでいる。詰問の場で、〝欲に目が眩み盗んだのだ〟という、おそらくは御新造の口を衝いて出てくるであろう糾弾の言葉を一顧だにせず、「欲かしらねど」と言い放つお峯の言葉とそれに見合った態度は、御新造からすればいけ図々しいとしか言いようがなく、激しい怒りを招くことは避けられない。また、「正直は我身の守り」という言葉には、そのように開き直り、「御新造が無情そのまゝに言ふてのけ」る自分の言葉の正しさを、我身の「正直」が裏打ちしてくれるのではないか。言い換えるなら、自分がこれまであれほどまでに「正直」であったことが証左となり、盗みの根本的な原因が、なによりも「御新造が無情」にあるということを大旦那が認めてくれるのではないかとの、かすかな期待が込められているのである（お峯が「我身の守り」とする「正直」については、次節で詳しく述べたい）。

主人の金に手を付け、「犯したる罪の恐ろしさ」におののいていたお峯は、ここで態度を一変させ、これまでとは異質の行動を選び取ろうとしたのである。おそらく、「奥の間へ行く心は屠処の羊なり」とあるものの、「度胸すわ」ったお峯は盗みが露見したなら、御新造が無心を「最初いひ出し時にやゝやながら結局は宜しと」請け合ったにもかかわらず、今日になって「無情」にもそれを否定したこと。しかもそれが「此人の十八番」であることなど、「恨めし」さや「口惜しさ」を洗いざらい大旦那の前でぶちまけたであろう。さらに、「物がたき伯父様にまで濡れ衣を着せ」るようなことになれば、彼の無実を証明するためにも、ためらわずに「舌かみ切つ」たのではないだろうか。それほどの激しさ・覚悟がお峯の言葉には込められている。従来の「大つごもり」論が彼女の変貌を看過してきたのは不可解としかいいようがない。

ノイズに満ちた、テクストに内在するさまざまな要素をすべてカバーし、説明できるような形で構造を把握するということは、たしかに困難であるに違いない。だが、先にあげた前田愛氏のような把握に立つかぎり、お峯がとろうとしていた行動の意味は見すごされてしまうであろう。事実、前田氏による岩波文庫『大つごもり・十三夜』（一九七九・二）解説の「大つごもり」の要約からは、この点が完全に抜け落ちている。(4) あるいは、意図的に無視されるかもしれない。なぜなら、石之助による救済は、戸松泉氏の指摘にもあるように、(5) 明らかに作者の中で用意されていたことであろうから、お峯がただやみくもに脅えていたほうが、救いのカタルシスは大きいと考えられるからである。本来、ヒーローというものは、万策尽きた哀れな子羊が悪人の手に落ちようとする、絶体絶命のその瞬間に登場するものである。「抑圧」から「解放」へというラインがストーリーの核であるなら、お峯を抵抗させる必要はない。

後に述べるように、お峯が御新造に抵抗しようとしたことは、この小説において重要な意味を持っている。したがって、前田愛氏の論考にたいへん多くのことを学びつつも、私としては、「正直」者で「常〻をとなしき身」のお峯が追い詰められ、盗みを働き、最終的に御新造に楯突こうとするに至る、内面的・精神的変化のプロセスを「大つごもり」の骨格（メインプロット）と考え、以下の考察を進めていきたいと思う。

＊

ところで、「大つごもり」には三つの「正直」が登場する。一つは、「正直安兵衛とて神は此頭に宿り給ふべき」というように、お峯の伯父、安兵衛の呼び名として。二つ目は、「此山村は代〻堅気一方に正直律義を真向にして、悪い風説を立てられた事も無き筈を」と、山村家の大旦那が総領息子の石之助に向かって戒めを説く場面において。もう一つは、先に引用したお峯が心の中でつぶやく台詞、「正直は我身の守り」においてである。

これまでの研究において、小説に登場するこれら三つの「正直」のうち、大旦那の説く「正直」が、お峯が我身に言い聞かせるときのそれや、安兵衛の仇名のそれとは、微妙にくいちがっていることが前田愛氏によって指摘されている。この点に関して異存はない。たしかに、「山村家の蓄積の論理」にとって、「正直律義」は「タテマエ」にすぎないであろう。

ただし、ここで注意しなければならないのは、後に詳しく述べるように、安兵衛の「正直」とお峯がこれまで実践してきた「正直」が等しいものであるにしても、それを口にしたお峯がすでに、盗みという決定的な罪を犯してしまった後だという点である。盗みを働き、罪を自覚するお峯。「拝みまする神さま仏さま、私は悪人になりまする、成りたうは無けれど成らねば成りませぬ、罰《ばち》をお当てなさらば私一人、遣ふても伯父や伯母は知らぬ事なればお免しなさりませ、勿体なけれど此金ぬすませて下され」というように、彼女は明確に「悪人にな」るという決意をもって、懸け硯の二円の金を盗んだのである。

盗みという行為は、それまでの「正直」なお峯とは相容れないものである。「正直」であるなら決して踏み越えてはならない一線を、彼女はやむを得ず越えてしまったのである。「正直安兵衛」や以前のお峯ならいざしらず、「我が罪は覚悟の上」と言い切るお峯は、そのような行為の後で、どうして「正直は我身の守り」とつぶやくことができたのであろうか。これは一種のパラドックスであり、本来断絶があってしかるべきではないか。

しかし、「正直は我身の守り」という言葉を、作者が不用意に犯したミスや意味のないものと考えないかぎり、お峯の内面では論理的に矛盾していないのだと解釈せざるを得ない。「家長としての『大旦那』の権威と明察に一縷の望みをつな」ぎ（前田愛）、「正直」を「我身の守り」として御新造に楯突こうとするお峯は、少なくともその時点で、我身の「正直」を確信しているのだというように。

本論は、樋口一葉「大つごもり」の末尾近くの一節、「正直は我身の守り」をめぐる考察である。罪を犯したお峯がなぜ、「正直は我身の守り」と心の中でつぶやくことができたのか。また、この言葉にはどのような意味が込められているのかを考えながら、「大つごもり」を読んでいきたい。

二　「正直」という特質

「大つごもり」を考えるにあたって注目すべきは、お峯の伯父が「正直安兵衛」として登場することである。むろんそれ以前に、第二段落冒頭で「秋より只一人の伯父が煩ひて、商売の八百や店もいつとなく閉ぢて、同じ町ながら裏屋住居に成しよしは聞けど」と、お峯の直面する問題を説明するために、安兵衛に関する情報が読者に与えられてはいる。だが、具体的に彼の人となりを明らかにするための語りは、「正直安兵衛とて神は此頭に宿り給ふべき」というように、極めて直截的な言葉によって始められているのである。安兵衛がこのような形で登場するということは、語り手が読者に対して意図的に、「正直」という彼の属性を印象づけようとしたと考えてよい。

それにしても、「正直安兵衛」とは奇妙な印象をともなった呼び名である。たとえば自分が、友人や隣人をそのように呼ぶところを想像してみればよい。それが語り手独自の判断にもとづいたものであればともかくとして、商売上の、あるいは共同体に根ざした通称（仇名）であるなら、よほど彼はこのようにあからさまな呼び名にふさわしい人物として設定されたということであろう。つまり、「正直」という彼の特質がそれほどに際立っていたのである。

それは安兵衛一人に限った問題ではない。わずか八歳にすぎない長男の三之助は、「学校は好きにも好きにも遂ひに世話をやかしたる事なく、朝めし喰べると馳《か》け出して三時の退校《ひけ》に道草のいたづらした事なく、自慢では無けれど先生さまにも褒め物の子」であったというように、非常に勤勉・まじめな少年として設定されている。また、父親が寝ついてからは、「蜆を買ひ出しては足の及ぶだけ担ぎ廻」って彼の薬代を稼ぎだし、「世間に無類の孝行」を示している。「たけくらべ」の子供達とくらべるまでもなく、ここに描かれた三之助の横顔には子供じみたところがみじんもない。[6] これは、「正直安兵衛」の血を受け継いでいるからこそであろう。そしてさらに、お峯についても、それははっきりとあてはまる。

次にあげる一節は、一葉の小説にしばしば登場する噂話という手法が用いられている。その性格上、多少の誇張も交じっていようが、山村家の内情に通じる第三者の言葉として、山村家の極端な人使いの荒さと、お峯の際立った忠勤という基本的な構図が明瞭に示されており重要である。

世間に下女つかふ人も多けれど、山村ほど下女の替る家は有るまじ、月に二人は平常の事、三日四日に帰りしもあれば一夜居て逃出しもあらん、開闢以来を尋ねたらば折る指に彼の内儀さまが袖口おもはるゝ、思へばお峯は辛棒もの、あれに酷く当たらば天罰たちどころに、此後は東京広しといへども、山村の下女に成る物はあるまじ、感心なもの、美事の心がけ（上）

「大つごもり」において、お峯の置かれた労働の苛酷さはさまざまなエピソードを通して強調されている。「機嫌かい」で、語り手からも「鬼の主《しゅう》」と評される御新造のもと、劣悪な労働環境にお峯は置かれていたのである。前田愛氏は、明治年間における女性日用百科の典型的なもののひとつである「『貴女の栞』に描き出された明治の期待される主婦像のかたわらに、『大つごもり』の『御新造』をお」き、そこに「一対の陽画《ポジ》と陰画《ネガ》を見るような反転した対応関係があらわれる」ことを鮮やかに示した。[7]「御身代は町内第一にて、その代り吝き事も二とは下らねど」というように、お峯の奉公する山村家のありようは、くっきりとした輪郭を与えられているのである。

そんなお峯の忠勤を支える論理は「何も我が心一つ」・「勤め大事に骨さへ折らば御気に入らぬ事も無き筈」というものであった。それが単なる目標や理念ではなく、具体的かつ現実的な行動規範であったことは、彼女の忠勤ぶりが雄弁に物語っている。お峯が「感心なもの、美事の心がけ」と評されるほどの働きを示すのは、このような信念にもとづいてのことなのである。御新造の人使いが荒ければ荒いほど、お峯の「辛棒」強さや「心がけ」の「見事」さは保証され、読者の心にはお峯の忠勤が強く印象づけられることになる。

＊

「正直安兵衛」にとって、「正直」であることは極めて重要なことだったのであろう。「正直」だからこそ「愛顧《ひいき》」にされ、近代資本主義形成期という激動の時代にこれまでは「曲りなりにも親子三人の口をぬらして、三之助とて八歳になるを五厘学校に通はするほどの義務《つとめ》」を果たすことができたのである。彼の内面においては、「正直」が生活を保障し、その生活が「正直」であることをさらに強化するという無限循環の図式が成り立っていたと思われる。

安兵衛に関する情報は極めて少なく、「正直安兵衛」という一句から以上のような人物像を規定するのは危険を伴うが、長男の三之助やお峯の設定を見る限り、安兵衛に冠せられた「正直」という徳目が大きな意味をもっていることは明らかである。養女のお峯も含めた安兵衛一家の設定において、「正直」という特質が極めて重要なファクターとなっているのである。そして、誤解を避けるために付言すれば、「正直」とはたんに嘘をつかないことのみにとどまるものではない。陰日向がなく、「心ノタダシクナホキコト」（大槻文彦『言海』明二三・五）というように、人としてのありようそのものを規定する語なのである。

現代に生きる我々にとって、〝勤勉・倹約・正直〟といった通俗道徳の諸徳目に付随するマイナスのイメージは消しがたい。一つは、真面目であることがかえって、からかいやいじめの対象になるという現代の風潮に影響されたものであろうが、なによりも、戦前の抑圧的な修身教育や「官製国民運動」において語られた「国民道徳」の裏側に、どれほど欺瞞に満ちた意図が隠されていたか、知っているからであろう。

だが、そういった、いわば手垢にまみれた通俗道徳に、新たな積極的な意義を見出したのは安丸良夫氏である（『日本の近代化と民衆思想』青木書店、一九七四・九）。安丸氏によれば、近世中後期の「商品経済の急速な展開のなかに現実化した没落の危機が、思想形成の決定的な契機」（14頁）となり、「通俗的諸徳目の実現（新たな禁欲的な生活規律の樹立：引用者注）という形態において、広汎な民衆のきびしい自己形成・自己鍛練の努力がなされ、その過程に噴出した厖大な社会的人間的エネルギーが日本近代化の原動力（生産力の人間的基礎）となった」（9頁）ということである。石田梅岩の石門心学や二宮尊徳の報徳運動、大原幽学といった「近世中期以降の民衆的諸思想の展開過程を調べてゆくと、あたらしい思想形成の努力は、例外なくこうした通俗道徳の主張に結果している」（8頁）という。「近代社会成立過程にあらわれた特有の意識形態」（28頁）として通俗道徳を位置づけた安丸氏の論考は、「民衆思想史研究の記念碑的論文」（高木俊輔氏による書評、『中央公論』90―1、一九七五・一）として高く評価されるものである。

これまでの「大つごもり」研究では、安兵衛らの「正直」について、あまり深められた議論はなされていないと思われる。[8] だが、私見によれば、そこには単なる〝人のよさ〟〝善良な安兵衛一家〟などといった常識的な枠組みではとらえきれない、もっと深い意味が込められている。彼らは主体的に他者とかかわっていくための方法として、「正直」という徳目を選び、厳しく実践したと考えられるのである。生活原理・行動原理として「正直」を実践すること、それは内面的主体性の確立というべきものである。先述のとおり、お峯の忠勤を支える論理は「何も我が心一つ」・「勤め大事に骨さへ折らば御気に入らぬ事も無き筈」というものであったが、陰日向なく「正直」に働けば、必ずや事態は好転するのだという強い信念が、この言葉に込められていたことを忘れてはならない。(9)

したがって、お峯が奉公にあたって、「何《いづ》れ奉公の秘伝は裏表」という極めて打算的な「受宿の老嫗《おば》さまが言葉」に対し、「さても恐ろしき事を言ふ人と思へど」という反応を見せたのも当然だと思われる。従来のように、これを模範的な奉公人の常識的な態度と解釈することも可能かもしれないが、しかし、それではお峯の忠勤の質量というものをあまりに過小評価することになるであろう。お峯があのような反応を示したのは、「七つの歳」から世話になってきた伯父の「正直安兵衛」の論理を、彼女が受け継いでいたからだと考える方が自然である。お峯は「正直」という生活信条を深く内面化していたのである。(10)

三　お峯の変貌

お峯の忠勤について、ここまで考えてきた。「機嫌かい」の御新造のもとで、彼女がこれまでやってこれたのは、単に「麁想をせぬ」からのみではなかった。常に自分を殺し、「勤め大事に骨」を折るお峯の「美事の心がけ」があればこそである。「正直」を核とする、彼女の柔順な性格（「常〻をとなしき身」）がそれを支えてきたのである。

ところが、お峯は極めて高い密度で追い詰められた結果、やむにやまれず主人の金に手をつけてしまう。(11) これまで真摯に「正直」であろうと努力し、まっとうな道を歩んできたお峯にとって、盗みを働くということは「悪人にな」ることと同義であった。「勤め大事に骨さへ折らば御気に入らぬ事も無き筈」とあるように、「正直」に働けば事態は必ず好転するのだとの信念にもとづき、懸命の努力を続けてきたお峯にとって、罪の犯しは「正直」からの転落＝アイデンティティの喪失を意味していたのである。だからこそ、「我れか、人か、先刻の仕業はと今更夢路を辿り」ながら、彼女は「犯したる罪の恐ろしさに」おののいているのである。また、「言ひ抜けんは罪深し」・「我が罪は覚悟の上」などの言葉からも明らかなように、お峯は罪を犯した以上、自分が罰を受けるのは当然だと思っていた。(12) ここまでは、「正直」者のお峯として当然の反応といえるだろう。

しかし、はじめにも述べたように、お峯は小説の末尾近くで態度を一変させた。我身の「正直」をよりどころとして、御新造に楯突こうとしたのである。

大晦日の昼下がりに、やむを得ず盗みを働くシーンから、その夜の、石之助の帰り際の一騒動とそれに続くお峯の内面描写に至るまで、彼女は一貫して罪の意識に苛まれ続けていた。ということは、石之助が出て行った後、御新造が人心地ついて大勘定を始めようとするまでのわずかな時間に、お峯は変貌を遂げたということになる。この短い空白に込められたお峯の内面のドラマはどのようなものだったのであろうか。

この問題を考えるにあたって、まず確認しておきたいのは、お峯が御新造に対して抱き続けてきた幻想についてである。

これまで、先に述べたような信念にもとづき、忠勤に励んできたお峯は、たとえそれが不確かなものであったとしても、自分と御新造との間には何らかの信頼関係が成り立っているとの幻想を抱いていたはずである。お峯の内面で、いつしか信念が期待へと変質し、これほど「勤め大事に骨」を折っている以上、自分は御新造に多少なりとも気に入られている筈だとの思いが生ずることは避けられなかったと思われるのである。いうまでもなく、気に入られるために「正直」にするというような功利主義的思考とは別の次元に彼女は位置するわけであるが、それでもやはり、このような期待から完全に自由であることは困難であろう。

むろん、お峯が御新造の本質的な冷たさに気づかぬはずはない。なんといっても、御新造の「機嫌かい」の最大の被害者はお峯だったわけである。二円の調達を請け合う際、「しばらく思案し」た後に、「見る目と家内《うち》とは違ひて何処にも金銭の埒は明きにくけれど」と、見通しの暗さをほのめかしているところを見ても、お峯がその信頼関係に一抹の危惧を感じていたことは確かである。だが、御新造にとってかけがえのない存在でありたいと願い、ひたすら努力を続けてきたお峯は、まがりなりにも自分は頼りにされているに違いないとの期待を持たずにはいられなかったのではないだろうか。一方でお峯は、そのような幻想にもささえられて、これまで苛酷な労働環境を耐えてきたのである。

しかし、当初うべなわれた二円の無心を御新造に拒否されることで、お峯の抱き続けてきた幻想は無残にもひび割れる。

ゐゝ大金でもある事か、金なら二円、しかも口づから承知して置きながら十日とたゝぬに耄ろくはなさるまじ、あれ彼の懸け硯の引出しにも、これは手つかずの分と一ト束、十か二十か悉皆とは言はず唯二枚にて伯父が喜び伯母が笑顔、三之助に雑煮のはしも取らさるゝと言はれしを思ふにも、何うでも欲しきは彼の金ぞ、恨めしきは御新造とお峯は口惜しさに物も言はれず（下）

結局、お峯はその高ぶった内面とは裏腹に、「すご〳〵と」引き下がってしまうのであるが、彼女は御新造の背信行為によって、「物も言はれ」ぬほどの「恨めし」さ、「口惜しさ」を味わったのである。

御新造の裏切りにより、これまで抱き続けてきた幻想が崩壊した時点で、お峯の内面にどのような波紋が広がったかは想像にかたくない。御新造の「無情」な対応は、彼女の忠勤が実はどれほど無力なものであるかを端的に示すものであった。「竈の前に泣き伏したるお峯」が、あれほど「正直」に働いてきたのになぜ……という思いに駆られ、おのれの信念体系そのものに懐疑のまなざしを向けたとしても、なんら不思議はないのである。おそらく、「正直」を核とした彼女の信念は、動揺をきたさざるを得なかったであろう。

そしてさらに、お峯は信念の動揺から立ち直る暇を与えられることなく追い詰められ、罪の犯しからアイデンティティ喪失の危機に直面するのである。先にあげた噂話に象徴されるように、お峯の「正直」な働きぶりは、東京一と評されるほどの実質を備えたものであった。それほどまでの実践を可能にするほどに、彼女の信念は強固なものだったのである。当然、信念体系そのものに寄せる信頼も絶大なものであったと思われる。したがって、信念体系への懐疑や「正直」からの転落は、それまでのお峯の内面的な死を意味するほどの決定的な出来事だったと考えられる。彼女の自我構造は根底から覆されそうになったに違いない。ここから、「大つごもり」がお峯の自己否定の物語として展開していくことも十分可能であったと思われる。

だが、ネガティブな発想とは一線を画したところで、お峯は力強く造形されているのである。「犯したる罪の恐ろしさに」圧倒され、「夢路を辿」っていたお峯は、絶体絶命のその瞬間に、ある根本的な発想の転換をおこない、御新造に楯突く地点まで進み出たのである。私は、お峯が現実を冷静に見つめなおす契機となり、その変貌を導いたのは「口惜しさ」――御新造に対する失望や憤りの複雑に入り交じった激しい否定感情であったと考えている。

ここで、極めて示唆的と思われるのは、安丸良夫氏の次のような言葉である。大本教の開祖出口ナオや陸奥国信達地方の慶応二年の世直し一揆を指導したといわれる菅野八郎、明治十年代後半に世直し的運動として重要な意味をもった丸山教などの実証的研究にささえられて、安丸氏はこのように述べている。

一般的にいえば、通俗道徳的自己規律の真摯な実践は、現存の支配体制の内部でのささやかな上昇を可能にして支配体制を下から支える役割をはたし、社会体制の非合理的なカラクリをみえにくくするものとしなければならない。（中略）だが、他方で、通俗道徳的自己規律が実践される実践の場において具体的に考えてみれば、それが変革的な意識へと転化しうる可能性も容易に把握できると思う。（中略）タテマエとしては権力者をうやまい服従するように教えられていたとしても、苛酷で不正で奢侈におぼれている役人や高利貸をみるごとに秘められた憤りが内心に蓄積されてゆき、みずから受容している道徳律を基準として批判的な目で支配階級をみるようになってゆく。支配階級の教える道徳をタテマエどおりうけいれ真摯な自己規律を実践しておればおるほど、その道徳律をタテにとった支配階級にたいする批判はきびしいものになる。私は、近世から明治にかけての民衆闘争を支える論理は、こうした道徳主義であったと思う。（安丸前掲書、72頁）

安丸氏の見解に導かれつつ、私なりに空白のドラマを読むならば、お峯は二つの段階をへて、最終的な変貌に至ったのではないかと考えられる。その第一は、御新造の裏切りにより味わった「口惜しさ」が、批判意識として明確化する段階である。御新造への失望や憤りは、お峯の信念に動揺を与える一方で、「批判的な目」（安丸を開かせることになったのである。

　御新造の裏切りによって、「物も言はれ」ないほどの「口惜しさ」を味わった今、盗みを働き、いさぎよく罰を受けようと思いながらもお峯は、ある複雑な思いが自分の中で芽生えてくることを禁じ得なかったと思われる。それは、端的にいうなら、これまであれほど真摯に道徳的実践をかさねてきたにもかかわらず、御新造の「機嫌」ひとつで、なにゆえそれが無化してしまわなければならないのかというようなものであった。罪を犯したこと自体は否定しようがないが、これまでお峯がひたすら「正直」に働いてきたことも事実である。それが極めて真摯な実践に裏打ちされていただけに、彼女がいったん御新造を「批判的な目」で眺めたなら、今回の出来事を一方的な自分の非として納得することは困難になる。信念の動揺とアイデンティティ喪失の危機に見舞われたお峯の内面で、御新造に対する批判意識が急激に膨れあがっていったのである。

　そして、激しく動揺する内面を抱えながらも、彼女は自己の肯定へと一気に突き進んでいった。第二の段階として、「批判的な目」を身につけたお峯は、自分の行った行為（盗み）を解釈しなおしたのである。つまり、自分の信念が間違っていたのではなく、御新造が人間としての道を踏み外しているのだ。盗みという行為自体は悪であるが、その背後によこしまな気持ちはみじんもなく、「御新造が無情」に根本的な原因があるのだ。自分はいわば、「正直」であるがゆえに、罪を犯さざるを得なかったのだ。このように、新たな意味づけをおこなったのである。「我が罪」を自覚し、いったんは「悪人」へと堕ちてしまったはずのお峯が、ふたたび「正直」を「我身の守り」として、すべてを「言ふてのけ」るということは、そのような発想の転換の後に初めて可能になる。はじめに問題提起しておいたように、罪は犯したけれども自分は「正直」であるという逆説的な意識が、この微妙な一点においてのみ成立するのである。

大つごもりの一日、決定的な危機に直面し、みずからのアイデンティティや世界観に強烈な揺さぶりをかけられたお峯は、それを契機として限界を突き抜け、さらに高いレベルへとみずからを押し上げた。安兵衛同様、これまではたんにすべてを耐えるだけの「正直」者であったお峯にとって、それは信念体系の再構築を意味するものであった。お峯は、批判の論理を獲得することによって、積極的で、より強靭な自我の覚醒を果たしたのである。[13] 強者によって一方的に蹂躙され、それを甘受することによってのみ成り立つ生というものが、いかに苦渋に満ちたものであるかを知る読者は、そこに一種のカタルシスを感じることになるであろう。

前田愛氏も述べているように、「大晦日は生の抑圧と収縮を意味する冬の季節が終りを告げる日であり、同時にまたその解放とよみがえりを約束する新春の訪れがあらかじめ用意される日である」ならば、それはまさに、お峯の変貌にこそふさわしい一日であった。「大つごもり」は「正直」を核とするお峯の内面の変貌のドラマなのである。

四　まとめにかえて

誤解を恐れずにいえば、「大つごもり」は、お峯の変貌を描き切ってはいない。そのことは認めねばなるまい。石之助の書き置きによるお峯の救済という意外な結末によって、変貌後のお峯が爆発させようとしていた「口惜しさ」という破壊的なエネルギーは封じこまれ、御新造との決定的な衝突は寸前のところで回避されたわけである。したがって、テクスト末尾近くの一節、「最早此時わが命は無き物…」に始まるお峯の言葉が、結局は「奥の間へ行く心は屠処の羊なり」という語り手の判断で閉じられる点を重視し、お峯の意識レベルにおける変貌も、所詮その程度のものにすぎず、根本的な変革に至ってはいないのではないかとの反論も当然予想されよう。先行研究において、お峯の変貌が等閑に付されてきたという事実は、わずかな表現をもとに、そこまで踏み込んだ読解が可能かどうか、見極めがたいへん困難であるということを物語っていると思われる。

しかしこの場合、一つの可能性として、石之助の書き置きがなかったなら、お峯はどのような態度を取っていたかを考えることが有効な視座となる。私は、お峯の言葉がいさぎよさに満ちているところから判断するかぎり、繰り返しになるが彼女の取るべき態度は抵抗以外にあり得ない。行為としては、石之助の書き置きによって中断したものの、お峯の心性は、「度胸すわ」った時点で完全に組み替えられたと考えるのである。

それでは、なにゆえ石之助による救済が用意されねばならなかったのか。松坂俊夫氏も述べているように[14]、救済の意図を込めた石之助の書き置きによって盗みは発覚せず、お峯は救われたわけであるが、小説としての完結性を考えた場合、これはどうしても必要不可欠な措置であったと考えられる。なぜなら、たとえお峯が批判の論理を獲得したとしても、現実の社会において、それがどれほど有効なものであるかたいへん心もとない。おそらく、「代〻堅気一方に正直律義を真向に」する山村家の大旦那は、お峯の罪を見逃しはしないと考えられるからである。なんといっても、日頃は「甘い方」の大旦那が、この夜ばかりは石之助のことで気が立っているのである。盗みが発覚した時点で、お峯が「御新造が無情そのまゝに言ふてのけ」たとしても、彼女が実際に罪に問われ、「唯二枚にてつながれもの」（未定稿B1）となる可能性は十分存在する。ここまで、お峯の内面に寄り添うかたちで読み進めてきた読者にとって、それはあまりにも残酷な結末といわざるを得ない。

お峯の変貌をぎりぎりのところまで印象づけ、返す刀であのように鮮やかな幕切れを用意する。考え抜かれたエンディングというべきであろう。いずれにしても、「大つごもり」にとって救済は必然であり、これによってさらに読者は感慨を深くするのである。

注

（1）前田愛「『大つごもり』の構造」『樋口一葉の世界』平凡社、一九七八・十二

（2）「前田さんは、それまでずっと貧しい者から収奪し『蓄積』されてきた山村家の金が、大つごもりという境界上の祝祭的な時間の中で『贈与』という形で貧民たちの正月の宴に還元されていく、『金銭をめぐる抑圧と解放』の構造を描いたものだということを言われていますが」という小森陽一氏の要約にも明らかなように（山田有策、小森陽一、藤井貞和、戸松泉「共同討議　樋口一葉の作品を読む・大つごもり」『国文学』29—13、一九八四・十）、ここに引用した前田愛氏の見解は、「金銭」というものを軸にしたものである。お峯が追い詰められ、救われるということのみを指すものではない。だが、「金銭をめぐる抑圧と解放」という言葉の射程からすれば、「金銭をめぐってお峯が…」というようにとらえ直したとしても、前田氏の意図を曲げることにはならないと私は考える。

（3）それが、「伯父様同腹で無き」ことを信じてもらうという、純粋な意図のみによるものと解釈することは不可能であろう。一方でお峯には、泣いて謝るという、それまでの彼女の行動様式に最もふさわしい選択肢が残されていたわけである。

（4）また、山田有策氏による梗概も同様である（『全集樋口一葉①　小説編一』小学館、一九七九・十一）。

（5）山田有策、小森陽一、藤井貞和、戸松泉「共同討議　樋口一葉の作品を読む・大つごもり」『国文学』29—13、一九八四・十

（6）三之助とお峯の出会いが「子供を集めたる駄菓子やの門」でなかったことは象徴的である。お峯の予想に反して、駄菓子屋の「向ひのがは」を脇目も振らず歩く三之助は薬屋の帰りであった。「薬代は三が働き」とあるように、親孝行の彼は、早朝の蜆売りで稼いだ金で父親の薬を買うのである。

（7）「山村家の『御新造』は、石之助への『赤心《まごころ》』は微塵も持ち合せず、『放蕩を仕立る継母』の典型であった。お峰のこわした手桶ひとつに、『身代これが為につぶれるかの様』に、額ぎわに青筋を立てる『性質の度量狭』き女主人であった。」（前田愛「『大つごもり』の構造」）

（8）論点はやや異なるが、「正直律義」という安兵衛一家の特質や、御新造への抗議に注目した好論として、小林裕

子「反転するモラル─『大つごもり』論」(『樋口一葉を読みなおす』学藝書林、一九九四・六)がある。ただし、安兵衛一家の特質を、なにゆえ「正直律義」という山村家のタテマエで規定するのか、疑問の残るところである。

(9)　非常に興味深いのは、お峯の「何も我が心一つ」という信念が、石田梅岩の思想の根幹をなす「万事は皆心ヨリナス」(「都鄙問答」『石田梅岩全集』上、石門心学会、一九七六・五、5頁)という極度に唯心論的な世界観とシノニムな点である。安丸氏によれば、同様の主張は黒住教の教祖・黒住宗忠など多くの民衆思想に共通するもので、「人間の無限な可能性を主張」し、「現実に民衆の主体的な活動力をひきおこし、生活実践にさまざまの可能性を拓くものだった」という(『日本の近代化と民衆思想』31頁)。

(10)　谷川恵一氏は「物語の始まる以前のお峯の像はその輪郭すらはっきりとはしない」と述べているが、受け入れがたい。また、「『大つごもり』という作品からすれば逸脱であることはいまさらいうまでもない」としながらも、「安兵衛の帯びている胡散臭さ」を主張する根拠が、私にはどうしても納得できない(「うつろな物語─一葉『大つごもり』」『言葉のゆくえ─明治二〇年代の文学─』平凡社、一九九三・一)。

(11)　密度の高さについては、前田愛氏や高田知波氏(「距離の物語─『大つごもり』への一視点」『樋口一葉論への射程』双文社出版、一九九七・十一)のすぐれた指摘がある。

(12)　いわずもがなのことであるが、お峯は〝貧・孝ゆえの盗みは許される〟などといった、いわば確信犯的な見通しをもって盗みを働いたのではない。

(13)　はじめにも強調しておいたように、最終的なお峯の言葉からは、罪意識やおびえが姿を消している。これは、彼女が批判の論理を獲得したことによるものである。したがって、たとえば木村真佐幸氏が指摘するように(「『大つごもり』成立の背景─『後の事しりたや』一視点─」『一葉文学成立の背景』桜楓社、一九七六・十一)、この出来事以降(「後の事」)のお峯が罪意識に責められ続けるというような単純な図式で、この小説をとらえることはできないと考えられよう。むしろ、決定的危機を脱したお峯は、「正直」だからこそ助かったのだ(「正直」に守られた)、「天道さま」は見ていてくれたのだと考え、今後さらに我身の「正直」を強化し、厳しく実践していくのではないかと私は考える。

（14）　松坂俊夫「『大つごもり』論」（『増補改訂　樋口一葉研究』教育出版センター、一九八三・十）、同「大つごもり」（『鑑賞日本現代文学②　樋口一葉』角川書店、一九八二・八）。

付記　本論の作成にあたっては、立命館大学の桂島宣弘先生から貴重なる示唆をいただいた。記して謝意を表したい。

第二章　「たけくらべ」の方法

一　はじめに

筆屋襲撃をひとつの見せ場とする、正太郎に対する長吉の意趣返しとその波紋という「たけくらべ」の前半を力強く牽引するシークエンス（二～六章）は、ひとつに、学校というアジールから美登利を排除する役割を担っている。「何を女郎め頰桁たゝく、姉の跡つぎの乞食め、手前の相手にはこれが相応だ」との言葉とともに泥草履を投げつけられた美登利は、「表町とて横町とて同じ教場におし並べば朋輩に変りは無き筈」との思い（理念）がやはり、大音寺前の現実にそぐわないことを確認するとともに、そのような対立の構図からも疎外された者として、自分達のような「女郎」＝「乞食」がいることに気づいてしまうのだ。

「紀州」からの転入者として、「地縁の論理」[1]から自由な美登利はこれまで、「をかしき分け隔てに常日頃意地を持」つ大音寺前の子ども達に違和感を感じてきた。「同級の女生徒二十人に揃ひのごむ鞠を与へ」、夏祭りの趣向を考える際も「大勢の好い事が好いでは無いか」と言ってのける美登利は、「分け隔て」を嫌うのだ。それは、「田舎者」として「町内の娘どもに笑はれ」た経験、よそ者意識からきた感覚ではないだろうか。学校の名のもとの平等＝対等意識がベースにあってはじめて、美登利の居場所は確保され、さらに、子どもに似合わぬ「銀貨入れ」の重さを背景とした彼女の、「子供中間の女王様」としての優位が約束されるのだ。

だが、美登利は、同じ育英舎に通う「朋輩」の長吉に、泥草履が「相応」な者、直接手を下すまでもない者として、そのひたいに烙印を押されてしまう。対等であるはずの教場に内在していた差別の構造が露呈し、彼女を襲ったのだ。もはや、学校に美登利の居場所はない。「たけくらべ」前半のシークエンスは、本来の対立の構図とは別に、突発的に派生した残酷な出来事が一人の少女に大きな転機をもたらすという形で収束する。このような展開が、美登利の変貌を準備するためのものであることはいうまでもない。

しかし、ここにもう一つ、隠れた役割が設定されているのである。そのことは、長吉の口惜しさを核とする「たけくらべ」前半のシークエンスが、大音寺前の子ども達の秩序に何の変化も与えないままあっけなく収束したことの意味を考えることで見えてくる。「長吉はこの物語のペースメーカーであり、いわばこの物語でただ一人、劇的な情熱の体現者だった」という亀井秀雄氏の指摘もあるが、(2) しかし、「地縁の論理」にもとづき、秩序紊乱者たる正太郎に制裁を加えようとした長吉は、襲撃が不首尾に終わったにもかかわらず、七章以降、その役目を終えたかのように唐突に存在感を失う。「正太郎を取《と》ちめて」「横町組の耻をすゝぐのだ」という本来の目的を果たさぬまま、「ほんの附景気に詰らない事をしてのけた」だけで、彼はなかば舞台から降りてしまうのだ。

後半の始まりを告げる七章で、読者は、信如《のぶゆき》と美登利のかかわりのそもそもの発端となる、春季の大運動会でのいきさつを唐突に知らされ、さらに夏から秋へという季節のうつりかわりとともに、信如に対する美登利の想いの深化とその挫折という、もう一つの、哀切極まりないシークエンス(七章、十〜十三章)が巧みに展開することに眼を奪われ、あれほどの激しさをみせた長吉の情念がいつのまにか立ち消えとなることに気づかぬまま読み進めることになる。その結果、中心人物が交代したことも、展開の不自然さも意識することがないのだと考えられよう。しかし、そのようなシークエンスの接合が、強引なものであることは確かだ。騒動以降、正太郎が言動を慎むようになったとは思えないし、「横町の面よごし」「二タ股野郎」とののしられ、痛めつけられた三五郎にしても、あいかわらず「表町へものこ〳〵と出かけ」ていき、正太郎らの「遊びの中間」に加わり続けている。筆屋襲撃が、子ども達の勢力地図にたいした影響を与えなかったにもかかわらず、長吉は次のアクションを起こそうとはしないのである。

徹底して勝ち負けにこだわる長吉は、当初、つぎのような覚悟を決めていたのではなかったか。

・いよ〳〵我が方が負け色と見えたらば、破れかぶれに暴れて暴れて、正太郎が面に疵一つ、我れも片眼片足なきものと思へば為やすし（二）

・彼んな奴を生して置くより擲きころす方が世間のためだ、己らあ今度のまつりには如何《どう》しても乱暴に仕掛て取かへしを付けようと思ふよ、（中略）己れは心から底から口惜しくつて、今度負けたら長吉の立端は無い（二）

そもそも、長吉は乱暴者の気まぐれであのような行動を取ったのではない。前田愛氏が明らかにしたように、彼の口惜しさには深い意味が込められていたはずである。

二　長吉の口惜しさ

前田愛「子どもたちの時間」（注1参照）は優れた「たけくらべ」論の一つであるが、ここでは、大音寺前をめぐる地誌的・民俗的な考証が特に参考となる。「明治二十年代の大音寺前は、東京の市街地が郊外の農村部と交錯する縁辺地帯であって、その周辺には半農村的な景観がくりひろげられていた」ことを明らかにした前田氏はそこから、大音寺前界隈に残された「農村的体質」を指摘するのである。

さらに、「長吉と信如の奇妙な同盟を成立させたものが地縁の論理であるとすれば、かれらの標的となった正太郎は地縁の論理に背く子どもである」として、「地域の子ども集団をうらぎって正太郎がただひとり公立学校に通学していること」や、「ムラのマツリが共同性をたしかめあう契機である」にもかかわらず、一人「見なれぬ扮粧《いでたち》」を身につけ「馬鹿ばやしの中間に」入らない正太郎が、「マツリの共同性にそむい」ていることを指摘する。つまり、大音寺前に残るムラ共同体的な秩序意識に対する、これら正太郎の侵犯行為が、長吉の苛立ちの原因となっていることを前田氏は明らかにしたのである。それは、正太郎が「あまりにもはやく吉原の金銭とぬきさしならぬ関係を結んでしまった子ども」であることと、密接なかかわりがある。

だからこそ、正太郎は千束神社の夏祭りの日に「神の名において懲罰されなければならないのだ」という指摘は鋭い。柳田国男の紹介する「ザットナの神事」を補助線に、「彼らの喧嘩はマツリの日にかぎって許される神聖なアソビであり、ケの日に鬱積したエネルギーの濫費を許容するハレの日の論理がかれらを奮い立たせる」のだと前田氏は言う。「大万燈ふりたて、」暴れる、長吉たちの血には「ムラの記憶」がよみがえっているのだ。

子ども達の争いは、ムラ共同体的な秩序をめぐる攻防の様相を呈しているということだ。「それはギャング・エイジの問題でもなければ、貧しい子どもが富家の子どもをいためる復讐の儀式でもない」（以上、前田）。秩序を越えようとする正太郎に対する、秩序を守ろうとする長吉の苛立ちが、あのような形で噴出したのだ。[3]

しかしながら、前田氏の論考にも不備がある。それは氏が、正太郎を中心とする集団を不用意にも「表町組」と呼び、「三人冗語」（『めさまし草』明二九・四）以来、現在もなお受け継がれる横町組vs表町組の対立の図式で子ども達の争いを把握したことだ。

前田氏が明らかにしたように、横町組が「地縁の論理」によってつながれた集団であることは確かだ。「性来をとなしき」信如《のぶゆき》が横町組に加担するのは、長吉が「我が門前に産声を揚げしもの」だからであるし、三五郎が袋だたきにあうのも「横町の面よごし」であるからだ。長吉ら横町組のメンバーの間ではその結束は当然視されている。

しかし、正太郎を核とする集団においてはどうであろうか。「地縁の論理」に背き、ただひとり公立学校に通う正太郎がなぜ、筆屋に集まる子ども達のリーダーたり得たのかを考える必要がある。

横町組の「子供大将」として振る舞う長吉に対して、正太郎は、表町の子どもをたばねようとしてはいない。実際のところ、「団子屋の頓馬」以外に、正太郎の仲間として固有名詞をもった表町の子どもは登場しない。彼が心から慕うのも、「紀州」からの転入者である美登利だ。千束神社の夏祭りの際、正太郎が地域の子ども達とは異なった装束を身にまとい、一人「群れを離れて」「馬鹿ばやしの中間」に入らないのは、彼が大音寺前への帰属意識すら、あまり持ち合わせてはいないことを意味するのではないか。

正太郎は、表町なら表町、横町なら横町といった地縁による結びつきを越えた子ども集団を形成しようとしているのだ。むろんそれは、表町の子ども集団を基盤としているのかもしれないが、もはや表町組とは呼べない。横町組を自認する長吉も、彼らを「表町組」とは呼ばない。二章で長吉がそう呼ぶように、正太郎を核とする子ども集団は「正太郎組」と名付けるべきである。それは、地縁をベースにしつつもそれを越えている。前田氏自身が指摘したとおり、正太郎が「地縁の論理に背く子どもである」とするなら、彼は旧来の表町組という子ども集団の枠組みにさえも背いていなければならないはずだ。

たとえば、正太郎と三五郎のかかわりを見てみよう。ここでまず注目したいのは四章、三五郎に対する「お前はまだ大黒屋の寮へ行つた事があるまい」との正太郎の台詞である。正太郎の手下（使い走り）的な三五郎の役回りを考えると、これは少し奇異な感じがしないだろうか。私にはこれが、三五郎が表町に出入りする歴史の浅さを物語っているように思われるのだ。すなわち、正太郎は「一昨年から己れも日がけの集めに廻るさ」と語っている。筆屋の騒動の翌朝にも、「今朝も三公の家へ取りに行つたら」とあるように、彼が「日がけの集めに廻る」ことが、三五郎との重要な接点となっていることは明らかだ。三五郎の家にたびたび出入りをし、彼と親しく口を利くようになった正太郎は、（本人が意識するかしないかは別にして）「金主様」と借り手という関係を無言の圧力として、「正太郎組」へ三五郎を引き入れたのではないだろうか。「滑稽者《おどけもの》」で「誰れも笑はずには居られ」ない口上を述べることのできる三五郎の存在は、貴重であるからだ。つぎの引用は、そのような事情を三五郎の側から説明したものだ。

田中屋は我が命の綱、親子が蒙むる御恩すくなからず、日歩とかや言ひて利金安からぬ借りなれど、これなくてはの金主様あだには思ふべしや、三公己れが町へ遊びに来いと呼ばれて嫌やとは言はれぬ義理あり、されども我は横町に生れて横町に育ちたる身、住む地処は龍華寺のもの、家主は長吉が親なれば、表むき彼方に背く事かなはず、内〻に此方の用をたして、にらまる丶時の役回りつらし。（四）

「廓内の大きい楼にも大分の貸付があるらし」いという高利貸・田中屋のプレッシャー＝「彼の物の御威光」を背景に、「正太郎組」は勢力を広げつつある。子ども達の家が田中屋に依存していればいるほど、正太郎との付き合いを「嫌やとは言はれぬ義理」が生じるのだ。三五郎に対する正太郎の言動があれほど居丈高であるのも、主要な人物のうち、最も年若（十三歳）で「目薬の瓶」のように「背の低い」彼がつねに、他の子ども達と対等、もしくはそれ以上の態度を取るのも、そのような力関係があってのことだ。(4)本来、子どもの喧嘩に年齢や身体の大きさが問題になっていないということ自体、不自然なことなのだ。

さらに、二章の「去年も一昨年も先方には大人の末社がつきて、まつりの趣向も我れよりは花を咲かせ、喧嘩に手出しのなりがたき仕組みも有りき」という長吉の内言や、一昨年の「筆屋の店へ表町の若衆《わかいしゆ》が寄合て茶番か何かやつた」時も「正太ばかり客にした」という信如相手の訴えからも、正太郎の特殊な位置づけが浮き彫りになる。本来、子どもの相手などしない「大人」・「若衆」までが正太郎の後押しをすることへの違和感を、長吉は信如に訴えるのだ。「喧嘩に手出しのなりがたき仕組み」とは、子ども本来の力関係とは別の力学が介入し、鳶の「頭の子」である長吉ですらプレッシャーを感じているということである。それを聞いた信如も、「ひがみでは無し」と共感し、「町内の若衆どもまで尻押をして」という点に義憤を感じているところからわかるように、田中屋の資本力を背景に、祭りの中心的な担い手である「若衆」まで味方につけ、「地縁の論理」・ムラ共同体的な秩序を越えようとする正太郎の行動こそが、長吉にとって脅威なのだ。(5)

以上のように、前田愛氏の見解を出発点として長吉の口惜しさの意味を考えた時、そこには、長吉の個人的な感情を越えた深い意味が込められていることが明らかになる。だからこそ、私は先に述べたように、長吉の情念が立ち消えとなり、七章以降、彼が不意にウエートを失ってしまうことにこだわらざるを得ないわけである。むろん、千束神社の夏祭り＝ハレの日だからこそ、「ケの日に鬱積したエネルギーの濫費」が許された（前田）という側面も考慮に入れる必要があるが、しかし、それでもなお疑念は残る。「たけくらべ」全体から見たとき、前半のシークエンスはどのような意味を持つのだろうか。どのように位置づければよいのか。そこには、「たけくらべ」を理解するための重要な鍵が隠されているはずである。

三　信如の実像と虚像

では、長吉の口惜しさを核とする、「たけくらべ」前半のシークエンスのはたす真の役割とは何か。私はそれを、信如《のぶゆき》の虚像を立ちあげることであり、さらには、虚の言説空間の中で信如に対する美登利の突出した意識＝意地を現出させることであったと考えている。みずからの意地に導かれて美登利は、「たけくらべ」の後半で信如に対する想いを深化させてしまうのだ。

「たけくらべ」という小説は、強引に接合された二つのシークエンスを中心に構成されている。まず、前半には、正太郎に対する長吉の意趣返しとその波紋が描かれ、後半には、信如に対する美登利の想いの深化とその挫折（断念）が描かれている。主要な人物にしても、ドラマの前半をリードするのはいうまでもなく長吉であり、彼の口惜しさであったはずだ。もちろん、その矛先は正太郎に向けられていたわけであり、信如・美登利は脇を固めるにすぎない。だが、後半になると美登利が中心となる。長吉はほんの一瞬顔を見せるだけであるし、正太郎にどれほどの想いがあろうとも、美登利は彼を相手にしない。美登利が見つめるのは信如ただひとりである。

そこには、ひとつの断絶がある。前半のシークエンスは頓挫したのだ。だが、それらは本来、ひとつづきのストーリーとして展開するものではないにもかかわらず、ある結節点をつくることによって強引に接合されている。その結節点こそが、信如への誤解なのだ。以下、具体的に説明したい。

＊

まず、信如の実像について考えてみよう。信如が「『たけくらべ』のヒーロー」であり、特別な子ども、「〈聖〉なる存在」だとする見解は根強くあるが、(6)後に詳述するように、私はこれには賛成できない。「如法の変屈ものにて一日部屋の中にまぢ〳〵と陰気らしき生れ」とあるように、信如は本来、「陰気」で屈折した少年だったはずで、むしろヒーローたり得ない存在であると考えられる。むろん、彼のそのような人となりは家族、特に父親和尚との関係を軸に形成されたものだ。

近世初頭から幕末まで、繰り返しあらわれる排仏論的文脈を視野にいれるなら、(7)豪胆でエネルギッシュ、「欲深」な父親和尚はいわば、ステレオタイプとしての堕落僧であるといえる。

いそがしきは大和尚、貸金の取たて、店への見廻り、法用のあれこれ、月の幾日は説教日の定めもあり帳面くるやら経よむやら斯くては身体のつゞき難しと夕暮れの縁先に花むしろを敷かせ、片肌ぬぎに団扇づかひしながら大盃に泡盛をなみ〳〵と注がせて、さかなは好物の蒲焼を表町のむさし屋へあらい処をとの誂へ（九）

というように、「人の風説《うはさ》に耳をかたぶける」ことなく、商業・金融活動、飲酒、肉食、妻帯と、たとえそれが「お宗旨によりて構ひなき事」であったとしても、世俗的な欲望を積極的に肯定し、堕落した父親の印象的な姿が「たけくらべ」には描かれ、それに対する信如の否定的な意識が一対のものとして示されている。卒業を待たずして信如が「坊さん学校」に旅立つのも、「朝念仏に夕勘定、そろばん手にしてにこ〳〵と遊ばさる、顔つきは我親ながら浅ましくして、何故その頭をまろめ給ひしぞと恨めしくもなりぬ」という、父親に対する否定的感情にうながされてのものだろう。

そして、つぎの引用にも示されているように、「我が言ふ事」＝批判が父親に受けとめられることなく「大笑ひに笑ひすて」られ、「丸々相手にして」もらえないことへの不満。また、そのような結果を先取りして諦める自分自身の不甲斐なさの自覚。「性来をとなしき上に」、そういったもろもろの思いが積み重なって現在の、屈折した、「陰気もの」としての信如がある。

もとより一腹一対の中に育ちて他人交ぜずの穏かなる家の内なれば、さして此児を陰気ものに仕立あげる種は無けれども、性来をとなしき上に我が言ふ事の用ひられねば兎角に物のおもしろからず、父が仕業も母の所作も姉の教育も、悉皆あやまりのやうに思はるれど言ふて聞かれぬものぞと諦めればうら悲しきやうに情なく、友朋輩は変屈者の意地わると目ざせども自ら沈み居る心の底の弱き事、我が蔭口を露ばかりもいふ者ありと聞けば、立出で、喧嘩口論の勇気もなく、部屋にとぢ籠つて人に面の合はされぬ臆病至極の身なりける（九）（傍線引用者、以下同様）

ここからは、無力感にとらわれ、「部屋にとぢ籠」る信如のさみしい姿が浮かび上がってくるだろう。彼の「臆病」さの背後には、他者への強い劣等感がある。

ただし、ここで注意しなければならないのは、信如の、父親和尚に対する否定的な意識がかならずしも、しばしば指摘されるような絶対的な規範〈たとえば、〈聖〉性・仏教〉にもとづくものとはいえないということだ。

たとえば九章の、父親の使いで蒲焼を買いに行く際の、彼の意識を見てみよう。そこにはむろん、僧侶である父が鰻を食べることへの本質的な批判も含まれているだろうが、なによりも、鰻屋に出入りする自分が他人の眼にどのように映るか、「筋向ふの筆や」で遊ぶ子ども達に「誹《そし》ら」れているのではないかというように、「人目」に対する恐れや羞恥がより強く感じられはしないだろうか。また、酉の市に門前の空き地で簪の店を開き、商売をする両親に対する信如の「心ぐるし」さの背景にあるものも同様だ。金儲けに熱心な父親や、欲に目のくらんだ母親に対する信如の批判が純粋に、彼の内面化した仏教的倫理・規範からなされていると考えるのは、あまりに非現実的であろう。「檀家」や「近辺の人〻が思わく」を忖度し、「子供仲間の噂」にのぼるのではないかと「耻かしく」思うというように、彼の批判はやはり、他人の眼（そしり）を恐れてのものなのだ。ここには、他者のまなざしに過剰反応を示し、先回りして批判的な意識を内面化してしまう信如の特性があらわれている。それらは、良くも悪くもナイーブな反応であるといえよう。

　むろん、寺院の金融活動や経済的繁栄、僧侶の破戒等に対する厳しい批判（排仏論）の伝統が脈々とあり、明治初頭に吹き荒れた廃仏毀釈の記憶もいまだ拭い去ることのできない時代状況も考慮に入れる必要がある。寺に生まれた信如が、寺に生きる人間であるがゆえに集める「人目」に、敏感に反応するのも当然と考えられる。しかしだからといって、此岸の物語である「たけくらべ」において、信如を〝〈聖〉なる価値を体現した少年〟と位置づけるのは飛躍がすぎる。彼は何も、超越した存在ではない。たしかに信如は、父親の堕落に反撥するが、一方で、二章に見られるように、長吉の行使しようとする暴力を否定しはしない。自身、「何いざと言へば田中の正太郎位小指の先さと、我が力の無いは忘れて」小刀を取り出し、いきがって見せびらかす始末である。また、その父親への反撥にしても、徹底して現実的なものだ。「人目」が「耻かし」いから、「其様な（「欲深」な）事はよしに」してほしいのだ（丸括弧内は引用者）。これらの反応は彼が、大音寺前に暮らす他の子ども達同様、特別なところのない存在であることを意味する。年相応に虚勢を張り、羞恥を示すなど、信如は等身大の子どもなのだ。(8)

そういう意味で、信如が美登利を避けるようになったきっかけが、「坊主のくせに云々」という、友達の「取沙汰」だったというのは、彼の屈折した性質にふさわしいものだ。

> 信如元来かゝる事を人の上に聞くも嫌ひにて、苦き顔して横を向く質なれば、我が事として我慢のなるべきや、夫れよりは美登利といふ名を聞くごとに恐ろしく、又あの事を言ひ出すかと胸の中もやくやして、何とも言はれぬ厭やな気持なり（七）

信如は、興味本位に自分がからかわれることに我慢ならなかった。美登利が将来、娼妓になるべき少女であることや、「おそらく他のどの女生徒よりも華美な」衣装を身につけて大運動会に参加していること。(9)そういった、美登利に備わった属性が直接の忌避の原因だったわけではない。父親に対する否定の意識が、他者のまなざしを過剰同調的に取り込んでのものだったのと同様に、美登利という存在そのものが、絶対的なタブーであったわけではないのだ。信如は、友達の揶揄的なまなざしが自分に向けられたことに困惑し、それ以来ずっと「又あの事を言ひ出すか」との恐怖から畏縮している。そういう意味で、信如の忌避の対象は、美登利以外の少女でもよかったはずだ。

信如は「取沙汰」に敏感に反応する。美登利に話しかけられただけで「当惑」し、「苦しき汗の身うちに流れて心ぼそき思ひ」をするというデリケートな反応を示しているのも、「人の思はくいよ〳〵愁らければ」とあるように、自分に向けられているであろう「人目」を過度に意識し、学校の仲間に「誹ら」れることを恐れるからである。

しかも、さらに看過できないのは、信如が美登利に好意さえ抱いていなかったことである。十章で信如は、筆屋襲撃のてんまつをその翌日、「丑松文次その外の口よりこれ〳〵であつたと伝へ」られる。複数の友人から、昨夕何があったかを具体的に聞かされたということである。むろん「これ〳〵」の内容は明らかにされていないが、正太郎不在のため三五郎を痛めつけたことや、長吉が美登利に泥草履を投げつけたことなどが、興奮の余韻さめやらぬままに語られたことであろうと考えられる。

ところが、これまで把握されてきたように、信如が美登利をひそかに恋していたとするなら、彼の反応はあまりに物足りないものだ。「我が名を仮りられしばかりつく〴〵迷惑に思われて、我が為したる事ならねど人〻への気の毒を身一つに背負たるやうの思ひありき」というように、信如の感情は、けっして美登利に焦点をむすばない。「我が名を仮りられ」たことへの「迷惑」や、「人〻」という漠然とした対象への「気の毒」という思いを、彼は抱いているにすぎない。

また、「や、余炎《ほとぼり》のさめたる頃」、長吉から「謝罪」の言葉を聞かされたときの反応も同様だ。たしかに、信如は「三五郎や美登利を相手にしても仕方が無い」と、長吉の暴走に歯止めをかけようとしてはいる。しかしそこから、美登利に対する信如の特別な感情は読み取れない。ひそかに大切に思う少女が辱められたのであれば、当然わいてくるであろう怒りや動揺といったものが、完全に欠如しているのである。のみならず、信如は「夫れでも私は嫌やだとも言ひがたく、仕方が無い遣る処までやるさ」と、長吉の暴力を度量広く受け入れたともとれる態度を見せている。

　美登利に対する信如の秘めたる恋を前提として「たけくらべ」は論じられることが多いが、右に述べたように、それは誤りだ。互いに思いを秘めた男女のすれ違いの物語（信如と美登利の初恋の物語）という恋愛譚的な解釈の枠組みを破棄すべきなのだ。一貫して信如は、美登利の接近に「当惑」し、ふたたび「取沙汰」されてはたまらないと畏縮している。鼻緒が抜けて偶然雨宿りをした場所が、大黒屋の寮の前だと気づいた時、「信如は物の恐ろしく」、「憂き事さま〴〵に何うも堪へられぬ思ひ」を味わっているのも同様の反応なのだ。「飛石の足音」にも、これまで同様「知らず顔」をするしかなく、美登利の差し出す「紅入の友仙」を受け取ることなど、臆病な信如にはとうていできない。

　以上のように、信如は本来、閉じた生を営み、美登利の呼びかけにもこたえることなく、ドラマの周縁にとどまり続ける少年であった。傷つくことを恐れ、誰と親しく遊ぶでもなく、自分だけの世界に「まぢ〳〵」と自閉する信如はやはり、ヒーローたり得ないと結論するしかない。また、そのような人物を、純粋・反俗などという言葉で安易に、特別視することはできないと考えられよう。

*

　ところで、もともと長吉は、実行部隊としての横町組の面々（「加担人《かたうど》」）とは別に、参謀役として、「お、夫よりは彼の人の事、藤本のならば宜き智恵も貸してくれん」という心づもりで信如《のぶゆき》のもとを訪れたはずであった。「私立の学校へ通」う上に「無学漢《わからずや》」であるという二重の劣等感を抱える長吉は、公立学校に通い「学問が出来おる」正太郎に対抗するための措置として、「学《もの》が出来る」信如を引き込もうと考えたのであろう。

　そのことは、

お前は何も為ないで宜いから唯横町の組だといふ名で、威張つてさへ呉れると豪気に人気がつくからね、己れは此様な無学漢だのにお前は学が出来るからね、向ふの奴が漢語か何かで冷語《ひやかし》でも言つたら、此方も漢語で仕かへしておくれ、あゝ好い心持ださつぱりしたお前が承知をしてくれゝば最う千人力だ、信《のぶ》さん有がたう（二）

という言葉からも確認できる。

だがそのような理解も、信如の「智恵」を借りるべく、かき口説く長吉の「どうぞ、助けると思つて大万燈を振廻しておくれ」という言葉に注目したとき、曖昧に思えてくる。この台詞はどうやら、信如を味方に引き入れるための方便として発せられたものではなく、長吉は心から、「臆病至極の身」であるはずの信如に象徴的な存在として、正太郎懲罰への参加を求めているようであるのだ。そのことは、筆屋襲撃の数日後にわざわざ長吉が、信如の「命令《いひつけ》を聞かなかつた」ことを「謝罪《わび》」に出向き、「お前といふ後だてが有るので己らあ大舟に乗つたやうだに、見すてられちまつては困るだらうじや無いか、嫌やだとつても此組の大将で居てくんねへ」と懇願しているところからも確認できる。横町組の「子供大将」である長吉は、信如を心から頼りにし、「後だて」どころか「此組の大将」とさえ持ち上げているのである。

それは、九章で明らかにされた、「学校にての出来ぶりといひ身分がらの卑しからぬにつけて然る弱虫とは知る者なく、龍華寺の藤本は生煮えの餅のやうに真があつて気になる奴と憎がるものも有けらし」という、大音寺前の子ども達に共有された信如への誤解——大音寺前に流通する虚の言説——にもとづくものだ。「学が出来る」ことこそが、信如の意味の中心にあり、それが彼の、他に優越した印象を形づくっているわけであるが、ここに見られる信如の位置づけは、それだけでは説明のつかない過剰さを抱え込んでいる。子ども達は皆、信如が「弱虫」・「臆病」であることに気づいていない。それどころか、〝能ある鷹は爪を隠す〟とばかりに、信如のおとなしさの背後に、何か特別なものがあると誤解しているのである。大音寺前における信如の評価は、いわば極端なインフレを起こしている。

だからこそ、長吉は筆屋襲撃から引きあげる際に「ざまを見ろ、此方には龍華寺の藤本がついて居るぞ」との捨て台詞を吐いたのだ。信如の加担は、長吉を強く力づけるものであった。

そして、長吉の捨て台詞が、これまでおぼろげにあった信如への誤解を、決定的に押し進めることになる。いわば横町組の黒幕として、大音寺前の子ども達に信如は、完全に一目置かれてしまうのだ。そのようにして、信如は虚像と化す。前半のシークエンスのはたす真の役割とはまさしくこれであり、裏を返せば、長吉はそのような役目を果たしたからこそ、七章以降唐突に存在感を失うのだ。

十六章で、信如が「坊さん学校へ這入る」ことを指して、三五郎が「長吉の野郎片腕がなくなる」と表現しているのも、正太郎が「己れは人は頼まない真の腕ッこで一度龍華寺とやりたかつた」と残念がるのも、そのような認識にもとづくものだ。ここに見られるような見当違いな会話が交わされるのも、子ども達のイメージの中で、信如像が明らかに肥大しているからである。信如をめぐる、子ども達の思惑の一つひとつが、誤解に端を発している。そして、他の子ども達の誤解により信如は、本人も気づかぬうちに、空虚な中心というべき特異な位置を占めるに至る。

おそらく、信如自身は自分の位置づけを理解していない。筆屋襲撃の様子を聞かされたときの反応があたかも部外者のようであり、無責任と責められても仕方のないものであるのも、「我が名を仮りられ」はしたものの、自分が中心メンバーの一人として巻き込まれているとの自覚を欠いているからだ。そういう意味では、信如が「無意識の加害者」であるとする高良氏の批判は鋭いが、半分しか的を射ていない。(10) 信如は知らぬ間に、虚の言説に包囲されていたのだ。

四 美登利の想い

さて、長吉の意趣返し（前半のシークエンス）は本来、長吉・正太郎のあいだの問題であったはずだ。しかしそれは、偶然正太郎が不在であったことにより、三五郎や美登利を巻き込むことになる。そこまでは理解しやすい。

ところが、長吉の捨て台詞を契機として、物語は思わぬ方向に展開する。騒動に巻き込まれているとの自覚を欠いたまま、虚像としての信如《のぶゆき》が、ドラマの中心へと決定的に呼び込まれてしまうのだ。

むろん正太郎は、今回の騒動が信如の指図により引き起こされたなどと考えはしない。「それでも龍華寺はまだ物が解つて居るよ、長吉と来たら彼れははや」という台詞を見るかぎり、信如の抑制を振り切り長吉が暴走したと、彼は解釈しているようだ。しかし美登利は、四月末の大運動会以降、信如が「人には左もなきにばかり愁らき処為《しうち》をみせ」ることへの腹立ちが根にあるため、「長吉のわからずやは誰れも知る乱暴の上なしなれど、信如の尻おし無くは彼れほどに思ひ切りて表町をば暴し得じ、人前をば物識らしく温順《すなほ》につくりて、陰に廻りて機関《からくり》の糸を引しは藤本の仕業に極まりぬ」と断定してしまうのだ。そして、筆屋の騒動以降、学校へ通うことのなくなった美登利は、自分の言葉＝信如への意地に自分でけしかけられていくことになる。

そもそも、春季の大運動会を契機として子どもらしい好意を持ち、信如に近づこうとした美登利であったが、信如の「度かさな」る冷淡な振る舞いが「少し疳にさはり」、こちらからも知らぬ顔をするようになるというのが後半のシークエンスの発端だ（七章前半）。せっかくの好意を拒まれ、逆に彼女は反撥したわけである。したがって、あのような騒動がなければ、信如はいうまでもなく美登利自身もずっと、「摺れ違ふても物いふ」ことなく、距離を置き続けていたと考えられる。だが、信如への誤解が美登利の意地に火をつけた。それにより、後半のシークエンスは運動エネルギーを手に入れる。四月末の大運動会を発端とする、美登利の内面のドラマは転機を迎える（七章後半）。

「たけくらべ」の展開を踏まえるなら、美登利が信如にひかれるのは、〈聖〉などという絶対的な価値を彼が帯びているからではない。もし、そうであるなら、筆屋の騒動のあとに彼女の想いが深化するという展開が選ばれるはずはない。これまで見落とされてきたことであるが、信如が騒動の黒幕であると認めたからこそ、美登利は彼に過剰な意味を付与してしまったのだ。逆説的に聞こえるかもしれないが、自分の額に泥を——「洗ふても消えがたき恥辱」を——塗った出来事の「陰に廻りて機関の糸を引しは藤本の仕業に極まりぬ」と誤解したからこそ、美登利はそれ以降、信如を意識せずにはいられなくなったのである。そのようにとらえない限り、「たけくらべ」の展開に込められた意味を理解することはできない。

美登利は一貫して信如に好意を抱き続けていたわけではない。騒動以降、図らずも彼女は、みずからの意地に焚きつけられるようにして、信如への想いをつのらせてしまったのだ。前半のシークエンスから後半のシークエンスへという「たけくらべ」の展開をふまえるなら、信如に対する美登利の想いはそのように意味づけねばならないはずだ。前半のシークエンスを通じて信如が虚像化したことにより、転機がもたらされたのである。

では、そのようにして芽生えた美登利の想いは、その後どのような結末を迎えるのか。十章後半から十一章にかけて、美登利の想いを確認した読者はさらに、十二・十三章でそのような想いが、とどめようなく深化していることを知るとともに、彼女の断念に気づくことになる。美登利の「遣る瀬なき思ひ」は受け止められるべくもなく、挫折するしかなかった。

十二・十三章の意味を考えたとき、信如が極めて残酷なメッセージを美登利に残したことを見落としてはならない。戸松泉氏も述べているように、(11)「遣る瀬なき思ひ」を込めた「紅入の友仙」の行方を美登利は、どうしても、確かめずにはいられなかったはずであるからだ。格子門の外に空しく残された「紅入の友仙」は明確な拒絶の証しであり、信如がこれまで自分に示し続けてきた「無情《つれなき》そぶり」の象徴として、美登利の目に映じたことであろう――思いが、とどくことは、ないのだ――。いくばくかの後、格子門のところでそれを目にした美登利の落胆は確実であり、拾い上げることすらできなかったのではないか。

そして美登利は、なにゆえ自分が信如に受け入れられないのかを考えざるを得ないだろう。大運動会以降の信如の「度かさな」る「愁らき処為」に含むところがあり、「まつりの夜の処為」＝「乞食呼はり」の黒幕が信如だと誤解する美登利にとって、その意味するところは一つしかない。唯一自分にのみ示される、信如の明確な拒絶を前にした美登利はそれを、「女郎」・「姉の跡つぎの乞食」であるがゆえの拒絶と受け取るしかない。

むろんそれは、信如の意図したところではない。ふたたび美登利の「介抱」を受けることを恐れたにすぎない。しかし、彼の性質や「当惑」を知るよしもない美登利は、自分の属性ゆえに拒まれるのだと理解する以外なかったであろう。すくなくとも、信如があの場に「友仙」をそのまま残してきたということは、文脈上そのような意味を持つはずだ。

「紅入の友仙」が捨てられたまま、泥にまみれていたことと、長吉により額際に泥草履をぶつけられたことは、美登利にとって同じ意味を持つ。雨に濡れ、泥になった「紅入の友仙」の「可憐しき姿」は、美登利の内面そのものであり、長吉に続いて信如にまで彼女は汚されたのだ。長吉が美登利の額に「洗ふても消えがたき恥辱」を与えたとすれば、信如は美登利の心に泥したといってよい。

筆屋の騒動の場合はまだ、「口惜し」さというバネがあった。「女郎」に向けられた蔑視に気づきつつも反撥することで、傷は多少なりとも軽減されたはずだ。しかし、十三章の場合はそうはいかない。信如への深い傾斜があだとなり、美登利は激しく打ちのめされたはずである。それは、美登利の「女郎」観に決定的な変容をもたらしたに違いない。場面としての美しさ・叙情の背後で、結果的に信如は、限りない残酷さを示したことになる。

七章より始まる後半のシークエンスは、このような経緯を経て閉じられる。誤解に端を発した美登利の内面のドラマはついえ、「たけくらべ」はエピローグをむかえる。三の酉の日、美登利は変貌する。

美登利の変貌については、「論争」以降、さまざまな見解が提出されているが、次章で詳しく論じたため[12]、ここでは簡単に私見を述べておきたい。私はそれを、「初潮」や「処女喪失」といった女性の性的〈成熟〉のメルクマール＝セクシャリティにかかわるレベルでとらえるのではなく、実質的な人身売買が行われたためであると考えている。つまり、みずからが商品として売られたことの衝撃、みずからが商品として消費されることへの恐れを、美登利は身をもって味わったのではないかということである。「姉なる人が身売りの当時、鑑定に来たりし楼の主が誘ひにまかせ」大音寺前にやってきた美登利自身もまた、両親により任意の時機を見計らって売られるのだ。むろんそこに、娼妓として彼女が有する価値を冷静に値踏みし、最も高い利益を上げようとする「楼の主」の意向が強く働いていることはいうまでもない。美登利は、自分がとうとう、蔑まれるべき「女郎」になったことを知る。

「たけくらべ」は、姉の身売りを契機として大音寺前におりたち、みずからもまた、娼妓にすべく親の手によって売られる美登利の、最後の自由な時間を描いたものだ。それは、振り返ってみたとき、かけがえのない、特別な時間であるべきものだ。だが、つかの間の自由な時は、苦い思い出でうめられる。他者との葛藤をとおして彼女は、現実をいやおうなく見つめ、傷つき、多くのものを断念するのである。

五　「たけくらべ」の方法

ここまで私は意図的に、「たけくらべ」の展開に着目しながら物語の内容に限定して論を進めてきた。大音寺前で、どのようなドラマが演じられたかを、信如《のぶゆき》の虚像化のメカニズムも含めて説明することに専念してきたわけである。ところがそれは、これまで「たけくらべ」の物語として読まれてきたものとはいささか様相を異にしていたと思われる。信如があくまでも、ドラマの周縁にとどまり続けるにもかかわらず、先行研究の多くが彼を、美登利と対をなす主人公と位置づけてきたのはなぜか。あるいは、長吉を単なる鼻つまみ者と位置づけてきたのはなぜだろう。それは、たんなる誤読だったのか。私はその原因を、これまで積み重ねられてきた解釈の多くが、「たけくらべ」の語りの戦略に巻き込まれ、無自覚に語り手の言葉をなぞってきたためであると考える。以下、詳しく説明したい。

まず、長吉について考えてみよう。

横町組と自らゆるしたる乱暴の子供大将に頭の長とて歳も十六、仁和賀の金棒に親父の代理をつとめしより気位ゐらく成りて、帯は腰の先に、返事は鼻の先にていふ物と定め、にくらしき風俗、あれが頭の子でなく語り手はあらかじめ、「乱暴」で生意気、嫌われ者としてのイメージを読者に押し付けるところから、長吉の紹介をはじめる。彼をよく知る「鳶人足が女房の蔭口」を導入し、あたかもそれ（否定的な評価）が客観的な、大音寺前における支配的な見解であるかのごとく読者に印象づけるのである。信如との会話においても、「お前が承知をしてくれゝば最う千人力だ、信さん有がたうと常に無い優しき言葉も出るものなり」というように、長吉が普段は人を気遣う言葉を口にしないかのように受け取れるコメントを付け加える。さらに語り手は、鼻緒を切って困っている信如に、長吉が自分の下駄を差しだす場面（十三）でも、「人には疫病神のやうに厭はれながらも毛虫眉毛を動かして優しき詞のもれ出るぞをかしき」というように、揶揄的で否定的なコメントを付け加えるのを忘れない。長吉のマイナス面はこのようにして、外側から注記されるのである。

しかし、もし本当に、長吉が普段「優しき言葉」を口にせず、「人には疫病神のやうに厭はれ」ているのであれば、語り手は、横町組の結束が何によって成り立っていると説明するのだろう。筆屋襲撃の場面では、ムラ共同体的な秩序を守るべく、優れたリーダーシップを発揮する長吉であるが、腕力にものをいわせた恐怖政治を彼が行っているとでもいうのか。

たしかに、筆屋襲撃の際に見せた長吉の乱暴さは、強い印象を与える。だが、たとえ長吉が「暴れ者」であったとしても、それは、大音寺前に生きる子どもたち全体の「生意気」さ、「由断のなりがた」さに通じるものであり、ひいては「住む人の多くは廓者」という大音寺前の「所がら」にかかる問題ではないだろうか。

十三章の、信如の前にあらわれた長吉を「暴れ者の長吉」と表現し、「人には疫病神のやうに厭はれ」ていると規定する語り手の意図は明白である。ここに見られる長吉のさわやかな姿はたいへん印象的であり、包容力と優しさを兼ね備える地域のリーダー的存在として、面目躍如といったところであるが、その長吉の「親切さ」を、語り手は例外的なこととして、読者に印象づけたいのだ。長吉は、あくまでも嫌われ者でなければならない。

また、正太郎に対しても同様の手法が用いられている。四章には、正太郎が三五郎に命令し、美登利を呼びに行かせる場面がある。ここで彼の見せる高圧的な態度は、「金主様」としてのそれと受け取られても仕方のない厭味なものである。「吝嗇《けち》な奴め、其手間で早く行けと我が年したに叱かられ」ながらも、おどけて答える三五郎こそ気の毒というものだ。また、三の酉の日、「団子屋の頓馬」に、餡こが種なしになった「何うしような、と相談を懸けられて、智恵無しの奴め」と頭ごなしに叱りつける正太郎の高飛車な態度も同様だ。「正太郎組」のメンバーに対する正太郎の接し方は、いつも居丈高である。

ところが、十六章には筆屋で三五郎に「何か奢つて上やうか」と言われた正太郎が、「馬鹿をいへ手前に奢つて貰ふ己れでは無いわ、黙つて居ろ生意気は吐《つ》くなと何時になく荒らい事を言つて」という場面がある。実際のところ、ここに見られる正太郎の言動はいつも同様の居丈高なものだ。だが、語り手はそれを隠蔽し、糊塗しようとする。彼が「荒らい事を言」うのはいつものことなのに、「何時になく」という言葉で、それが例外的なこと（美登利変貌のショックのあまり）だと、語り手は読者を言いくるめようとするのだ。

たしかに、正太郎はつねに高圧的であるわけではない。六章で彼は、傷ついた美登利に対し、こまやかな心遣いを見せている。年は若くとも、長期にわたる両親不在の中、祖母と二人で苦労をかさねてきた彼は、そのように「気あつかひ」できる、ある程度の成熟をみた少年であるのだ。場に応じ、人に応じ使い分ける表情の適切さも、十三歳という年齢や身長の低さにかかわりなく、内面の成熟をうかがわせるものだ。

しかし、この場面でもまた語り手は、正太郎の「気あつかひ」を「十三の子供にはませ過ぎてをかし」と茶化すことで、彼の成熟した一面に読者が気づき、意味づけすることを拒む。逆に、「ませ過ぎてをかし」という言葉で、正太郎の幼さを印象づける強引な操作がなされているといえる。それは、四章で「二三人の女房」の噂話を導入し、正太郎像を一義的な、「人好きのする」「愛敬」のある坊ちゃんという肯定的なイメージに収斂させようとすることと軌を一にするものだ。

長吉・正太郎の争いは、本来、どちらが悪者とも決められない性質のものである。長吉らの行為はたしかに、褒められたものではないが、彼が正太郎に感じる苛立ち自体は、共同体の絆を守らねばとの思いから発したものだ。また、秩序紊乱者たる正太郎にしても、あれほど語り手から肯定的に描かれねばならぬ理由は見つからない。むしろ、彼の居丈高で強引な振る舞い、裏表ある態度について、多少なりとも語り手は、読者の注意をうながしてもよかったはずだ。

ともあれ、長吉・正太郎に単純なレッテルを張り、「乱暴」な嫌われ者と「愛敬」のある人気者に仕立てたのは語り手である。それは、大音寺前における両者の評価を正当に反映したものとはいえない。それどころか、実態を隠蔽した上で、恣意的なコメント・陰口や好意的な噂を付け加えることにより、それらのイメージは捏造されたのだ。そのことに読者はもっと自覚的であるべきだろう。語り手の判断を、全面的に信頼してはならない。だが、そのような操作の手は、誰にもまして信如に、顕著に加えられているのだ。

多くの中に龍華寺の信如《しんによ》とて、千筋となづる黒髪も今いく歳のさかりにか、やがては墨染にかへぬべき袖の色、発心は腹からか、坊は親ゆづりの勉強ものあり、性来をとなしきを友達いぶせく思ひて、さま〴〵の悪戯をしかけ、猫の死骸を縄にくゝりてお役目なれば引導をたのみますと投げつけし事も有りしが、それは昔、今は校内一の人とて仮にも侮りての処業はなかりき、歳は十五、並背にていが栗の頭髪も思ひなしか俗とは変りて、藤本信如《のぶゆき》と訓にてすませど、何処やら釈といひたげの素振なり。（一）

大音寺前には、「シンニョ」などいない。もし、読者が龍華寺の息子を「シンニョ」と呼んでいるとすれば、それは、語り手の誘導を無自覚に受け入れ、なぞっているからにほかならない。彼は藤本「ノブユキ」という名を持ち、友人からは「信《のぶ》さん」あるいは「藤本」等と呼ばれている（唯一、七章に例外がある）[13]。「シンニョ」とは本来、法名であり（〝釈シンニョ〟はまさにそれである）、師僧について得度し、度牒を受け、俗名を改めた後に初めて名乗るべきものである[14]。

語り手が出家前の少年を、「シンニョ」という法名で呼び続けるのはなぜか。それは信如が、僧侶になるべき少年であることを、読者に強く印象づけるためである。信如が「〈聖〉なる存在」（前出山田）であるという印象を読者が持つとすれば、その原因の一半はこの操作にある。冒頭で印象づけられた、「思ひなしか俗とは変りて」「何処やら釈といひたげ」の「シンニョ」としてのイメージは、語り手が彼を「シンニョ」と呼ぶたびによみがえり、最後まで読者を強く縛りつづける。語りの磁場が強く作用するのだ。

先に明らかにしたように、大音寺前で演じられるドラマにおいて、中心的な位置を占めるのは美登利である。しかし、売られる娘の物語である「たけくらべ」の冒頭で、語り手はあえて、他の子どもに先駆けて信如について語り始めた。特別なところのない、等身大の子どもである信如を、選ばれた存在であるかのごとく読者に印象づけるため、本来の呼び名を離れて「シンニョ」として表象しようという意志＝欲望を、語り手はあらかじめ有しているのである。

語り手は、大音寺前で演じられるドラマにおいて、信如への誤解が重要な要素となっていることを唯一理解している。九章末でみずから説明しているように、語り手のみが、信如を包囲する言説の虚構性に気づいているのだ。そして、先に私が試みたように、「たけくらべ」を慎重に読み進めるなら、信如への誤解が読者にも見える仕組みになっている。そういう意味で語り手には、大音寺前のドラマを正直に伝える意志もあったといえる。しかし、にもかかわらず、そういった事情を知悉しつつも語り手は、ドラマにさらにノイズを導入する。語り手は、みずから語る大音寺前のドラマの実態と矛盾する方向づけを意図的に行い、信如への誤解を語りつつもさらに、読者の誤解を誘うのだ。あたかもそれは、読者をも、大音寺前に流通する虚の言説に巻き込もうと欲しているかのごとくである。

そしてさらに、十章に登場する信如はあきらかに、大物・黒幕として読まれることを意図して、そのイメージを水増ししたうえで語られている。長吉に「面目なさゝうに謝罪《わび》られ」た信如が、「正太に末社がついたら其時のこと、決して此方から手出しをしてはならないと留めて、さのみは長吉をも叱り飛ばさねど再び喧嘩のなきやうにと祈られぬ」という一節がそれである。長吉を「叱り飛ば」す力量を持ちながらも、広い見地に立ってそれを自制し、穏やかに教えさとす信如は、一方で「再び喧嘩のなきやうにと祈」る。そのイメージは、理想的な「子供大将」とでも評すべきものであろう。

しかし、そのような語り方、イメージ提示の方法が、信如の実像から程遠いものであることはいうまでもない。それは、信如の虚像にこそふさわしいものだ。第一、彼があのような場面で、長吉を「叱り飛ば」すことなどあり得るのか。長吉・正太郎同様に、「臆病」な信如の内面を無視した方向づけが、語り手によって強引になされているると考えるべきであろう。当然それは、信如に対する読者の誤解を助長する効果がある。

ところで、「たけくらべ」の語り手について重要な示唆を与えてくれたのは亀井秀雄氏である（注2参照）。氏も指摘するように、一貫して語り手には、大音寺前の現実を無視、あるいは変形してまでも、自分の見立てにあわせて語ろうとする欲望がある。語り手は大音寺前のドラマを詳しく語りながらも、ときおり、読者のより深い理解をうながすためというよりは、自分の見立てにうち興じるためとしか受け取れない、恣意的で「肌寒いような」コメントを付け加える。たとえそれが、他の部分で自分が語ったことにそぐわないとしてもである(15)。

亀井氏の指摘は、これまであまり注目されてこなかった。しかし、私はこれが、「たけくらべ」の語りの重要な特質だと考える。独断と偏見に満ちた意味づけを行うことで、「たけくらべ」の語り手は、主体的に大音寺前のドラマを屈折させ、読者の印象を操作するのである。また、読者自身の判断・解釈をも阻害する。そのような戦略が選ばれた地点から、「たけくらべ」は語り始められたのである。

おそらく、以上のような観点がこれまで看過されてきたのは、「たけくらべ」の語り手が、場面内在的で、自己顕示的ではあるが、基本的にはいわゆる「三人称の語り手」であるからだ。読者は語り手の言葉を信頼し、それに依拠してドラマを受容するしかない。しかも、高田知波氏が指摘するように、「自称詞が『我れ』に統一された『心中思惟』」が、登場人物の「内面の『声』のミメーシスにはなっていない」とすれば、読者は、「固有の自称詞を持つ」登場人物の発話された「声」以外の情報は、すべて、語り手の「声」を通して手に入れねばならないということになる(16)。語り手の言葉を通してドラマを受容するしかないにもかかわらず、そこに語り手の恣意的な操作の手が加わっているとすれば、私たちはつねに「真実」から隔てられているということになる。

「たけくらべ」の語り手は、出来事や登場人物の心中を正確に伝えることに専念する透明な存在ではない。そのような語り手を擁するテクストと対峙したとき、私たちは葛藤を余儀なくされる。手探りで読み進めながら、読者自身が何らかの判断を下し、自分なりに意味づけするしかないからだ。テクストへの参入をうながされた読者は、たいへん困難な作業ではあるが、（解釈の不可能性をも視野に入れつつ）語り手の影響を慎重に見極め綿密に解釈を進めていくほか、ドラマの核心に近づくすべがない。そういう意味で、先に提示した私の解釈自体が、葛藤を内包しているといえるが、そのような葛藤は、「たけくらべ」という小説が必然的に要求するものなのだ。「たけくらべ」の語りについて、「うねり」や「変容」が指摘されてきた。(17) しかし、以上のように私は、語りの中心的な戦略は一貫していると考える。最後まで語り手は、パラドキシカルな存在として、矛盾に満ちた言葉をなげかけ、読者の目を欺こうとするのである。そこには、あらがいがたい何かがあったということであろう。その理由について私は結論を出すことができず、今後の課題とするしかないが、語り手の操作は個々の登場人物のレベルを越えた、ドラマ全体の方向性にまで及んでいる。(18)

先に述べたように、信如と美登利の関係は、徹底して非対称なものである。閉じた生を営む信如は、美登利への好意を持ち合わせておらず、彼女の「遣る瀬なき思ひ」を受けとめようとはしなかった。ところが、「たけくらべ」後半のシークエンスは、「龍華寺の信如、大黒屋の美登利」が対をなす形で語りだされる。七章に至り語り手は、「たけくらべ」が、「シンニョ」と美登利という思春期の少年少女の、相対する関係を軸に展開する物語であるかのごとく読者に印象づけるのである。

僧侶になるべき少年と、娼妓になるべき少女は、ある意味で好一対である。二人を二項対立的に提示する七章冒頭の拘束力は極めて強いといわなければならない。読者は、自分のイメージする「たけくらべ」の関係図をわれ知らず修正し、対置された二人の関係そのものが、ドラマの主要な、小説冒頭から一貫したテーマであると錯覚するのではないだろうか。
　そして、美登利の想いの深化をたどりながらも、信如の「憂き思ひ」の内実を明確に語らないという戦略をとる語り手は、さらに、最終章で、読者の解釈を決定的に操作する。明言は一切避けつつも、誰が「さし入れ置いたかわからない「水仙の作り花」が、信如からのものであるかのごとく語る／騙ることにより、語り手は、美登利の呼びかけにこたえることのなかった信如にも、彼女への秘めたる想いが存したかのようにほのめかすのである。信如の旅立ちの朝、「水仙の作り花を格子門の外よりさし入れ置きし者の有けり」と告げられた読者は、まじわることのなかった二人の相互の想いを幻視し、架空の悲恋劇の完成を印象づけられるのである。

注

（1）　前田愛「子どもたちの時間―『たけくらべ』試論」『樋口一葉の世界』平凡社、一九七八・十二
（2）　亀井秀雄「口惜しさの構造」『感性の変革』講談社、一九八三・六
（3）　前田愛氏の指摘にもかかわらず、「たけくらべ」研究においては今もなお、貧富の対立という把握がしばしば見られるが、それはやはり否定されるべきだろう。地所・家作を有する信如・長吉の家は、正太郎ほど豊かでないにせよ、けっして貧しくはないはずだ。
（4）　三の酉の日にしても、正太郎は日がけの集めを休ませてもらい、「三五郎が大頭の店を見舞ふやら、団子屋の背高が愛想気のない汁粉やを音づれ」るやら「横町の潮吹きの処」に顔を出すやらいそがしく立ち回っている。商売人を思わせる、正太郎のしたたかな顔がかいま見られる場面であるが、ここにもやはり、「正太郎組」の内実が透けて見える。表町も横町も子ども達の多くは、正太郎に頭が上がらないのだ。
（5）　「若衆」については、岩田重則『ムラの若者・くにの若者』（未来社、一九九六・五）を参考にした。また、第四章「『たけくらべ』と〈成熟〉と」を参照されたい。
（6）　引用は、山田有策「〈子供〉と〈大人〉の間…『たけくらべ』論」『『たけくらべ』アルバム』芳賀書店、一九九九

五・十。

（7）たとえば、高島元洋「近世仏教の位置づけと排仏論」『日本の仏教④　近世・近代と仏教』法藏館、一九九五・十二。

（8）先行研究においては、信如が唯一、姓を明示されていることをもって、彼が特別な存在であることの証左ととらえるむきがあるが、それも誤りであろう。「何いざと言へば田中の正太郎位小指の先さ」という、二章の信如の台詞は、正太郎の姓が田中であることを示しているはずである。

（9）高田知波「オリンピックと『たけくらべ』」『湘南文学』11、一九九七・十

（10）高良留美子「無意識の加害者たち―『たけくらべ』論」『樋口一葉を読みなおす』学藝書林、一九九四・六

（11）戸松泉「揺らめく『物語』『たけくらべ』試解」『〈新しい作品論〉へ、〈新しい教材論〉へ　1』右文書院、一九九九・二

（12）第三章「売られる娘の物語―『たけくらべ』試論―」を参照されたい。

（13）唯一の例外は七章の美登利の「心中思惟」にあるが、これは逆に、高田知波氏が指摘するように、登場人物の「心中思惟」が、「内面の『声』のミメーシスにはなっていない」ことの証左であると考えられる（「近代擬古文＝その文語性と口語性」『国文学』43―11、一九九八・十）。「シンニョ」と呼ぶはずのない美登利が、あの場面でそう呼ぶのは、そこに、語り手の語彙が混入しているからである（この問題にからんで付け加えるなら、「表町に田中屋の正太郎とて歳は我れに三つ劣れど、家に金あり身に愛嬌あれば人も憎くまぬ当の敵あり」という、二章の長吉の「心中思惟」にしても、長吉が正太郎を評するにあたって「身に愛嬌あれば」という肯定的な表現を用いるはずがなく、読者の印象を操作するために、語り手の語彙が意図的に混入していると考えるべきであろう）。

（14）『真宗新辞典』法藏館、一九八三・九

（15）十五章に記された、「大人に成るは厭やな事」云々という美登利の痛切な「心中思惟」と、それに対する「老人じみた考へ」という語り手の皮相なコメントとの温度差について、山田有策氏（「『たけくらべ』論」『解釈と鑑賞』51―3、一九八六・三）、高田知波氏（「『たけくらべ』における制度と〈他者〉」『樋口一葉論への射程』双文

社出版、一九九七・十一）に指摘がある。語り手の特質について考える際、この指摘自体たいへん重要であるが、さらに、そのようなコメントを付す語り手自身が八章では、「女郎といふ者さのみ賤しき勤めとも思は」ぬ美登利を「哀なり」と位置づけていることについても、注意を払うべきであろう。

(16) 注(13)参照。

(17) 新見公康「語りの変容―『たけくらべ』論―」『現代文研究シリーズ17　樋口一葉』尚学図書、一九八七・五

(18) このような語り手のスタンスは、「われから」と共通するものである。「われから」に関しては、第十二章「物語ることの悪意―『われから』を読む―」を参照されたい。

第三章　売られる娘の物語
――「たけくらべ」試論――

一　問題の所在

明らかであるのは、美登利が三の酉の日を境に突然変貌したということ、それだけである。読者は、彼女の変貌の理由を具体的に知らされないまま、突然「生れかはりし様」に「身の振舞」を変化させてしまった美登利を見つめる。

おそらくはその日、極彩色の京人形のように着飾り、髷を結い替えるべき何かが、彼女の身に起きたということだろう。「憂く耻かしく、つゝましき事身にあれば」というように、美登利はそれを否定的に受けとめ、強い羞恥の念を抱いた。華やかな姿を「人の褒めるは嘲りと聞なされて、嶋田の髷のなつかしさに振かへり見る人たちをば我れを蔑む眼つきと察《と》られて」、彼女は往き来をさえ恥じている。〝顔を赤める〟という表現がくり返し登場するものの、それは、恥じらいやはにかみといったレベルを越えている。

いったい何が、美登利の心境にこれほど大きな変化を与えたのだろう。なにゆえ彼女は、これほどまでに恥の意識を抱いているのか。心境面での変化と同時に衣装や髪型といった外見の変化がもたらされたことから、美登利の立場そのものに、何らかの変化があったことが考えられる。その点に関しては、合意が得られるであろう。失恋による傷心といった私的な、個人の内面のみにかかわることがらでは、この日、彼女のためになぜ、高価な着物や髪飾りが用意されたか、説明できないからだ。

では、どのような立場の変化があり得たか。

佐多稲子「『たけくらべ』解釈へのひとつの疑問」(『群像』40―5、一九八五・五)を端緒とする、いわゆる〈美登利変貌論争〉以前、支配的であった初潮説においては、初潮を迎え〈大人〉になったこと、すなわち〈子ども〉から〈大人〉へというライフ・ステージの移動を、美登利の変貌の原因と考えていた。〈大人〉になることは、なかば公的な立場の変化である。それは、美登利の洩らす「ゑゝ厭やゝ、大人に成るは厭やな事、何故このやうに年をば取る、最う七月十月、一年も以前へ帰りたいに」という内的独白の印象の強さを重視する解釈であるといえる。また、「活潑」で「お俠」な〈少女〉が急に「女らしう温順《おとな》しう成つた」という変化のありよう〈方向性〉や、「年はやうやう数への十四」という微妙な年齢自体が、初潮説の根拠となっていた。

テクストからは、彼女の身に何かがあったから「大人に成る」のか、「大人に成」ったから何かがあるのか判断できないものの、美登利自身が、わが身に起きた何かと「大人に成る」ことを結びつけて考えているのは確かである。そして、「大人に成るは厭やな事」という強い口吻からは、あたかも、わが身に何かが起きたことを嫌悪しているのではなく、「大人に成る」ということ、それ自体を、美登利が嫌悪しているように感じられる。次節で詳述するように、佐多氏の指摘以前、初潮という解釈がゆるぎようがないと受けとめられてきた根拠はそこにある。

ところが、その点にこそ陥穽があったというべきだ。「たけくらべ」研究においては単純に、変貌の原因を考えてきたのではなく、美登利が〈大人〉になった原因を考えてきたのではないだろうか。

問題は、十四歳の〈少女〉という記号をめぐって喚起される、私たちの想像力である。〈少女〉が〈大人〉になるというとき、美登利という個人が具体的に背負っているものは見失われ、かわって、女性のセクシュアリティをめぐる神話が前景化する。性的な「成熟」によって、〈少女〉は〈大人〉になり、〈女〉へと生まれかわるのだという認識、セクシュアリティを軸に〈子ども〉と〈大人〉を分割する近代的パラダイムが導入されることになるのだ。初潮による〈少女〉の変貌は、自明のこととして語られてきた。

　本来なら、初潮以外にも美登利が「大人に成」ったと受けとめるであろう事柄を想定することが可能である。私たちは、進学や就職といった大きな立場の変化をうけて、「今日から私も大人に成ったのだから」などと自覚を新たにするではないか。にもかかわらず、美登利の変貌は、〈大人〉になることと関連づけられることで、セクシュアリティの問題となる。〈少年〉の場合であれば、社会化という契機が何よりも重視されるはずであるのに、〈少女〉が〈大人〉になるというとき、いつのまにか性的な含みがまぎれ込む。〈大人〉になるということは、誰にでもおとずれるはずであるのに、ジェンダーにもとづく〈成人〉観の非対称性は明らかである。そして、その歪みも。

　以下の考察で私は、女性のセクシュアリティをめぐる神話を相対化し、娼妓になるべき娘として、美登利にどのような立場の変化があり得たかを考えていきたい。具体的な変貌の理由がテクストに書かれていない以上、それは水掛け論になりかねないが、それでも私は、美登利の変貌をめぐっては、公娼制をめぐる歴史的文脈をふまえたリアルな議論をなすべきだと考えるのである。

　娼妓になるべき娘として、美登利の背負わされた生を実感することは意外に困難な作業なのかもしれない。娼妓になるということ、あるいは娼妓として生きるということが具体的にどのような経験であったのか。「江戸幻想」[1]にひたった多くの読者は、きらびやかな世界を支えるシステムの苛酷さを直視することなく、最低限の歴史的事実も知らないままに「たけくらべ」を読んでいるのではないだろうか。

たしかに、三の酉の日を境に美登利が娼妓の世界に足を踏み入れたと言うだけで、十分に哀れさを感じることができるだろう。悲惨の内実を明らかにすることは、かえって情感をそぐとの見方もあり得ると思う。しかし、美登利が直面したことが何であったか具体的に語ること、それはこれから娼妓として生きる美登利の生を貶めることにはならない。

実際に多数の娼妓が存在し辛酸を嘗めていた。買売春は現実の公認されたシステムとしてそこにあった。娼妓になるべき娘が何に直面し何に傷ついたか。彼女らはどのようにして娼妓になるのか。悲惨なものであればあるほど、現実から眼をそらすことなく、正確に語らなければならない。「たけくらべ」を通して私たちは、厳として存在した日本近代公娼制の一端に触れることができるだろう。もしそれを、具体的に知る必要がないとするなら、美登利の悲劇は絵空事になりはしないか。

二　《神話的初潮説》

論争以前、「たけくらべ」解釈において支配的であった美登利初潮説には、アプリオリな前提があった。それは、初潮という出来事が、〈少女〉が〈大人〉になるための通過点としてきわめて重い意味を持ち、身体的な変化のみならず、内面にも大きな変化をもたらすというものである。初潮を境に、〈少女〉は〈女〉になる。〈少女〉にとって初潮とは、たんなる生理現象ではなく、象徴的意味を持った一種の通過儀礼である。アイデンティティの書き換えを求め、行動原理の変革をも迫るものとして、初潮はおとずれると考えられてきた。

たとえば、初潮説をとる前田愛氏が「酉の市の賑いをよそに、『薄暗き部屋』に臥せている美登利は、かつて自分の体内に生きていたひとりの少女が確実に死んだことを自覚する。遊び女《め》に再生するためには、遊ぶ子どもはいったんは死ななければならないのだ」というように、死と再生のメタファーで美登利の変貌を語るのも[2]、そのような前提があったからである。現在も、初潮によって〈少女〉と〈女〉を分節する思考は、一定の影響力を持ち続けているだろう。

初潮により、〈少女〉は身も心も〈大人〉の〈女〉へと変貌するという認識を、ここでは仮に「初潮神話」と名づけておきたい。誰もが知っており、しかし、そのような知の起源は明らかではない。そういう性質のものとして、〈少女〉と初潮の関わりは語られてきたのではないか。私自身、実際にはそのような例を見聞きしたことがないにもかかわらず、初潮とはそのようなものとしてあるということを知っていた。「初潮神話」にもとづく初潮説を、《神話的初潮説》としたい。

そこには、〈少女〉というステレオタイプがある。〈少女〉という記号はつねに、セクシュアリティへの距離によってはかられるのである。初潮を迎えることで、〈少女〉は性的に「成熟」し、〈大人〉になったものと見なされる。私たちが、初潮にあれほど重い意味を持たせるのは、本来、性を内在させながらも、未熟であるがゆえに無垢と見なされる〈少女〉が、初潮を契機に、突如として性へと開かれた存在＝〈女〉になると考えるからである。初潮を迎えることが、性的な身体を不意に獲得することを意味し、〈少女〉が本当に無垢を喪失するのであるなら、それは主体のアイデンティティに関わる危機として、必ずやとまどいや恐れの感情を呼び起こすに違いない。「大人に成るは厭やな事」という美登利の反応は、「成熟」拒否、もしくは「成熟」嫌悪として受けとめられてきたわけである。

ところが、「『たけくらべ』解釈へのひとつの疑問」で佐多稲子氏は、そのような認識そのものが文学的虚構にすぎないと指摘した。佐多氏は端的に、「娘に初潮があって、性格が変るほどにもなるものであろうか」と疑問を提示し、「いっときの打ち沈みはあるにしろ、娘自身が女の正常をそのことで知るものである。」「美登利の急に恥じらいがちにおとなしくなるのが、初潮ぐらいであるのなら、（中略）『たけくらべ』は美しい少女小説」にすぎなくなるとの問題提起を行ったのである。

性を描くことがタブーであった児童文学にあって、唯一描くことを許された少女のセクシュアリティが、「初潮という、少女の身体的・性的発育の徴である」ことを指摘した横川寿美子氏は、さらに、児童文学において「初潮という切札」があまりにも安易に、頻繁に、〈少女〉の成長の契機として持ち出されてきたことを批判している。[3] この批判を補助線に佐多氏の指摘を読み解くなら、「美しい少女小説」という皮肉を用いて佐多氏が言いたかったこと、それは、いやしくもリアリズム文学であるなら、「初潮ぐらいのこと」で美登利が変貌するはずがないということであり、さらに、現実の初潮は、それほどに重大な意味を持つものではないということである。そして、より広い視野からながめるなら、「成熟」というテーマを「たけくらべ」解釈に導入することの是非をめぐって、論争は仕掛けられたといってよい。

それまで何ら疑われることなく補強され続けてきた「初潮神話」も、いったん相対化されてしまえば、現実はそれほど単純なものではないということは明らかである。佐多稲子という女性作家によって、それが言われたからなおのこと、研究者達は「頭を抱え」[4]ることになる。

いうまでもないことであるが、生きられた現実として、初潮を迎えた女性がショックやとまどいを感じること。そのこと自体を私は否定するものではない。だが、妊娠・出産可能な身体の獲得を、少女が、喜びではなく喪失として否定的に受けとめるものだとする認識には、ある種の決めつけがある。初潮にこれほど重い意味を認める私たちの感性というものは、かなりあやしげなものではないだろうか。それは、女性のセクシュアリティをめぐるもう一つの神話――「男」を知る（処女喪失）と女性は変わる――のあやしさと軌を一にするものである。「お俠」であるから、あるいは「我まゝ」であるから、美登利はまだ初潮を迎えてはいない／処女喪失はまだであるとか、大人しくなったから初潮を迎えた／「男」を知ったに違いないなどというように、ひとりの人間の性質を初潮や性交経験の有無などといったセクシュアリティの次元で解釈すること自体いびつなことなのだ。佐多氏の指摘はこういった、セクシュアリティをめぐる神話を直接撃つものであった。

三　《契機としての初潮説》

佐多説によって「初潮神話」がひび割れて以来、単純に、初潮の衝撃そのもので美登利が変貌したと主張することは難しくなったようである。ここで、論争以降登場した新たな初潮説を、《契機としての初潮説》と名づけたい。近い将来、自分が参入すべき世界であるにも関わらず、娼妓の勤めというものについて実質的にはほとんど無知であった美登利が、初潮を契機に突然、現実に目覚め、大きな衝撃を受け変貌したという把握である。彼女の外見の変貌は、初潮と結びついた何らかのセレモニーが行われたためとして説明されることが多い。

むろん、論争以前にも、初潮を迎えたことの衝撃とともに、美登利がみずからの将来を自覚したとする見解は見られた。[5] また、《契機としての初潮説》においても依然、初潮自体の衝撃を加味する論もある。しかし、論争以降の初潮説のポイントは、明らかに現実に目覚めたとする点に重心が移動している。

たとえば、重松恵子氏は広義の初潮説をとりながらも、もはや初潮自体の衝撃にふれることはない。ひとえに、「自己の運命を知ること」が美登利に大きな衝撃をもたらしたとする。「美登利が成年を迎え得意先に挨拶廻りに行ったことだけは確かなようである」が、それが「彼女にとって、『憂く耻かし』い事、『顔の赤む』事であったのは、今の美登利が以前とは違い、成年の『意味するもの』が何であるのか、『彼女を待ちうけている役割』がどんなものであるかを知ったからに他ならない。」「遊女の実質の意味を教えられた」。「通常ならば祝うべき大人の徴が、遊女となる少女にとっては残酷な運命の始まりとなるのである。美登利のような境遇にある少女にとって、初潮の意味は通常よりも重いはずである。」「突然に始まる初潮」が契機となり、「終局に於いて、唐突に自己のおかれた状況の意味を知ることこそ、悲劇たる理由があるのである」と述べている。(6)

また、佐多説への反論として、初潮を迎えたことを祝う「成女式」の場で、美登利が自分を待ちうけている役割をほのめかされたか、あるいは彼女自身「成女式が意味するものを、重い手応えでうけとめたにちがいない」とする前田愛氏の見解や、(7)関礼子氏の、「成女式」が行われ「大黒屋の主人から遠からず『初店』の日が訪れることが告知された」とする見解。(8)初潮を迎えた美登利は、「島田髷を結い盛装して吉原遊廓でお披露目をさせられている。この時美登利は初めて遊女になるべき運命とその辛さを身体的に感じ取ったのである。」とする山田有策氏の見解も同様である。(9)初潮を契機に、その時はじめて、美登利は娼妓をめぐる苛酷な現実を直視せざるを得なくなったと主張されている。

《契機としての初潮説》に共通するのは、教えられたにせよ気づいたにせよ、その日を迎えて現実に目覚めるまで、美登利は無垢であったとする論理である。《水揚げ説》も含めて「たけくらべ」が論じられる際、頻繁に用いられるレトリックであるが、変貌の大きさに見合うだけの、ドラマチックな内面的落差を読もうとする。つまり、日常的に「姉のもと」に出入りをしながらも、客が娼妓に何を求めているか知らない無邪気な〈少女〉美登利が、現実の醜さを直視せざるを得なくなった時、その純真さゆえにより大きな衝撃を受けたと説明するわけである。

さらに、もう一つの特徴として、論者自身が初潮説を標榜する以上当然ではあるが、現実に目覚める契機として、初潮が必要不可欠と考えられていることがあげられる。その意味で依然、初潮は〈子ども〉期の終焉＝〈成人〉を意味するものとして扱われている。初潮を迎え〈大人〉になったことを契機として、美登利の辛い人生が実質的に始まると考えられている点がポイントである。

しかし、ここにはいくつかの問題点がある。ひとつは、本当に、美登利はその日まで娼妓の現実に気づいていなかったのかということである。変貌までは無垢という立場の根拠となるのは、つぎのような一節である。

美登利の眼の中に男といふ者さつても怕からず恐ろしからず、女郎といふ者さのみ賤しき勤めとも思はねば、過ぎし故郷を出立の当時ないて姉をば送りしこと夢のやうに思はれて、今日此頃の全盛に父母への孝養うらやましく、お職を徹す姉が身の、憂いの愁らいの数も知らねば、まち人恋ふる鼠なき格子の呪文、別れの背中に手加減の秘密まで、唯おもしろく聞なされて、廓ことばを町にいふまで去りとは耻かしからず思へるも哀なり（八）

たしかに、これを見るかぎり、娼妓として生きることが、現実にどれほどの苦痛を当人に強いるか、美登利には見えていなかったと考えざるを得ない。幼さゆえに、身売りを孝行として肯定する世間の価値観に疑いを持たず、自分も売れっ子娼妓である姉のようになりたいと無心に願っていたと読める。しかし、このような認識のままで、美登利が三の酉の日を迎えたとするなら、夏祭りの際、長吉の蔑みに彼女が傷つき、激しく反撥したことや、十二・十三章で美登利が、信如《のぶゆき》に受け入れてもらえなかったことに深く傷ついたであろうことなど、「たけくらべ」の展開そのものの意味がなくなってしまうのではないだろうか。彼女は信如の拒絶の理由を、娼妓になるべき娘としての、自分の属性ゆえと理解するしかなかったはずである(10)。美登利は人形ではない。彼女が変貌まで一貫して娼妓の現実に無自覚であったという把握には、筆屋の騒動以来、彼女が経験したであろう他者との葛藤がまったく反映されておらず、不自然である。

七章冒頭に示されているように、「龍華寺の信如、大黒屋の美登利」を好一対として提示しようとする語り手の意図をふまえるなら、美登利の説明にあてられた八章と、信如の説明にあてられた九章は対の関係をなしており、ともに物語開始以前の彼らの人となりやその環境の説明にあてられていると考えるべきである。四月末から十一月なかばまでを物語の時間とする「たけくらべ」二～十三章に展開するドラマとは、右の引用のように無邪気な認識を有していた美登利が、他者との葛藤を通じて、みずからの娼妓観を決定的に変容させる過程を描いたものだ。娼妓の現実をすでに自覚していた美登利の身の上に、エピローグである三の酉の日、さらに何かが起きたのである。

そして、より重要な問題として考えなければならないのは、本当に美登利は、初潮を迎えるまでは自由なのかということである。個人差も大きく、いつおとずれるかわからない初潮に左右され得るほどに、美登利の猶予期間の終焉がフレキシブルであるとは、私には考えられない。たしかに、美登利の両親が生活に困っていないことは、彼女が潤沢な小遣いをほしいままに浪費していることからも明らかだ。その限りでは、初潮前の美登利が自由をうばわれるというのは不自然に感じられるかもしれない。しかし、それならば他の娘達はどうだったであろうか。近世の禿や近代における娼妓見習（豆）の存在を例にだすまでもなく、娘達は年齢に関わりなく、親の事情に応じて売られたのではなかったか。

＊

　ここで、公娼制の特徴について、いくつかふれておきたい。

　藤目ゆき氏によれば、日本近代の公娼制度は欧州の公娼制度をモデルとし、近世の買売春制度を再編成することによって成立した。その特徴としては、「強制性病検診制度」や「人身売買否定の名目にたって、娼妓の自由意志による『賤業』を国家が救貧のためにとくに許容するという欺瞞的偽善的なコンセプト」があげられるという。[11] 人身売買については、明治五年七月のマリア・ルーズ号事件をひとつの契機として出された「娼妓解放令」(「太政官達第二九五号」明治五年十月二日)と、ついで九日に司法省から出された「達第二二号」(いわゆる「牛馬きりほどき」)により禁止されたが、あくまでもそれは人身売買の禁止であって買売春の禁止ではない。東京府では、「娼妓解放令」の二日後の十月四日には人身売買厳禁に関する「東京府令」(第七〇四号)が出され、「今後当人ノ望ミニヨリ遊女芸妓等ノ渡世致シタキ者ハ夫々吟味ノ上可差許次第モ有之候」とある。また同八日には、遊女屋は貸座敷とし、遊女・芸者・貸座敷とも印鑑をもって願い出るよう通達が出されている(第七〇七号)。[12] 以降、本人の自由意志による売春という建前が貫かれることになるが、いうまでもなく、前借金による人身の拘束は続いていく。

　東京府における貸座敷・芸娼妓に関する法令の変遷をまとめるとつぎのようになる。明治六年十二月十日「貸座敷渡世規則」・「娼妓規則」・「芸妓規則」制定、同九年二月二四日「貸座敷規則」・「娼妓規則」改定、同十五年十二月二七日「貸座敷引手茶屋娼妓三渡世取締規則」改定、同二十年五月二三日「貸座敷引手茶屋娼妓取締規則」改定、同二二年三月二七日同規則改正。[13]

このうち、娼妓の年齢制限・鑑札に関するものとしては、明治六年十二月十日「娼妓規則」にはじめて、「第一条　娼妓渡世本人真意ヨリ出願之者ハ情実取糺シ候上差許シ鑑札可二相渡一。尤十五歳以下之者へハ免許不二相成一候事。」と定められた。ついで、同九年二月十七日、貸座敷・娼妓への免許交付事務が東京府より警視庁の管轄に移されたのにともない、同二四日「娼妓規則」には「娼妓トナラント欲スル者ハ、現住籍ノ戸長奥印ヲ以テ警視庁へ願出可シ。詮議ノ上免許鑑札可二下渡一事。」とある。同十五年十二月二七日「貸座敷引手茶屋娼妓三渡世取締規則」では「第三十条　娼妓ノ願書ニハ力《つと》メテ其実情ヲ詳記シ、且寄寓スヘキ貸坐敷ヲ定メ、之レト結約セル条件ヲ附記スヘシ。警視庁ハ其願意及ヒ身体審査ノ上許否スヘシ。」となっている。同二十年五月二三日「貸座敷引手茶屋娼妓取締規則」では「第六条　娼妓タラントスル者ハ願書ニ其実情ヲ詳具シ、父母及ヒ證人二名並ニ寄寓スヘキ貸座敷主ト連署シ、其等格揚代金及ヒ結約条件ヲ附記シ、籍面ヲ添ヘ取締加印ノ上、区長又ハ戸長ノ奥印ヲ受ケ警視庁ニ願出、免許鑑札ヲ受クヘシ。警視庁ハ其願意及ヒ身体ヲ審査ノ上許否ス。但シ十六歳未満ノ者ハ娼妓タルコトヲ得ス。」となる。同三二年三月二七日の改正では、この点に関し大きな変更がない。

つまり、東京府に関しては、「娼妓規則」制定当初は十五歳より娼妓としての鑑札を受けることができたが、明治二十年よりそれが十六歳以上になったということである。その後、内務省が全国一律に娼妓取締りを行うことになり、明治三三年十月二日に「娼妓取締規則」を制定して「第一条　十八歳未満ノ者ハ娼妓タルコトヲ得ス」と定めることになる。

ところが、山本俊一『日本公娼史』（中央法規出版、一九八三・三）によれば、「どの府県の取締規則にも年齢制限が布かれていたが、それを何歳にするかは一定せず、一二歳から一六歳にまで分かれていた」とあり、申請の許可される年齢を、十二歳以上とする宮城県「娼妓規則（改正）」（明十四）、十三歳以上とする岡山県「娼妓規則」（明十）、十四歳以上とする愛知県「席貸茶屋娼妓取締規則」（明十七）の例があげられている。東京では当初、十五歳より娼妓として正式に鑑札がおりたと知るだけでも少なからず驚くが、これらの例を見るかぎり、年少者のセクシュアリティの保護という、私たちからすれば当然とみなされる観点は、娼妓に関して必ずしもあてはまらないということがわかる。幼くして売られた娘が、はやくに客を取らされる状況を無視できないからこそ、行政は一定の年齢制限を設けてこれを規制するのであるが、十二歳になればもはや問題はないとする県すらあったわけである。前借金にしばられ、初潮前であったとしても鑑札がおり次第、勤めに出なければならない女性が存在したであろうことを肝に銘ずるべきだ。きれいごとでは済まされない事態が、当たり前のこととしてあったということに衝撃を受ける(14)。

初潮説には、初潮を迎え〈大人〉にならなければセックスができない＝娼妓になれないという大前提があると思われる。だが、そのような認識は、あまり現実的なものといえない。たとえば現在、東南アジアにおいて、児童買売春が公然と行われているという事実に目を向けるべきだろう（毎年推定一〇〇万人の以上の子どもが商業的性搾取にさらされているといい、日本も買春加害者の送り出し国である）。一九九六年八月、ストックホルムで開催された「第一回子どもの商業的性搾取に反対する世界会議」（日本を含めた一二二カ国の政府・二十の国際機関・多数のＮＧＯが参加）では、全世界へ向けて、子ども買春・子どもポルノ・性目的の人身売買根絶のための国際運動が強く訴えられている(15)。極端な議論に聞こえるかもしれないが、未熟な性を守らねばならないという発想が、絶対的なものではないことを理解する必要があるのだ。初潮を迎えるまで、美登利は娼妓の世界への参入を猶予されているとの前提には、再考の余地がある。

成女式についても確認しておきたい。八木透氏によれば、「女子の成人儀礼すなわち成女式は、一般に男子と較べて明確な儀礼をともなわない場合が多く、よってこれまでに報告された事例もさほど多いとはいえない」が、傾向としては、「成女式は、婚姻の資格を得たことを周囲に披露する目的が顕著にあらわれる」という。成女式の形態としては、ヘコ（女子の場合は腰巻）祝いや鉄漿《かね》つけといった「身体服飾変化型」や「擬制的親子関係の締結型」、寝宿（娘宿）へ泊まりに出る「外泊型」、「初潮祝い型」などがあり、「十三歳や十五歳という実年齢を基準として行われる場合と、実際に初潮があった時に行われる場合とがある」という。「何よりも近い将来の婚姻を前提として行われる場合が通例である」成女式が初潮と深い関わりを持つ時期に行われることは、初潮が、妊娠・出産が可能であることのひとつの目安になり、婚姻の有資格者であることのあかしと見なされるからであろう。[16]〈子ども〉と〈大人〉の分節点に成女式を置く前田愛氏や関礼子氏の見解は、その限りにおいて妥当性を持つ。

ところが、成女式が妊娠・出産可能な身体の獲得を祝い、婚姻の資格が整ったことを共同体内部に示す儀礼であったのに対して、娼妓になるべき娘の初潮を祝う必要があるのかという疑問がある。残酷な言い方ではあるが、商品として妊娠しないことが必須であった娼妓にとって、月経は仕事の妨げ以外の何ものでもない。さらに、「紀州」からの転入者である美登利に、共同体の成人儀礼である成女式を祝ってもらう資格がないことを確認しておきたい。少なくとも、共同体の成員ではない美登利の変貌に、成女式を持ち出すことには無理がある。

四　《水揚げ説》

佐多氏の主張した《水揚げ説》は本来、〝〈子ども〉が〈大人〉になる物語〟という枠組みの呪縛から「たけくらべ」を解き放つインパクトを持つものであった（佐多説では「初店」の語が用いられたものの、内容としては水揚げを指すと考えられるので、水揚げの語で統一する）。長年「たけくらべ」を縛り続けてきた「成熟」というテーマを解体し、それにかわって性暴力という生々しいテーマを浮上させたこと。そこに、佐多説の重要な意義がある。

美登利にとっての水揚げ、それはまさしく強姦と呼ぶべきものだ。十四歳の少女に対し、（両親や楼主からどれほど因果を含められていたとしても）その意に反した性的な暴力が加えられたのである。美登利がそれまで処女であったとしても、そのような経験を誰も、「成熟」のステップのひとつと位置づけることはできないはずである。(17)

そして、例外はあるものの、《水揚げ説》をとるならば初潮という契機を問う必要がない。いつ美登利が初潮を迎えたかという問題――それは、「成熟」というテーマと密接にかかわる問題である――が、「たけくらべ」の解釈にかかわってこなくなるのである。たとえば、榎克朗氏は「私としては、それは何時であってもいいと思う。極論するならば、彼女がまだ初潮を見ていなかったとしても不都合ではない」と述べ、「源氏物語」からの連想で「少女凌辱」の暗示をそこに見る。(18)西川祐子氏の指摘するように、「性が商品として扱われる場合、売り主は初潮をみて商品の成熟を確認する必要はない。」「未成熟のままうけた陵辱が、気性の勝った少女の性格を変えた」というように読むことも可能である。(19)北川秋雄氏の調査によれば、佐多氏自身も前田愛「美登利のために」に対する反論のための控え帳に、「初潮があったから『水揚』ということも聞いたことなし　これも関係ないと見てよし　むしろ男は　そんなことのない少女に高価なものを見ていたかもしれぬ」とのメモを残していたという。(20)水揚げの前提として初潮が不可欠だとの立場をとるとしても、それならば、美登利は十四章以前ですでに初潮を迎えていなければならず、それが何時かを特定することは困難になる。物語の開始以前に初潮を迎えていても問題はない。いずれにせよ、〝〈子ども〉が〈大人〉になる物語〟という「たけくらべ」把握の枠組みは大きく揺らぐことになる。

ただし、注意しなければならないのは、水揚げを、たんなる処女喪失ととらえてはならないことだ。それを処女喪失と名づけた場合、大部分の女性が経験する、ひとつの重要な通過点として普遍化され、ふたたび「成熟」というテーマが浮上しかねない。そういう意味で、「初店も水揚げも端的には『処女喪失』を意味するわけであるが」というように、佐多説のポイントを処女喪失に置き換えた関礼子氏の見解は誤りである。[21] また、「この日の美登利に『ゑゝ厭やゝ、大人に成るは厭やな事』と嘆かせもする『憂く耻かしく、つゝましき事』が、テキスト全体の指示する方向に照らしても、十四才の少女の心理に照らしても、〈性〉にかかわる〈何事か〉であることだけは動かない」という蒲生芳郎氏の断定が象徴的に示しているように、[22] それぞれの論者が「〈性〉にかかわる〈何事か〉」以外に、〈少女〉の身の上にあのような劇的な変化を引き起こすことはできないと考えているとすれば問題である。〈少女〉という記号に、ステレオタイプな意味を押しつけ、その「成熟」を描いた物語として「たけくらべ」を見るから、初潮か処女喪失しか、変貌の契機が思い当たらないのである。[23]

ところで、水揚げが行われたとすれば、たしかに衝撃的であるに違いない。だが、これまでたどってきた議論には、ある重要な観点が抜け落ちているといわざるを得ない。それは、美登利が吉原という場所の娼妓＝公娼になるということである。論争を概観しながら気づいたことは、当時一般にどのようなプロセスを踏んでひとりの女性が公娼になるのかという、最低限ふまえておくべき事実が曖昧なまま議論が交わされていることである。吉原で娼妓になるとはどのような経験の謂か、それぞれの論者は、歴史的事実に即した具体的なイメージを持っているのだろうか。

五　《人身売買説》

たとえば、変貌以前の美登利はどのような立場におかれていたのか。彼女が大黒屋の養女（いわゆる「一生不通養女」）でないことは三章に書かれているし、たとえその名が近世の禿を想起させるものだとしても、本文の記述を見るかぎり、美登利は両親のもとで自由な時間をすごしていたと考えるほかない。だが、近い将来、水際だった個性を持つ美登利が娼妓になることは、大音寺前に暮らす人びとの多くが知っていた。また、姉の大巻のような素晴らしい娼妓になるであろうと無責任に期待されている。子ども達までが彼女を「買ひに行く」日を心待ちにしているのである。

したがって、三の酉の日を境にして、美登利の立場に何らかの変化があったとすれば、それまで自由な子どもとして気ままに暮らしていた彼女が、娼妓にかかわる何らかの立場に一歩足を踏み出したととらえてよいのではないか。そういう意味で、「美登利は姉の大巻を誇りにしている娘だが、その彼女の上にもいよいよ姉と同じ現実が刎橋を渡った日に襲ったのである。美登利はそれを我が身の上で経験した時、初めて彼女はそれを憂きことと知ったのだとおもう。美登利の急におとなしくなったのはその恥かしさだった。」という佐多氏（前出）の見解は、過不足なく事実を言い当てている。ただし、肝腎の「姉と同じ現実」とは何かという点において、私の結論は異なる。

美登利の姉の大巻が、「身売り」によって親元を離れ、吉原にやってきたことは「たけくらべ」に明示されており、やがて美登利も同じような行路をたどることは明らかである。私は、水揚げも象徴的意味を持つであろうが、なによりも、娘達が最初に直面するのは「身売り」という経験だったと考える。姉同様、親に売られた時点から、美登利の生活は一変し、娼妓としての現実が迫ってくる。彼女は親に売られた時点で、自分を取り巻く世界が大きく変わったことを理解し、自分が「女郎」＝「乞食」と呼ばれ蔑まれるべき存在になったことを実感するのではないか。その日、美登利の「上にもいよいよ姉と同じ現実」が襲ったのであるとすれば、それはまず「身売り」というものであったはずだ。私はこれを《人身売買説》と名づけたい。公娼にせよ私娼にせよ、買売春の場というものが実質的な人身売買を前提に成り立っていたことに留意すべきだ。

誤解を避けるために付言すれば、この場合の「身売り」とは、性を商品化するという意味ではない。先行研究においてはしばしば（佐多氏も含めて）、「身売り」・「身を売る」という表現を「客と性交渉をもつ」という意味で用いているが、当時の吉原において、美登利の性のみが商品化されるという状況を想定することは現実的ではない。〝美登利の親が娘に身体を売らせる〟という表現は、美登利の性のみが商品化されるように感じられてしまい、現実と齟齬をきたすだろう。また、〝美登利が身体を売る〟という表現も不適切である。そのように表現すると、人身売買と性のみの商品化との区別が曖昧になるし、娼妓稼業が彼女の主体的な選択であるかのようにとられかねない(24)。

美登利の親は、娘の人身ないしは人法的支配権（住替権や身請・縁付の権利、死後の処置権など）を大黒屋に売る。娼妓になるとは、そのような経験の謂である。前借金にしばられた、実質的な人身売買というべき娼妓稼業契約、もしくはいわゆる「一生不通養女」（実親との縁を完全に断ち、樽代とか養育料と称する対価を支払って養女とする一種の人身売買）契約が、親と楼主のあいだで結ばれることが、美登利にとって娼妓への最初の一歩となる。彼女自身は契約の主体ではない(25)。

娼妓とは、すべて売られた娘達である。娼妓の世界に足を踏み入れるということは、ひとえに人身の問題である。あるいは、人としての尊厳にかかわる問題といってもいい。牧英正氏によれば、徳川「幕府がくりかえし出した人身売買禁止令は徹底したもので、譜代の下人とよばれた奴隷的身分の存在に重大な打撃を与えた。これとならんで、商品生産の発展と貨幣経済の浸透が一般の奉公形態を変えることになる。概していえば、一般の奉公関係は、身分的な奉公契約から債権的な雇傭契約へと推移する。こうして人身売買の系譜をもつ奉公形態は、主として遊女や飯盛女等の直接生産に関係の少ない、雇傭制度発達の主流からそれた袋小路の問題となる」(26)。そのような奉公形態は、明治以降も引き継がれていく。三節であげた藤目ゆき氏の見解とは別に、早川紀代氏は、日本近代公娼制の最大の特色として、「集娼地域で、父親の同意（申請理由の大多数は家の貧困のためであるから、この同意は親の強制がくわわっていると考えられる）による前借金を、人身の拘束をうけておこなう売春によって遊廓業者に返済することを公認したこと」をあげている(27)。一九三五年三月二二日「第六七回帝国議会衆議院衛生組合法案外四件委員会」において、「従来娼妓と云ふ者が一片の内務省令で取締られて居った所のものを、改めて法律化しようと云ふ趣意」で提出された「娼妓取締法案」審議の場で、法案提出者の一人である高橋熊次郎委員（衆議院議員、政友会）はつぎのように述べている。

前借を以て娼妓を縛ると云ふけれども、前借のないものは内規の上で許さないことになって居ります、法令の表に於きましては何等、前借がなければ娼妓貸席を許さないと云ふことにはなって居りませぬ、併ながら家庭の貧困の為に身を沈めると云ふのが精神になって居りまするから、随て前借金がなければ娼妓貸席を許さないと云ふやうな不文律とも申すべきやうな内規的の事情があるのであります、法令の下に於ては決して前借がなければ娼妓稼は出来ないと云ふことではないのですが、警察の方の取扱の上、手続の上に於て、前

借がなければ云々と云ふやうな慣習になって居ると私共は承知致して居るのであります[28]

葛城天華・古沢古堂『吉原遊廓の裏面』（大学館、一九〇三・六）[29]には、「彼等が娼妓となるべき順序」が記されている。それによるとまず、身売りの際は女衒・判人が楼主との間を取り持つのが通例であるが、（美登利の姉の場合のように）「楼主自身田舎なぞへ買出しに行く事もあ」り、話がまとまれば、「手附金として全額の半分又は三分の一を親元へ渡し、其娼妓となるべき女を自己の楼に連れてくるのである。然して当分の間は見習として雑事に追使はれ、絶えず楼主より娼妓となつての心得を説き聞される、で契約の当時には（中略）證書を本人及親元の連署にて楼主に差入おき、然る後娼妓営業許可願を本人と楼主との連署を以て是に親々の承諾書を添へ所轄警察署に願出るのである、所轄警察署は本人に対して、一応形式上説諭を加へるけれども、そは予《かね》て楼主側よりかういへばあゝいへ、あゝいへばかういへと教られてあるので其通り答へるから、止《やむ》なく身体の健康診断を行ふて差支へなきものならば、直ちに鑑札を下付される」仕組みになっているという。あるいはまた、昭和期の吉原のありさまを記した、福田利子『吉原はこんな所でございました』（現代教養文庫、一九九三・七、59・60頁）によれば、身売り＝吉原行きの話がまとまると、まず周旋人から貸座敷へ、娘の身柄とともに、親の承諾書・戸籍抄本・身売りの理由書が渡される。それらの書類に間違いがないか地元警察に照会され確認がとれると、本人が吉原病院で健康診断を受け、写真をつけた許可願に、先ほどの書類・健康診断書を添えて日本堤警察署に届け、その許可がおりてはじめて娼妓になることができたとある。

『毎日新聞』に連載されたルポルタージュ「社会外之社会!!!」（一九〇〇・三・七～十四）には、父の病中、継母によって売られた十二歳の娘が翌年、吉原遊廓から逃れ自由になるまでの経緯が記されている。彼女が六年年季・十円で売られた妓楼には、他にも三人の娼妓見習（豆）がいるという。幸い彼女は、逃れ来た先の毎日新聞社が前借金を返済することで自由を得たが、記事は「読者諸君よ、此の少女の語る所を聞け、斯る清浄無垢の少女をば僅かに十円、十五円の金に買ひ取りて牛馬の如くに使ひ廻し、十六の春の来るを待つて、之を娼妓の名簿には上《の》ぼすなり、此時是等の少女は種々の名称の下に数百円の虚偽の借金を負はせら」れ、重い負債のために一生を犠牲にする者が多いと訴えている[30]。さらに、論争以降しばしば参照される、森光子『光明に芽ぐむ日（初見世日記）』（文化生活研究会、一九二六・十二）もやはり、冒頭で彼女の身売りの経緯に紙数を費やし、営業までの手続きを具体的に記している[31]。これらからも、まずはじめに身売りがあり、その後、公娼の場合は（年齢制限未満の場合には、一定の年齢に達してから）定められた手続きにのっとり営業許可申請の行われたことが理解できる。水揚げはその後ということになる。十四歳で売られた美登利も、同様の道を歩むほかない。

　たしかに、芸娼妓の自由廃業ということはあった。だが、「芸娼妓契約についての大審院の支配的見解は、最も簡略化して述べれば、芸娼妓稼業契約は稼業契約と前借金契約とのそれぞれ別個独立の二個の契約からなり、債務弁済方法としての前者がたとえ公序良俗に反して無効であっても、このことは純然たる金銭消費貸借契約である前借金契約には何らの影響も及ぼさない」という二元論的構成を採っていた[32]。つまり、芸娼妓をやめるのは自由であるが、前借金は返さなければならないということである。前借金に拘束された芸娼妓・酌婦の人身売買的な稼業契約が、最高裁判所の判決によって完全に無効と宣言されるのは一九五五年十月七日のことである。美登利はこれから、前借金返済のため果てしない時を過ごすことになる。

　美登利の強いられた生は苛酷だ。彼女が売られるのは「運命」ではない。両親は、現在の安定した生活をさらにこの先も確かなものとするため、美登利を売るのだ。姉娘を買いにやってきた大黒屋楼主の誘いに応じ、「此地に活計《たつき》もとむとて」やってきた時点ですでに、両親と楼主のあいだで、そのような約束がむすばれていたのであろう。商品としての美登利の価値と引き換えに、楼主はわざわざ彼女の両親に職業を斡旋し、住居を与えたと考えられるからだ。そして、ある日突然、親の任意によって自分が、もののように売られたことを知らされた美登利は、以降どのように消費されようとも拒否しようがないわが身を恥じる。ひとえに、親の選択によるものとして、美登利の変貌は理解されねばならない。

「吉原の地獄世界を充分理解してはいない美登利の幼さ、認識の甘さ」が指摘されている。[33] たしかに、物語開始以前の美登利の認識は甘かったといえるかもしれない。娼妓とは賤業と見なされ蔑まれる存在である。性的自己決定権をうばわれ、過度の人身の拘束を甘受し、精神的・肉体的な虐待の危険にさらされる。夏祭りの際「何を女郎め頬桁た〻く、姉の跡つぎの乞食め、手前の相手にはこれが相応だ」という長吉のあざけりは、何の隠蔽もごまかしもなく、娼妓に向けられた蔑視を率直に過不足なく表現しているにすぎない。にもかかわらず、それが「流浪民の過去をもつ」がゆえの「根深い差別の言辞」と受け取られてしまうところに、[34] 娼妓に対する私たちの側の「認識の甘さ」が透けて見えるのではないか。美登利の出自が問題なのではなく、まさに娼妓になるということ自体が蔑みの対象になるのである。

「たけくらべ」は売られる娘の物語である。「たけくらべ」の含意する残酷さから、目をそらしてはならない。

注

(1) 小谷野敦『江戸幻想批判』新曜社、一九九九・十二
(2) 前田愛「子どもたちの時間―『たけくらべ』試論」『樋口一葉の世界』平凡社、一九七八・十二
(3) 横川寿美子『初潮という切札』JICC出版局、一九九一・三

（4）前田愛「美登利のために―『たけくらべ』佐多説を読んで」『群像』40―7、一九八五・七
（5）たとえば、山根賢吉「『たけくらべ』私考」『樋口一葉の文学』桜楓社、一九七六・九
（6）重松恵子「『たけくらべ』の哀感―語りの手法―」『日本文学研究』（梅光女学院大学）27、一九九一・十一
（7）注（4）に同じ。
（8）関礼子「美登利私考―悪場所の少女―」『語る女たちの時代　一葉と明治女性表現』新曜社、一九九七・四
（9）山田有策「〈子供〉と〈大人〉の間…『たけくらべ』論」『『たけくらべ』アルバム』芳賀書店、一九九五・十
（10）第二章「『たけくらべ』の方法」を参照されたい。
（11）藤目ゆき『性の歴史学』不二出版、一九九七・三、90・91頁
（12）『日本婦人問題資料集成　第一巻＝人権』ドメス出版、一九七八・八
（13）『東京市史稿市街篇第五五』757頁、『同書第五八』97頁、『同書第六七』58頁、『同書第七二』232頁、『同書第七七』264頁
（14）「娼妓取締規則」による十八歳という年齢制限のもとでは、年齢制限がなく稼働年数も長い私娼（開始年齢が若いため）に対抗できないとして、娼妓の年齢低下運動を全国的に展開し、やがて公娼の年齢低下を、私娼対策と性病予防対策の一環として帝国議会に提出した、福岡市柳町の大吉楼主池見辰次郎（彼はやがて全国遊廓同盟会長をつとめ、さらに市会議員となる）のエピソードは、まさに「亡八」たる貸座敷業者の面目躍如といった観がある。業者にとって、娼妓は商品にすぎない（森崎和江「セクシュアリティの歴史」『女と男の時空―日本女性史再考Ⅴ　鬩ぎ合う女と男―近代』藤原書店、一九九五・十）。
（15）日本子どもを守る会編『子ども白書・一九九九年度版』草土文化、一九九九・八。また、ここにはあげないが、アジアにおける児童買売春に関しては、多数のルポルタージュが出版されており、愕然とさせられる。
（16）八木透『婚姻と家族の民俗的構造』吉川弘文館、二〇〇一・二
（17）〝無理やり「女」にさせられた〟というような表現で、水揚げを意味づけることがどれほど空疎であるか、明らかだろう。

(18) 榎克朗「美登利の水揚げ―『たけくらべ』の謎解き―」『深井一郎教授退官記念論文集』深井一郎教授定年退官記念事業会、一九九〇・三

(19) 西川祐子「性別のあるテクスト―一葉と読者―」『文学』56―7、一九八八・七

(20) 北川秋雄「佐多稲子『たけくらべ』論資料について」『日本語の伝統と現代』和泉書院、二〇〇一・五

(21) 関礼子「少女を語ることば―樋口一葉『たけくらべ』の美登利の変貌をめぐって―」『解釈と鑑賞』59―4、一九九四・四

(22) 蒲生芳郎「美登利の変貌・再考―『風呂場に加減見る母親』の読み―」『日本文学ノート』27、一九九二・一

(23) その意味で、《水揚げ説》とは別に、《処女喪失説》という区分も設けるべきかもしれない。

(24) とはいうものの、結局のところ、上野千鶴子氏が指摘するように、買売春を含む性産業は「『女が自分の性を男に売る』ビジネスではなく、『男が男に女の性を売る』ビジネス」なのである（『発情装置　エロスのシナリオ』筑摩書房、一九九八・一、6頁）。

(25) 人身売買については、牧英正『人身売買』（岩波新書、一九七一・十）、同『近世日本の人身売買の系譜』（創文社、一九七〇・二）他を参照した。

(26) 注（25）の『人身売買』（4頁）による。

(27) 早川紀代「日本軍慰安婦制度の歴史的背景」『共同研究　日本軍慰安婦』大月書店、一九九五・八。括弧内も早川氏。

(28) 『帝国議会衆議院委員会議録　昭和編56　第六七回議会　昭和九年』東京大学出版会、一九九四・一、190・225頁。原文の仮名はカタカナ。

(29) 『買売春問題資料集成〔戦前編〕第10巻』不二出版、一九九八・四、261頁

(30) 『復刻版　横浜毎日新聞』不二出版、一九九七・七。「社会外之社会!!!」は、注（31）の『近代民衆の記録3　娼婦』にも不完全ながら所収されている。

(31) 『近代民衆の記録3　娼婦』新人物往来社、一九七一・六　所収

（32）山中至「芸娼妓契約と判例理論の展開」『法制史研究』41、一九九一・三

（33）注（6）に同じ。

（34）高良留美子「無意識の加害者たち―『たけくらべ』論」『樋口一葉を読みなおす』学藝書林、一九九四・六

第四章　「たけくらべ」と〈成熟〉と

一　長吉の「筆おろし」

「たけくらべ」十三章に登場する長吉の優しさは印象的である。ここで彼は、「暴れ者の長吉」という語り手の規定を越えた、さわやかな横顔を読者にかいま見せる。信如に対する優しさ、気っぷのよさに接した読者は、これを手がかりに、みずからのイメージする長吉像を肯定的に組みかえるのではないだろうか。長吉の「誇らし気」な装いはまぶしいほどである。

いま廓内よりの帰りと覚しく、裕衣を重ねし唐桟の着物に柿色の三尺を例の通り腰の先にして、黒八の襟のかゝつた新らしい半天、印の傘をさしかざし高足駄の爪皮も今朝よりとはしるき漆の色、きわ〴〵しう見えて誇らし気なり。（十三）

周知の通り、この長吉をめぐっては現在のところ、廓からの朝帰りだとの解釈が定説となっている。この点に関し異存はない。特に、その装いの真新しさから俗にいう「筆おろし」（初体験）をすませたばかりではないかとの指摘も多い。しかし、ここで問題にしたいのは、そのような解釈のさらに先にある、共通の意味づけに関してである。
先鞭をつけたのは、和田芳恵氏・関良一氏による「評釈」である（『解釈と鑑賞』23—8、一九五八・八）。「語釈」担当の関氏は、十三章の「廓内よりの帰りと覚しく」について、

吉原遊廓の中からの帰りと思われ。《ママ》鳶の頭である父親の代理で用たしに行つた帰り——という筋立てであろうか。ただし、塩田博士の『評解』（引用者注：塩田良平『評解たけくらべ・にごりえ』山田書院、一九五八・五）には、「この場の長吉の扮装《いでたち》はもはやいなせな兄貴である……前後を察すると朝帰りの体でどうも使いの帰りでもなさそうである。信如と別れ際にいずれ学校で逢おうなどと言っているところを見ると遊びの帰りとも思われないが、そういう矛盾を一葉はあまり考えずに綺麗ごとにまとめたのであろうか、もっとも十六歳と云えば土地柄全然遊べないという年齢でもない」とある。なお考うべきである。

と慎重な姿勢を見せている。一方、「鑑賞」担当の和田氏は一歩踏み込んで、

一葉は「たけくらべ」に現われる少年少女たちの春のめざめを、前号の（十二）までは自然発生的に捉えてきた。／しかし、一葉は、この（十三）から、意欲的に結末へ辿ろうとしている。／（十二）までの作者は、ここにあらわれる少年少女たち自身も気づかない性《セックス》とするために、こまかな心づかいを払ってきた。心憎いほどである。／結末をつけるということは、また、作品のテエマをあきらかにすることなのだが、これは「たけくらべ」の場合は、子供が大人に変る事実に具体性を与えることに外ならない。／この（十三）で、ま

> ず、作者は、十六歳の長吉を大人にした。これは、大人の世界へはいつた長吉に、つぎに他の少年少女たちの丈をあわせるためにである。／長吉の「いま廓内よりの帰りと覚しく、」は、まつすぐに朝帰りと思うべきだろう。（中略）長吉の言葉の調子は、大人の世界をのぞいた男の匂いがするだろう。／鳶職の伜に生れた長吉は、こういう形で若者になつたことに、誇りと自信が持てるような環境にいた。／長吉の「環境」を生かした一葉は、次に美登利の「自然」の生理現象を借りて、少女を娘の世界へ連れてゆく。そのための長吉は大人への序章である。

というように、十三章において長吉が、「筆おろし」により〈大人〉の仲間入りを果したと述べている。その後、関良一氏も「長吉が成人式（?）《ママ》を済ませて戻って来た記憶すべき嵐の朝」[1]と、この場面の解釈を前進させることになる。例証は省くものの、現在もなお、このような意味づけは異をとなえられることなく引き継がれており、定説といってよいのかもしれない。

だが、このような意味づけは、いったいどれほどの妥当性を持つのだろう。

むろん、私も一般に男性の「筆おろし」を指して、〈男〉になる・〈大人〉になると表現することは承知している。それが単なる言い換えにとどまるのであれば、わざわざあげつらうまでもない。しかし、これまで積み重ねられた指摘は、どれもたんなるレトリックを越えている。〝〈子ども〉が〈大人〉になる物語〟として把握されてきた「たけくらべ」の、その枠組みを構成する重要な柱のひとつとして、長吉の「筆おろし」のエピソードは位置づけられ、繰り返し言及されてきたのである。

長吉の「筆おろし」をめぐる解釈に共通するものの見方というものは、セックスこそが、〈子ども〉と〈大人〉を分節するというものだ。「筆おろし」は、男性にとって重要な通過儀礼として位置づけられている。「筆おろし」により、男の子は〈大人〉の仲間入りをする。女を知るまでは、〈男〉として〈一人前〉とはいえない。多くの研究者が、暗黙の了解として、そのような認識を共有しているのである。

たしかに、そのような意味づけの有効なテクストもある。個々の論者は、「筆おろし」が男性の〈性的成熟〉におけるひとつの焦点であり、〈性的成熟〉を〈大人〉になることの重要な指標とする近代においては、「筆おろし」は〈成人〉の象徴的な表現になり得ると主張するであろう。しかしそれは、解釈の前提となり得るほどに普遍的なものであろうか。実は、たいへん偏ったものの見方にもとづいているのではないか。先にあげた見解が、批判の対象となることなく、これまで無防備に繰り返されてきたことに、私は問題の根深さを感じるのである。それは、〈美登利変貌論争〉(2)にもつながる重要な問題を内包する。「たけくらべ」研究においてはながらく、初潮＝無垢の喪失による美登利の変貌と、「筆おろし」による長吉の変貌はともに〈成熟〉の一典型として、セットで扱われてきたのである。

「明治二十年代の大音寺前は、東京の市街地が郊外の農村部と交錯する縁辺地帯であって、その周辺には半農村的な景観がくりひろげられて」おり、「地縁の論理」に代表されるような「農村的体質」が色濃く残っていたとする前田愛氏の指摘(3)にみちびかれて「たけくらべ」を見つめ直す時、私は、大人になるという概念をめぐって全く異なったスタンダードが、かつて存在していたことに思い至らずにはいられない。大人になるということ。それは何よりも、共同体内部の公的な役割を果たし得る年齢に達しているか否かにかかっていたはずだ。

二　「若い衆」

此界隈に若い衆と呼ばるゝ町並の息子、生意気ざかりの十七八より五人組七人組、腰に尺八の伊達はなけれど、何とやら厳めしき名の親分が手下につきて、揃ひの手ぬぐひ長提燈、賽ころ振る事おぼえぬうちは素見《ひやかし》の格子先に思ひ切つての串談も言ひがたしとや、真面目につとむる我が家業は昼のうちばかり、一風呂浴びて日の暮れゆけば突かけ下駄に七五三の着物、何屋の店の新妓を見たか、金杉の糸屋が娘に似て最う一倍鼻がひくいと、頭脳《あたま》の中を此様な事にこしらへて、一軒ごとの格子に烟草の無理どり鼻紙の無心、打ちつ打たれつ是れを一世の誉と心得れば、堅気の家の相続息子地廻りと改名して、大門際に喧嘩かひと出るもありけり（八）（傍線引用者、以下同様）

「たけくらべ」における「若《わか》い衆《しゅ》」の存在について、私たちはもっと注意を払う必要があると思われる。右の引用には、大音寺前において、「十七八」歳より加入を許される「若い衆」と呼ばれる年齢集団の存在することが示されている。仕事を終えると「町並の息子」達は徒党を組み、「揃ひの手ぬぐひ長提燈」といういでたちで賭博をし、吉原へ繰りだす。大人の遊びを許され、浮き立つ彼らの姿が印象的である。

土地柄か、やくざな雰囲気を漂わせているものの、ここに描き出された「若い衆」は基本的に、昼間は家業に精をだす「堅気の家の相続息子」達である。大音寺前の男の子は、一定の年齢をむかえると、「若い衆と呼ばるゝ」ようになるのである。二章の長吉と信如の会話にも登場するこれら「若い衆」は、民俗学的には、ムラ共同体の祭りの主要な担い手となり、夜まわりなど警防の役割も果たした、いわゆる「若者組」と呼ばれる年齢集団に属する若者達のことであると考えられる。民俗社会では、彼らは「ワカイシュウ」・「ワカイモノ」等々と呼ばれ、活動内容などに地域差は大きいものの、近世から明治後期まで、本州から九州までの全域に見られた。宮本馨太郎氏は『東京都の民俗』（慶友社、一九八一・四、143頁）において、次のように述べている。

ひろく都下の各地域で村組を基盤とした組織と機能をもつ年齢集団としてあげ得るものは青年集団だけであった。この青年集団を都下の各地域ではワカイシ・ワカイシュ・ワケエシュ・ワカイシュグミ・ワカイシュナカマ・ワカモノヂュウ・ワカイモン・ワカイモンナカマ・トモダチヂュウなどといったが、都下では明治三十年代から青年組・青年会・夜学会・学習会・交和会・青農倶楽部などと呼ばれ、おおかた大正七、八年前後の頃には青年団に改組された。

二章冒頭には、「若者」と「子供」の差異が、祭りへの関わりのもとに描き出されている。

八月廿日は千束神社のまつりとて、山車屋台に町々の見得をはりて土手をのぼりて廓内までも入込まんづ勢ひ、若者が気組み思ひやるべし、聞かぢりに子供とて由断のなりがたき此あたりのなれば、そろひの裕衣は言はでものこと、銘々に申合せて生意気のありたけ、聞かば胆もつぶれぬべし（二）

ここからは、祭りの中心的な担い手となり、おのが町内の威勢を示そうと意気込む「若者」＝「若い衆」達の生き生きとした姿が浮かび上がってくる。「若者組がたずさわる信仰行事の代表は氏神（産土神《うぶすながみ》、鎮守《ちんじゅ》）祭祀である。祭礼における神輿かつぎ、山車曳き、その他幟立てや屋台づくりといった下準備は、もっぱら若者組の役割だった[4]。それに対して「子供」達は、模倣を通して共同体の心性や規範を学んでいく。平出鏗二郎は「若衆と仕事師」(『東京風俗志　上巻』明三二・十)において、「町方にては町中に若衆《わかいしゆう》の組ありて、若者概ね十七八歳に至ればこれに加はる、迭《たが》ひに親昵するを旨とし、氏神の祭礼の際などには、真先に立ちて斡旋し、また町中に慶弔事あるに当りても、力を尽して奔走す」と述べている[5]。また、岡本綺堂はつぎのような回想を残している。

幅をきかした若い衆　　山王様といわず、八幡様といわず、いずれの神々の祭礼も本祭と陰祭を隔年に執行するのが古来の慣例で、本祭の当日に神輿の渡御《とぎょ》は勿論である。これを従来は「神輿を揉む」と唱えて、各町内の若い衆なる者が揃いの浴衣の腰に渋団扇《しぶうちわ》を挿み、捻鉢巻の肌脱ぎでワッショイワッショイの掛け声すさまじく、数十人が前後左右から神輿を揉み立て振り立てて、かの叡山の山法師が京洛中を暴れ廻った格で、大道狭しと渦巻いて歩く。／殊に平生その若い衆連から憎まれている家や、祭礼入費《にゅうひ》を清く出さぬ商店などは、「きょうぞ日頃の意趣ばらし」とあって、わざとその門口や店先へワッショイワッショイと神輿を振り込み、土足のままで店へ踏み込む。戸扉《とびら》を毀す、看板を叩き落とす、あらん限りの乱暴狼藉をはたらいて、またもや次の家へ揉んでゆくという始末。／これにはほとんど手の付けようもなかったが、この十年以来は警察の干渉きびしく、神輿は一切この若い衆なる者の手に渡さず、白張りの仕丁《しちょう》が静粛に舁《かつ》いで行くことになったので、ワッショイワッショイは近来ほとんど跡を絶ったようである。しかし、今も場末の祭礼などではこれがために喧嘩口論を惹き起こす例が往々《まま》あるという。(「東京風俗十題　祭礼」『国民演劇』一九四一・十一)[6]

ところで、「若者組」が一般に、村仕事の重要な担い手となり、共同体の秩序を維持・管理する合目的的な組織であると考えられるのに対し、「たけくらべ」に登場する「若い衆」が秩序と相容れない性質をにじませていることに違和感を持つむきもあるかと考えられる。ところが、近世の村の遊び日＝遊休日慣行の実態調査を通して、近世におけるムラ共同体の実態とその変化をさぐる古川貞雄氏は、祭りと「若者組」の関わり、ならびに「若者組」の形成史について、次のように述べている(7)。

祭りの多くは、「十八世紀以降、遊興化が進み、とくに饗宴部分がとめどなく遊興化し肥大する。神輿・山車・灯籠などをねりだし、花火をあげ、芝居・相撲等の興行も晴れて催せる祭礼こそ、遊び日中の遊び日、近世農民の公認された最大の遊興にほかならない」。注意したいのは、この祭礼の主体的な担い手が「若者組」だった点である。

若者組・若者仲間が結成されるのは、まさしく十八世紀末葉から十九世紀にかけてであった。若者の「組」「仲間」は、古くからあったかもしれない単なる年齢階梯制的交流組織とは異なる。村落支配者層の同族団による拘束というくびきから解放され、頭分・惣代・世話人等々とよばれる信望をあつめる代表者を推戴し、爪印の、ときとして血判の議定をとりかわす、強固な結盟組織としての若者組・若者仲間は、この時期固有のものである。その若者組が、村共同体秩序を揺り動かす。若者組はしばしば、親→五人組頭→百姓代→名主といったルートを度外視し、村役人に集団示威行動をかけて願い遊び日を増大させ、神仏祭礼興行をはてもなく拡充した。歌舞伎・狂言・踊り・太太神楽・獅子舞・人形芝居・相撲・花火等の祭礼興行が、一村のみならず、近隣の広い村々の若者仲間の連合遊興の場として盛大になりまさる。

ところが、「遊び日における祭礼興行・飲酒などの過度の遊興化と、なかんずく遊芸・奢侈・無秩序の気風が瀰漫していく〝平日の遊び日化〟」に対しては、近世後期のきびしい風儀緊縮・倹約令のなかで、領主側の規制がかけられ、若者組・若者仲間の禁止・解散が命じられることになる（関東地方では、一八二七〔文政十〕年に幕府から解散令が出され、天保期以降になると「若者組」の禁止に乗り出す領主が続出する）。村の実態を熟知する村役人層の不同調によって、結果的には、若者組・若者仲間自体は存続することになるが、みずから議定書等による規制をもうけて自律機能を高め、村共同体秩序とある程度折り合いを付ける方向へ変質していくのである。

以上のような経緯にもとづき、「たけくらべ」にも点描されるような、秩序を支えつつ、秩序を超えんとするような「若者組」の性質が形作られたと考えられるのである。

三　「横町組」と成人儀礼

前節で私は、「たけくらべ」における「若者組」の存在を指摘し、大音寺前に存する「若い衆」という年齢集団に注意を向けるべきだと主張したが、これと一対をなすものとして想起されるのは、十六歳の長吉が「頭」（リーダー）を務める「横町組」であろう。「たけくらべ」における「横町組」と「正太郎組」の対立の意味についてはすでにふれたが、(8)長吉達がなぜ、正太郎を懲らしめなければならないかを考えた時、「横町組」という組織の論理が見えてくる。金の力にものをいわせ、子供仲間の秩序を乱す正太郎は、大音寺前に残るムラ共同体的な秩序意識に対する侵犯行為をおこなっているのであり、だからこそ彼は、「横町組」の「子供大将」である長吉によって、「地縁の論理」にもとづき、千束神社の夏祭りの日に「神の名において懲罰されなければならない」（前出前田）のである。長吉は「横町組」への強い帰属意識を有し、リーダーとして組を統率し、伝統的な秩序を守らなければならないとの責任感を持っている。

四章には、「そろひの裕衣」で祭りに参加する、十四五歳以下の大音寺前の子どもたちの姿が描かれている。「横町も表も揃ひは同じ真岡木綿に町名くづしを、去歳よりは好からぬ形とつぶやくも有りし、口なし染の麻だすき成るほど太きを好みて、十四五より以下なるは、達磨、木兎、犬はり子、さまぐ〵の手遊を数多きほど見得にして、七つ九つ十一つくるもあり、大鈴小鈴背中にがらつかせて、駆け出す足袋はだしの勇ましく可笑し」というように、祭りの「扮粧《いでたち》」にしても、年齢にしたがった区別が厳然とある。「たけくらべ」においては、十七八歳以上の男性が「若い衆と呼ばるゝ」の対し、十四五歳以下は「子供」として扱われるのである。十六歳の長吉が「横町組」を率いるのもこれが最後となる。

「たけくらべ」に登場する「横町組」を、「子供組」という年齢集団として規定できるかどうか、判断がむつかしい。「子供組」に関しては、民俗学的調査・研究が行き届いていないというのが実情である。先に引用した宮本馨太郎氏は、

東京都下では西多摩の山地から東部低地を経て伊豆の島々におよぶひろい地域で、コドモグミ・コドモナカマによる小正月のチャンギリ・オマツヒキ・サイノカミ（道祖神）・カユクバリ（ゴイワイ）・一月二十四、五日のテンジンサマ・二月の初午・七月七日のジンバラヤキ・九月十三日のオテントウサマなどいろいろな集団行事が行われているが、これら都下のコドモグミ・コドモナカマと呼ばれる少年集団は臨時的なものであって、その組織と機能の点で年齢集団とはいえないものである。（142頁）

というように否定している。しかし、「子供組」研究をリードしてきた竹内利美氏は、「多くの日本の村々に、伝統的な祭祀行事の分担を通じて独自の子どもたちの仲間集団が結成されてきたことはかなり早くから注意されてきたとし、

子供組は本来「一人前」でないもの、すなわち集落の正員でないものの集団である。彼らの村行事への参与はその意味でもともと正規のものではない。そして彼ら独自の世界は「アソビ」であり、その材料は主に大人の世界からの模倣によって得たものである。（中略）子供組の組織もまた若者組の模倣であり、あるいは宮座など大人の祭祀形式のひきうつしである。

と述べるとともに、「それは伝統的な地域生活共同体（基本集落――ムラ・町内）の内部集団体系（年序集団体系）の一環として、おおむね特定居住地域内の子どもたち（成年以前の童児〈七歳以上〉）を帰属的に全員参加させる形をとり」、その脱退が伝統的な「若者組」への加入に連続していることや、「『一人前』の村人の資格を得るまでの、一つの教育的な機関でもあった」こと、正月行事や盆行事、村鎮守の祭りなどにあたって組織されるものの普段の遊び仲間とは枠組みが異なり「日常的な活動はほとんどみられ」ないことなどを指摘している。[9]また、福田アジオ氏の「子供組」の説明――ムラ内部の組織であり、その活動は小正月や盆行事といったムラの年中行事の執行にほぼ限定される。原則として男子のみ、通常七〜十五歳（若者組に加入するまで）という明確な成員資格を持つ。その組織には秩序があり、年長（十四・五歳）の子どもが親方・頭・大将などと呼ばれるリーダーになり統率している――と、「横町組」の特徴に合致する部分が多いのも確かである。[10]こういった見解に

もとづくなら、「横町組」を「子供組」と見なしても、大きな間違いとはいえないと考えられよう。

さて、八木透氏によれば、日本の民俗社会においては、「子どもはその成長過程に行われる成人儀礼を経て、はじめて大人の仲間入りをする。」「以後は村内の公的な年中行事を主催したり、また労働においても一人前の報酬を得ることができるようにな」り、婚姻の有資格者と見なされるようになる。そして、「若者集団などの年齢集団への加入儀礼が成人儀礼を兼ねる例は、きわめて普遍的な形態として全国的に見られる」という。[11] 大音寺前の男の子にとって、大人になるとは何よりも、この「若い衆」になることを意味するのではないか。十六歳を境として「子供組」を抜け「若者組」に加入すること、「若い衆」として認められることが、一人前のあかしだったのだ。

たしかに、「若い衆」として、若者宿での寝泊まりが許されるようになると、ヨバイや買春をおぼえ、性的な訓練を受けることになる。岩田重則氏によれば明治政府の風俗統制等によるヨバイの崩壊の後、買春は「若者組」の私的活動として、かなり一般的であったという。[12] たとえば、田山花袋「重右衛門の最後」（新声社、一九〇二・五）には、若者宿につどう「若い衆」の買春の悪弊が描かれている。また、「若者組」への加入の際、成人儀礼（加入式）の後に娼妓を買うことが大切な行事となっていた地方もある（前出八木）。しかし、いずれにせよ、共同体内部で「若い衆」として認められたからこそ、そのような振る舞いが許されるのであり、その逆ではない。冒頭で示したような、「筆おろし」が通過儀礼にあたるとの見解は、少なくとも「たけくらべ」にはあてはまらないと考えられよう。

長吉がすでに「仁和賀の金棒に親父の代理をつとめ」たことを通過儀礼と見なし、物語の開始以前に彼が大人の仲間入りを果たしたとする見解を目にすることがある。しかし、千束神社の夏祭りの時点で長吉が、「横町組」の「子供大将」を自認する以上、彼はまだ「若い衆」に組み込まれていなかったと考えざるを得ない。おそらく長吉は、千束神社の夏祭り以降のどこかの時点で「若者組」への加入が認められ、だからこそ、朝帰りが許されるようになったと解釈すべきであろう。「地縁の論理」にもとづき、秩序紊乱者たる正太郎に制裁を加えようとした長吉が、襲撃が不首尾に終わったにもかかわらず、テクスト後半でその役割を終えたかのように唐突に存在感を失うことの背景には、そのような事情もあったと推察できる。

四　「たけくらべ」と〈成熟〉と

民俗社会においてはしばしば、男子は「若者組」＝年齢集団への加入をもって一人前と見なされた。現代においてもなお、大人になるということは本来、社会的な役割に結びついたものであり、「筆おろし」により〈大人〉になったというような議論は、あまりにも乱暴にすぎるはずだ。ところが、長吉の「筆おろし」をめぐる議論においては、〈大人〉になるという言葉がかつて含意していたものは忘れ去られてしまった。別の意味づけへの想像力は遮断され、〈成人〉の契機がセックスに一元化されている。なぜだろうか。

これには、近代におけるライフステージの再編成という問題が関わっていると考えられる。ヨーロッパにおいて、〈子ども〉というカテゴリーが近代の発明であることを指摘したのはフィリップ・アリエスである[13]。かつて子どもは、ひとりで自分の用を足すにはいたらない期間をすぎるとすぐに「小さな大人」として認知され、家族をこえて共同の場で、子ども扱いされることなく、はやくから大人とともに働き遊び暮らすなかで社会化されたという。ところが、十七世紀から十八世紀にかけて、子ども達は、大人にまじり接触することで直接に人生について学ぶことをやめ、学校に隔離されるようになる（学校化）。そのような教育手段の変化の背景には、伝統的な社会の変容や衰退とともに、少ない子どもをより親密に面倒を見るといった家庭内での意識の変化があった〈家庭化〉。子どもは家庭のなかで中心的な地位を占めるようになる。そして、そのような変化のなかから、未熟であるがゆえに、いつくしみと特別な配慮を必要とし、教育の対象となる〈子ども〉期という観念が出現したとアリエスは主張する。

近代日本においても、明治五年の学制頒布により、子どもが、学校という均質な空間に囲い込まれていく一方で、伝統的なムラ共同体の資本主義的な再編成により、共同体が教育的機能をしだいに低下させたため、いきおい子どもの社会化は学校と家庭に任されるようになる。柳田国男いうところの「群の教育」を担ってきた「子供組」にしてもまず、その伝統的な活動日（旧暦）と学校暦（新暦）の不一致のために学校制度との衝突がおこり、つぎに「子供組」の活動が「非教育的」であるという学校側の認定による規制・抑圧がかかり、「若者組」の衰退よりもずっとはやく、その姿を消していった（前出福田）。年齢を異にする人々とのまじわりのなかで育つ機会を失った子どもは、「児童」として一括りにされ、社会との関わりにおいて大人になるということを諦めざるを得なくなる。やがて、「児童」は特別な意味を付与されていくだろう。河原和枝氏は、大正期の児童文学に描かれたロマン派的な〈子ども〉のイメージが社会に影響を与え、人びとの子ども観を劇的に変化させたと指摘する。また、〈子ども〉が純真無垢な性質を持つ特別な存在と見なされるようになるということは、同時に〈子ども〉らしくない存在＝〈成熟〉した〈大人〉という観念が形成され、確立したということでもあると述べている。(14)〈成熟〉によって〈子ども〉と〈大人〉を分節する思考が、近代的〈子ども〉観の成立と不可分であるということだ。つぎにあげた柄谷行人氏の指摘は、この問題を鮮やかに浮き彫りにする。(15)

> 人間社会に一般的に見られる「通過儀礼」（成人式・元服式）は、「成熟」とはまったく異質である。たとえば、われわれは新井白石の自伝『折たく柴の記』に、青年期という問題をみることはできないし、みるべきでもない。通過儀礼において、子供が大人になるのは、いわば仮面をぬぎかえることであって、文化によって異なるが、髪型、服装、名前などを変え、刺青、化粧、割礼などをほどこすのである。しかし、そのような仮面の底に、充実した「自己」がひそんでいるわけではない。／通過儀礼において、子供と大人はまったく区別されている。しかし、それは子供と大人の「分割」とは異質である。べつの観点からみれば、この「分割」は、逆に子供から大人への連続性をもたらすのである。そこには通過儀礼におけるような〝変身〟のかわりに、徐々に発展し成熟して行く「自己」がある。したがって、逆説的だが、子供と大人の「分割」こそが子供と大人の絶対的区別をとりはらうのである。

民俗社会における子どもから大人（「若い衆」）への移行、それは〈成熟〉とは無縁である。身体の成育とともに「徐々に発展し、成熟して行く『自己』」などというものはない。一定の年齢に達し、成人儀礼を経て大人の仲間入りを果たすことを誰も〈成熟〉とは見なさなかった。それは、与えられる役柄の変化といったものであり、「仮面をぬぎかえること」であった。〈成熟〉とは、これも近代になって発見された「内面」と深く関わる問題である。十九世紀末に発表された「たけくらべ」は、近代的な〈子ども〉観が形成される以前、すなわちライフステージが〈成熟〉というものさしによって〈子ども〉と〈大人〉に「分割」される以前の物語として位置づけられると私は考える。

私たちは、初潮や「処女喪失」、「筆おろし」といった、セクシュアリティに関わる特定の出来事が、〈子ども〉を〈大人〉にすると発想する。あるいは、個々の身体が、セックスに対して開かれているか否かという、その一点をもって〈子ども〉と〈大人〉を分節する思考をいつのまにか身につけている。そのようなレトリックの虚妄をうっかり見逃すほどに、私たちの〈成熟〉観において、セクシュアリティは特権化しているのである。それは、近代的〈子ども〉観が成立し、〈子ども〉が純粋で無垢な存在と見なされることと深い関わりがある。現在私たちは、子どもの前で性的な話題を持ち出すことに強い抵抗を感じる。子どもがセックスから遠ざけられることは当然だと見なしている。しかし、子どもが〈子ども〉としてカテゴライズされてはじめて、そのセクシュアリティの保護・隔離は問題化したのではないか。そして結果的に、そのようなプロセスの裏返しとして、〈子ども〉期の終焉の指標として〈性的成熟〉は浮上してきたのである。

佐多稲子氏の問題提起によって始まった〈美登利変貌論争〉以前、多くの論者によって「たけくらべ」は、〝〈子ども〉が、〈成熟〉により無垢を喪失し、〈大人〉になる物語〟と見なされてきた。まず、「筆おろし」により長吉が〈大人〉になり、つづいて美登利が初潮によって〈大人〉になる。終章で、信如が進学のため生まれ育った土地を離れることが明らかになるが、旅立ちは庇護の対象となる〈子ども〉期の終焉を意味すると考えることができるし、祖母を助け「日がけの集め」に忙しい正太郎が、〈大人〉になって質屋を始める日もそう遠くない。〈子ども〉はいつかかならず〈大人〉になるものである。そこに悲喜こもごものドラマがあるにせよ、読者は、〈成熟〉による無垢の喪失という「普遍的」な、その実すぐれて近代的なテーマを見いだすことにより、既成の価値へ物語を回収し、安心して感情移入を行ってきたのである。あまりにも多くの論者が安易に、「たけくらべ」をそのような枠組みでとらえてきた。

すでに、近代的な意味における〈子ども〉は、「たけくらべ」に登場しないとの指摘はこれまでにもなされているし、柄谷行人氏も次のように述べている。[16]

江戸以来の徒弟制を引きずっていた硯友社系の作家らは、そのような（引用者注：小川未明らによって「発見」されたような）「児童」を見出すことができなかった。しかし、われわれはその周辺に、子供のために書かれたものではないが子供のことを書いたすぐれた作品を見出すことができる。樋口一葉の作品である。彼女が書いたのは、いわゆるアドレッセンスではなく、子供がそのまま小さな大人であるような世界に浸透してくる一つの亀裂、つまりまもなく過渡期として顕在化してしまうアドレッセンスの徴候だったといえる。樋口一葉こそ、子供時代について書き、しかも「幼年期」や「童心」という転倒をまぬかれた唯一の作家であった。（前出186頁）

それらは本来、「たけくらべ」解釈における〈成熟〉というテーマを無効にするための、有力な視座となるべき認識であった。にもかかわらず、あいかわらず「たけくらべ」論の多くは、既成の枠組みでしかテクストを見ない。〈子ども〉とは何か、〈大人〉とは何かといった問題が問われないままに、近代的なライフステージ観を「たけくらべ」に投影し、登場人物の〈成熟〉を語ってきたのである。

注

（1）関良一「『たけくらべ』の世界」『樋口一葉　考証と試論』有精堂、一九七〇・十
（2）美登利の変貌をめぐっては、第三章「売られる娘の物語―『たけくらべ』試論―」を参照されたい。
（3）前田愛「子どもたちの時間―『たけくらべ』試論」『樋口一葉の世界』平凡社、一九七八・十二

（4）平山和彦「年齢と性の秩序」『村と村人』小学館、一九八四・六

（5）日本図書センター、一九八三・三、27頁

（6）岡本綺堂『風俗明治東京物語』河出文庫、一九八七・五、69頁

（7）古川貞雄『増補　村の遊び日』農山漁村文化協会、二〇〇三・十、62・272頁他。さらに、「若者組」の形成史に関する岩田重則氏の指摘も参考としてあげておこう。

若者は、近世後期から幕末にかけて、幕藩体制の動揺と近代社会形成への胎動の時期、急速に勢力を持つことになっていた。それは、博奕・夜遊び・祝宴での酒呑み・地狂言（芝居）・ドラウチ（引用者注：若者による村内の娘の強奪＝嫁盗み）などの活動としてあらわれ、村役人による支配秩序から逸脱するようになっていた。支配者の側から見れば、明らかに風俗の氾濫である。／そのために、若者は、若者条目という規範によって、村役人の統制をうけるようになっていた。そして、若者は、村役人の統制を契機として、支配秩序に合致した、組織としての若者中《わかいものちゅう》に編成させられることになったと考えられる（引用者注：「…中」は結社・組織を意味する。いわゆる「若者組」のこと）。したがって、現在、わたしたちが聞き書きで知り得る若者中とは、このような村役人による統制の結果であった。これまで、民俗学が「若者組」の社会伝承として扱ってきた、その民俗の形成は、明らかに超時代的ななにかではなく、こうした特定の歴史的条件のもとで形成されてきたものであったといえよう。（岩田重則『ムラの若者・くにの若者　民俗と国民統合』未来社、一九九六・五、38頁）

（8）第二章「『たけくらべ』の方法」を参照されたい。

（9）竹内利美「通過儀礼と年齢集団」「年齢集団研究覚書」（『ムラと年齢集団』名著出版、一九九一・四、339・254頁）

（10）福田アジオ『時間の民俗学・空間の民俗学』木耳社、一九八九・二、208頁。そういう意味で、二章の「頭の長」というフレーズは、「子供集団のリーダーである長吉」と解釈すべきではないかと考えられる。地域差を無視することはできないが、「北部九州では、子供組の年長者から頭（かしら）が選ばれて、頭が子供組の統率者になっていた」との報告もある（「子供組・天神講・子供会」『人生儀礼事典』小学館、二〇〇〇・四）。

(11) 八木透「一人前と婚姻」『時間の民俗』雄山閣出版、一九九八・四

(12) 岩田重則『ムラの若者・くにの若者』未来社、一九九六・五、133頁

(13) フィリップ・アリエス『〈子供〉の誕生　アンシァン・レジーム期の子供と家族生活』みすず書房、一九八〇・十二

(14) 河原和枝『子ども観の近代』中公新書、一九九八・二、12頁他

(15) 柄谷行人「児童の発見」『日本近代文学の起源』講談社文芸文庫、一九八八・六、171頁

(16) たとえば、小森陽一「口惜しさと恥しさ―『たけくらべ』における制度《ラング》と言説《ディスクール》」『文体としての物語』筑摩書房、一九八八・四。

第五章　「たけくらべ」の美登利

樋口一葉「たけくらべ」は、ゆくゆくは娼妓になる美登利という十四歳の娘を中心に、子どもたちのさまざまな葛藤を描く物語である。四月末から「或る霜の朝」までという物語の時間が設定され、信如《のぶゆき》という少年に対する美登利の複雑な感情を一つの軸としてドラマが展開する。よく知られた小説ではあるが、意外にストーリーが取りづらいので、時系列にしたがって章を入れ替えた表を次頁に示し、内容を簡単に説明しよう。

春　四月末、春季の大運動会の折、ふとしたことから「校内一の人」と目される信如と知り合いになり、子どもらしい好意を示す美登利であったが、彼の冷淡な態度が痞に障り、こちらからも無視するようになるというのが「たけくらべ」の物語の、そもそもの発端である。陰気で臆病な信如からすれば、美登利とのかかわりをクラスメートから囃されたことがつらくて冷たくしたまでであるが、「子供中間の女王様」である美登利は、自分にだけそのような態度を示す信如を認めるわけにはいかない。

夏　数ヶ月後、千束神社の夏祭りの際に美登利は、横町組と正太郎組の喧嘩に巻き込まれ、長吉から「女郎め」「姉の跡つぎの乞食め」と蔑まれる。春季の大運動会後の行き違いから、信如に対する反撥を抱えていた美登利は、「此方には龍華寺の藤本がついて居るぞ」という長吉の捨て台詞を契機に、信如を横町組の黒幕・「陰に廻りて機関《からくり》の糸を引しは藤本の仕業に極まりぬ」と誤解、強い憤りを覚えることになる。そのような誤解の背景には、大音寺前の子どもたちが共有する信如への誤解＝誰からも一目置かれる存在としての信如の虚のイメージがあった。そして、誤解に端を発するこのような激しい怒りが、物語に意外な転機をもたらすことになる。

紹介	一章	大音寺前の紹介		《プロローグ》物語の舞台
	八章	出世する娘たち	美登利の人物像—負けず嫌い・姉のようになりたい	物語開始以前の美登利と信如
	九章	龍華寺の人々	信如の人物像—陰気で弱虫なのに誤解され、一目置かれる存在に	
春	七章前半	4月末	大運動会・信如と美登利の出会い・無視されて美登利は反撥	《春物語》 発端
夏	二章	8月18日	長吉の口惜しさと覚悟 横町組に信如を勧誘	《夏物語》
	三章	8月19日	美登利と正太郎 正太郎組の祭りの趣向	
	四章	8月20日	千束神社の夏祭り・夕方・筆屋の店先 美登利を迎えに行く三五郎・夕飯のため正太郎帰宅	正太郎に対する長吉の意趣返しとその波紋
	五章		筆屋の騒動、長吉たちの乱暴狼籍・美登利への蔑み	

				秋				晩秋		
	六章	七章後半	十章前半	十章後半	十一章	十二章	十三章	十四章	十五章	十六章
	8月21日	8月下旬	8月下旬	10月		11月		11月末		
「此方には龍華寺の藤本がついて居るぞ」	騒動の翌朝 傷つく美登利・慰める正太郎	誤解による信如への怒り・美登利の意地に火がつく	騒動に巻き込まれて迷惑がる信如	秋雨の降る夕方・筆屋で遊ぶ美登利や正太郎 素通りする信如をいつまでも見守る美登利	正太郎の想い	大黒屋の寮の前 鼻緒が抜け、難儀する信如 紅入り友仙の裂れを差し出す美登利	知らぬ顔をする信如・傷つく美登利・長吉の朝帰り	大鳥神社・三の酉の祭り・美登利を捜し回る正太郎 変貌した美登利 「憂く耻かしく、つゝましきこと身にあれば」	ふさぎ込む美登利・追い返される正太郎	生まれかわったような美登利の振る舞い 進学のため旅立つ信如
		転機		《秋物語》 信如に対する 美登利の想いの 深化とその挫折				《エピローグ》 美登利の変貌 ―売られる娘の 物語の完成―		

秋　奇妙なことではあるが、八月下旬の時点であれほど怒りをあらわにしていたはずの美登利が、夏から秋へという季節の移ろいとともに、信如への想いを抱くようになっているのである。その間の事情について、テクストには何の説明もなく、「たけくらべ」における二大空所の一つというべき問題であるが（もう一つは、いうまでもなく「美登利変貌の理由」である）、この点については、意地に火がつき信如を過剰に意識するあまり、美登利は不本意ながらも彼への想いを芽生えさせてしまったのではないかというのが私の考えである。そして、筆屋の前を行き過ぎる信如を美登利がいつまでもいつまでも見守るシーンに続いて、有名な「紅入り友仙」を渡そうとするシーンで、読者は、美登利の想いというものが、とどめようなく深化していることを知らされるわけである。しかし、彼女の精一杯の想いが臆病な信如にとどくことはなく、結果的に美登利は激しく傷つくこととなる。

晩秋　以上のようなドラマを経験した後、美登利が娼妓にすべく親から妓楼の主へと売られ、大きく変貌したところで「たけくらべ」は幕となるのである。(1)

＊

八章には、美登利の内面がつぎのように描かれている。

美登利の眼の中に男といふ者さつても怕からず恐ろしからず、女郎といふ者さのみ賤しき勤めとも思はねば、過ぎし故郷を出立の当時ないて姉をば送りしこと夢のやうに思はれて、今日此頃の全盛に父母への孝養うらやましく、お職を徹す姉が身の、憂いの愁らいの数も知らねば、まち人恋ふる鼠なき格子の呪文、別れの背中に手加減の秘密《おく》まで、唯おもしろく聞なされて、廓ことばを町にいふまで去りとは耻かしからず思へるも哀なり娼妓として生きることが、現実にどれほどの苦労を当人に強いるか、物語開始以前の美登利には見えていなかった。幼さゆえに彼女は、身売りを孝行として肯定する世間の価値観に疑いを持たず、自分も売れっ子である姉のようになりたいと願っていた。潤沢な小遣いを浪費し、「子供中間の女王様」として振舞う美登利の目に、娼妓の日常とは、派手でおもしろいものとのみ映じていたのである。

そんな美登利の認識を大きく揺るがす出来事としてまず設定されているのが、夏祭りの夕方・筆屋の騒動であった。同じ学校に通う朋輩から受けた恥辱は、自分に、侮蔑に満ちたまなざしが向けられていたことを教えてくれた。それ以降、彼女は学校へ行かなくなる。さらに十三章で、「紅入り友仙」に託して差し出した自分の想いが、受け止められることなく泥にまみれる結果となったことにより美登利は、信如が、自分をけっして受け入れないことを確認する。彼女はそれを、娼妓になるべき娘としての、自分の属性ゆえの拒絶と理解するしかなかったであろう。そのような経験は、美登利の娼妓観に決定的な変容をもたらしたに違いない。三の酉の日を境に、彼女の内面があれほど大きく変貌するのは、「身売り」（前借金にしばられた、実質的な人身売買というべき娼妓稼働契約）によって、自分がまさに、蔑まれるべき「女郎」になったことを知った衝撃によるものであると私は考える。

「たけくらべ」は、姉の「身売り」を契機として吉原に隣接する大音寺前におりたち、みずからもまた、娼妓にすべく親の手によって売られる美登利の、最後の自由な時間を描いたものだ。それは、後に振り返ってみたとき、かけがえのない、特別な時間であるべきものだ。だが、つかの間の自由な時は、苦い思い出でうめられる。他者との葛藤をとおして彼女は、現実をいやおうなく見つめ、傷つき、多くのものを断念するのである。

美登利について、「一つ一つに取たてゝは美人の鑑に遠けれど、物いふ声の細く清しき、人を見る目の愛敬あふれて、身のこなしの活々したるは快き物なり、（中略）朝湯の帰りに首筋白々と手拭さげたる立姿を、今三年の後に見たしと廓がへりの若者は申き」と描かれている。子ども達も含めた彼女のまわりの人すべてが、水際だった個性を持つ美登利が将来、娼妓になると知っていた。また、素晴らしい娼妓になるであろうと無責任に期待していた。彼女のすべてが、商品としての価値を持ち、もうすぐそれは金銭によって購うことが可能になる。美しさとは、誰のためのものであろう。「たけくらべ」を読み返すたび、私は、そのような思いに駆られてならない。

注

（1）この小説をストーリーレベルで説明するなら、以上のように時系列にしたがって章を入れ替えた方が理解は早いと思われる。しかし、「たけくらべ」という小説は、あえてそのようには構成されていないところに特色がある。複雑な展開がわざわざ選ばれているのである。そこにこのテクストの狙いがあるのだとすれば、私たちはそのような方法をフォローする形で、読み方を工夫すべきであろう。第二章「『たけくらべ』の方法」では、そういった問題意識から考察を行っている。

第六章　「冷やか」なまなざし
――「ゆく雲」を読む――

一　問題の所在

「ゆく雲」は、たいへんわかりにくい小説である。「奇跡の十四箇月」と称される樋口一葉後期テクストの一つでありながら、あまり研究が進んでいないのも、その点が災いしているのではないだろうか。おそらく、つぎにあげる一節が、わかりにくさの根本というべきものである。

お縫とてもまだ年わかなる身の桂次が親切はうれしからぬに非ず、親にすら捨てられたらんやうな我が如きものを、心にかけて可愛がりて下さるは辱けなき事と思へども、桂次が思ひやりに比べては遥かに落つきて冷やかなる物なり（中）（傍線引用者、以下同様）

お縫に対する桂次の熱い想いは、誰の眼にも明らかである。彼がこれまで「御玄関番同様にいはれる」「馬鹿らしさ」を我慢し、伯父伯母の御機嫌を伺ってきたのも、「人のうらやむ造酒屋の大身上」を「物のかずならず」思うのも、すべてはお縫のためである。「桂次がはじめて見し時は十四か三か、唐人髷に赤き切れかけて、姿はおさなびたれども母のちがふ子は何処やらをとなしく見ゆるものと気の毒に思ひしは、我れも他人の手にて育ち同情を持てばなり」とあるように、つねに継母を意識し、「万《よろづ》ひかえ目にと気をつ」けるお縫への同情が、いつしか愛情に変化したのである。継子と養子という二人の似かよった設定が、効果的に機能しているというべきであろう。

ところが、「我れのみ一人のぼせて耳鳴りやすべき桂次が熱ははげしけれども」とあるように、別離に際しての桂次の恋情や葛藤は空回りし、「岩木のやうなるお縫」の心に触れることはない。桂次のがむしゃらなアプローチに対して、彼の「心の解しかねる体」のお縫は、唯々「身をちゞめて引退く」ばかりである。桂次の浮ついた言動は、お縫の批判の対象にすらなるのである。(1)約四年間にわたって、「おぬひの事といへば我が事のように喜びもし怒りもして」親密な交流の続いた二人の、避けることのできない別れという劇的な枠組みを採用しながら、野澤桂次と上杉縫という主要な人物の間に、本質的な意味でコミュニケーションが成り立っていないのである。(2)

したがって、先行研究において重視されてきた、「世にたのまれぬを男心といふ」に始まる一節も、たいした意味をなさないということになるであろう。たとえば、滝藤満義氏は「男心のはかなさ」、うつろいやすさというモチーフを、この小説のテーマと関わるものとして重視しているが、(3)先の引用にも明らかなように、そもそも桂次の示す恋愛感情は、お縫にとって問題ではなかった。お縫自身は桂次をなんら頼みにしていなかったわけである。彼の心が自分から離れてしまったからといって、「冷やかのお縫」がさらに孤独を深めたとは思えない。

樋口一葉「ゆく雲」は、二層の構造を有するテクストである。表層には、桂次の演ずる悲しい別離と彼の心がわりという物語があり、深層には、お縫の抱える孤独と虚無感が横たわっている。短編でありながらも、それらが互いにほとんど交わることなく物語を構成しているところに、「ゆく雲」のわかりにくさが存するわけであるが、以下の考察では、小説のコンテクストを掘り起こしながら、より詳しく「ゆく雲」にアプローチしていきたい。

二　上京青年としての桂次

内田道雄氏は、夏目漱石「三四郎」（『東京朝日新聞』明四一・九〜十二）が「上京する青年」を主人公として設定していることについて、「これは決して新らしいものではない。むしろ明治の小説の中ではすでに陳腐な設定ですらあった。それは明治各期の青年にとって上京するということが一つの劇的体験であったこと（中略）とパラレル」なのだとの見解を示している。(4) さまざまなドラマを展開するにあたって、上京というモチーフが格好の起爆剤であったことは容易に理解し得るものである。そして、そういった上京青年が引き起こす、あるいは巻き込まれるドラマの一つとして、「恋愛」は重要な位置を占めていたと思われる。

たとえば、小栗風葉「ぐうたら女」（『中央公論』13―4、明四一・四）の中心人物「私」は、数え年の十五で上京遊学して間もなく（明治二〇年代中頃か）、次のような観察を行っている。「私」の初恋の相手のお雪さんは下宿先の娘である。

> 縫物をして居るお雪さんの顔は仄《ぼつ》と逆上せて赤い。私は東京へ来てから始終然う思ふ。町を歩いて居ても行違ふ女が皆美しい。身扮《みなり》の好い所為かと云ふに、お雪さんでも重さんの嫁さんでも、家では随分扮も振も管《かま》はずに居る方だが、それでも私の郷里の女なぞとは比べものにならない。私も行く行く妻を持つなら東京の女だ、と那様《そんな》事を考へながら、小説も余所にして仄《ぼん》やりお雪さんの横顔を這箇《こつち》の座敷から見恍れて居る。

右の引用を見ても、地方出身の青年達の眼に東京の女がどのように映ったか、想像にかたくない。「野暮臭い厭な風」な「郷里の女なぞとは比べものにならない」東京の女を前にした、上京青年の胸の高ぶりが伝わってくる。そんな彼らが最も頻繁に顔を合わせるのが下宿の娘である。上京青年と下宿の娘の恋という展開が、物語の常套であったとしてもなんら不思議はない。

上京青年と下宿の娘の恋という展開で、まず思い浮かぶのは、二葉亭四迷「浮雲」（金港堂、明二〇・六〜二二・八）や夏目漱石「こころ」（『東京朝日新聞』大三・四〜八）であろう。私見によれば、そういった展開は明治以降かなり広く見られたもののようである。たとえば、『女学雑誌』一七七号（明二二・八）に掲載された「社説小説論略」（無署名）には、「今の小説家」が往々にして、「愛情、婚姻、下宿屋、演説、政治界出世などの事を写して之れ既に実際を盡せりと云」うことに対する批判がある。「人間及世界」はそのように偏狭なものではないとの趣旨で述べられたものであるが、注目したいのは、「愛情、婚姻、下宿屋…」というモチーフの連続である。それらはむろん、単独でもドラマを構成し得るものであるが、さまざまな組み合わせによって複雑なドラマを紡ぎだすことができる。「愛情」と「下宿屋」のもっとも直截な結合が、右にあげた展開ではなかったか。

国木田独歩「正直者」（『新著文芸』1―4、明三六・十）では、小学校の英語の教師である「私」が、「私を信仰」し、「親切以上の心」を寄せてくる下宿屋の年頃の娘おしんと関係を持つ。「おしんの操を一度破りました以後は、おしんの好む好まぬに関はらず、母親の目も同宿の者の眼もくらまし得るかぎり、此欲を満し」、挙句の果てに彼女を捨てるという展開になっている。また、近松秋江「別れたる妻に送る手紙」（『早稲田文学』53〜56、明四三・四〜七）には、「私」とその愛人の宮の会話に、彼女が昔だまされた「卒業前の法科大学生」が登場する。宮が嫁いでみると、彼は既に「下宿屋の娘か何かと夫婦になつて」子供もあったという。石川啄木「一利己主義者と友人との対話」の冒頭にも、「どうしたんだ。何日かの話の下宿の娘から縁談でも申込まれて逃げ出したのか。」との言葉がある（『創作』1―9、明四三・十一）。

おそらく、先に指摘した「ゆく雲」のわかりにくさの根底には、以上のような上京青年と下宿の娘の恋という類型がかかわっている。ジャンルの記憶というべきものが、読者の想像力・テクスト理解をあらかじめ方向づけるかたちで作用していたのである。「東京に見てさへ醜《わ》るい方では無い」上京青年の桂次と、「十人なみ少しあが」った「容貌」を持つ下宿の娘のお縫の、避けることのできない別離という設定は、いやがうえにも、読者のロマンチックな想像をかきたてるものである。しかも、娘は傲慢な継母のもとで、涙に暮れているのである。似かよった境遇に育った二人が、別れに際して愁嘆場を演じたとしてもなんら不思議はないのである。

しかし、読者の期待を見事に裏切るように、お縫は「木にて作られたるやうの人」として形象されている。「冷やか」なまなざしを桂次に向けるのである。それはまるで、既製の恋愛小説観をあざ笑うかのようである。なぜそういった、いわゆる恋愛小説の枠を突き崩し、無化するような展開が選ばれているのであろうか。この点を考える上でさらに見ていきたいのが、明治二〇年代の上京遊学の特質である。天野郁夫氏はつぎのように述べている。(5)

平民層の出身者が高等教育の機会を求めて大量に「上京遊学」しはじめるのは、明治二〇年代に入る頃からである。平民層のなかから専門学校の利用者層としてまず現れたのは旧中産階級の上層、すなわち富裕な商工業者や地主層の子弟であった。士族層と違ってかれらは、直ちに生計の手段としての学歴や職業資格を手に入れる必要に迫られてはいなかった。かれらの上京遊学の目的は、なによりも伝統的な教養としての漢学や国学に代わる「洋学」——新しい西欧的教養を身につけることにあったのであり、法学・政治学・経済学などの近代西欧の学問を日本語で教授する私立専門学校は、そうしたかれらの教育要求にきわめて適合的な学校だったのである。

桂次が実際にどのような学校へ、どのような動機で通っていたか判断することは困難であるが、「大藤の大盡が息子」で「いさゝかの学問など何うでも宜い」身分であることを見ても、「十八の春」に上京した彼が、代言人や医師、教師といった専門的職業をめざしていたとは考えられない。また、近代日本の担い手たるべく、一高から帝大へという険しい道程をたどっていたとも思えない。(6) 養父の体調がすぐれないとの知らせを受けてもなお、「此身は雲井の鳥の羽がひ自由なる書生の境界に今しばしは遊ばるゝ心」でいたという呑気で無責任な桂次のメンタリティーにふさわしいのは、束縛の極めて少ない私立専門学校（学生数の八割が法律系）といったところであろう。「造酒屋の大身上」を約束された桂次は、我々がまずイメージするような、学問による立身出世を夢見る上昇志向型の上京青年ではなかったのである。

ところで、当時の私立専門学校（私塾）にかよう学生たちの実態は、どのようなものだったのか。坪内逍遙は「当世書生気質」（晩青堂、明十八・六～十九・一）のなかで、つぎのように述べている。

作者曰く本篇中に写しいだせる書生の如きハ概ね書生界の上流を占るものなり故に其語らふ所もやゝ高尚なる所ありて今日市中を渡りあるくガラクタ書生とハ大に異なり勿論右様の書生輩ハ官立大学の学生に多く私塾の生徒にハ稀なるものなり私塾の書生輩の情態の如きハ陋猥にして野卑殆《ほと》々写しいだすに忍びざるものあ

り故に余ハ故意に上流の風儀を写しぬ活眼家幸《みごうしゃ》に咎むる勿れ。（第三回）

また、本富安四郎『地方生指針』（嵩山房、明二〇・六）にも、比較的トーンは穏やかであるが同様の指摘があり、そういった品行の差は、官私の規則の厳しさの違いによるものだと説明されている（「在京書生ノ品行」）。興味深い比較として、須永金三郎『明治二十六年　東京修学案内』（東京堂書房、明二六・七）をあげておこう。

官私立学校寄宿生一日生活比較

午前六時

官立。　顔を洗つて丁寧に頭をなでつける。

私立。　寝床を拡げた儘で欠伸しながら手水に行く。

午前七時

官立。　撃柝の音を聞て初めて食堂へ駆付る。

私立。　時間前より食堂の戸を叩て賄方を困らせる。

午前八時

官立。　制服を着けてベルの鳴るを俟つ。

私立。　再び寝床にもぐり込んで大声に隣室の友人と談笑す。

同五分過

官立。　大人しく席に就て講師の出席を俟つ。

私立。　袴も着けず着流しの儘にて教場に入り講師の出席遅きを待ち兼ねて塗板へ落書の壁訴訟をなす。

教課時間

官立。　ハイ〳〵ヘイ〳〵と一から十まで講師の説法を謹聴する。

私立。　わかりきつた事までくどく質問して講師を困らせ腹の中で凱歌を挙げて居る。

放課時間

官立。　講師の立去るを俟つて静かに席を離れる。

私立。　講師の去るを俟ち兼ねてドヤ〳〵と席を離れ上草履の儘で机の上を踏み渡る。

（「修学指針」）

この後さらに、他校生との喧嘩、牛店、門限破りと続く私立学校寄宿生の一日は、むろん「一朝の諧謔」（同書）にすぎない。先にあげた、代言人や医師、教師といった専門的職業をめざし、まじめに勉学に励んでいた学生も多かったはずである。なんといっても、「私立専門学校の多くはこうした職業資格試験の準備の場として、いわば国家試験の『予備校』として登場してきた」わけである（天野郁夫『学歴の社会史―教育と日本の近代―』新潮選書、一九九二・十一）。だが、右の比較などをとおしてうかがわれるのは、私立専門学校生の生活ぶりが、「陋猥にして野卑」（坪内逍遙）なものとして、一般に受けとめられていたということである。桂次もおそらく、そのような青年の一人として、イメージされたのではないだろうか。

さらに、裕福な遊学青年が当時どのように見られていたかを知る手がかりとして、二つの遊学案内書をあげておきたい。これらは、明治三〇年代の「苦学」・「独学」ブームを背景に、苦学生を対象に書かれたものである。[7]

これらが、貧しい書生たちのルサンチマンをすくいあげ、励ますという機能を有していたことを忘れてはならないが、〝親の監視の眼を離れた裕福な遊学青年〟という一種の記号をめぐって、どのような物語が生成されていたか、かいま見ることができる。

・正当に学費を得る所謂富者の子弟が、何の制裁監督も無き下宿屋に於て、美衣飽食放歌乱舞の状態は、これ亦筆にするだも忍びざるものにして、殊に近年に至り弊衣短袴、当年の王猛麾下の士全く地を掃ふて空しく、皆華麗、一種の少紳士《ヤングゼントルマン》となり、之等の多くは有りと有らゆる方法、口実を設け、其子の安否を故郷に在つて、寸時の絶え間も無く憂慮し居る父母、又は兄妹、故旧を欺き多額の臨時費用を請求して、遠慮なく之を浪費し、度重りてト、のつまり学資停止？下宿屋喰ひ倒し？不信用？次で一転急下、破廉恥？堕落？犯罪？と峻坂丸を転ずるが如く汚下するなり（光井深「現今学生の状態」『学生自活法』大学舘、明三三・十一）

・今日実際官途なり学者なり実業なり名望績々たる地位を占むるものは金満家の子であつたか貧乏人の子であつたかと云へば大概貧印の方が勝利を得て居る（中略）何故だと云へば多くの場合には金満息子の学資は放蕩資と化し去つて…（吉川庄一郎「学資は即ち放蕩の資本」『自立自活　東京苦学案内』保成堂、明三四・三）

以上のようなコンテクストに「ゆく雲」を置いたとき、桂次がなぜ語り手から一方的に揶揄されねばならないのか、見えてくるように思われる。

たとえば、「我れのみ一人のぼせて耳鳴りやすべき桂次」はいよいよ帰国が決まると、お縫の同情を引こうと泣き言や愚痴を言ってみたり、「態《わざ》とすねて、むつと顔をして見せ」たりと、どうしても避けることのできない別離を前にして、なんとか自分のせつない想いを彼女に伝えようと精一杯の努力をする。隣の寺の観音様に「我が恋人のゆく末を守り玉へ」と祈る桂次の気持に偽りはあるまい。

しかし、すぐさま「お志しのほどいつまでも消えねば宜いが」と半畳を入れる語り手の存在は無視できないものである。それは、桂次の心がわりという結末を予想させるに十分すぎるほどの効果をあげるとともに、彼の言動の軽さや「自《うぬ》ぼれ」、ある種の厭らしさを炙りだす仕組みになっているのである。(8) 読者は語り手のシニカルな言葉をとおして、桂次が自作自演のひとりよがりな恋物語に酔いしれていることに気づくことになる。

また、いざ別離という場面でも、「我れは君に厭はれて別るゝなれども夢いさゝか恨む事をばなすまじ、(中略)我れは唯だ君の身の幸福なれかし、すこやかなれかしと祈りて此長き世をば尽さん」というように、あふれんばかり熱い想いを寄せながらも、いさぎよく引き下がり、相手の幸福を願うさわやかさを演出する桂次であるが、このような独善的な態度もまた、語り手によって相対化されることになる。(9)

このやうの数〻を並らべて男なきに涙のこぼれるに、ふり仰向いてはんけちに顔を拭ふさま、心よわげなれど誰れもこんな物なるべし、今から帰るといふ故郷の事養家のこと、我身の事お作の事みなから忘れて世はお縫ひとりのやうに思はるゝも闇なり（下）

そしてさらに、極めつけは手紙の一件である。「我れは世を終るまで君のもとへ文の便りをたゝざるべければ、君よりも十通に一度の返事を与へ給へ、睡りがたき秋の夜は胸に抱いてまぼろしの面影をも見ん」などと、鼻持ちならないチープなヒロイズムに酔いしれ、「男なきに涙」をこぼしながら終生の愛を堅く誓う桂次であったが、とどの詰まりは「忘るゝとなしに忘れて一生は夢の如し」。過剰な身振りと、思い入れたっぷりな言葉に粉飾された彼の想いは、「若いさかりの熱といふ物」にすぎなかったのである。

結局のところ、野澤桂次は裏返しのヒーローとでもいうべき存在であった。語り手は、桂次を批判的な眼で眺め、戯画化することによって、彼がいわば〝小説のような〟恋愛を、お縫の気持などおかまいなしに生きていることを読者に印象づけようとするのである。

三　「冷やかのお縫」

はじめにも述べたように、「ゆく雲」は二層に引き裂かれた構造を持つ小説である。表層には桂次の演ずる物語があり、深層にはお縫の孤独がある。ところが、上京青年と下宿の娘の恋という類型に引きずられ、重要であるかの印象を受ける表層のドラマは、じつは、ほとんど意味のないものであった。それは、桂次の想いがお縫にとどいていなかったからばかりではない。なによりも、桂次の言動の一つひとつが相対化され、戯画化されることによって、最終的に彼の軽薄さが露呈するからである。所詮、桂次は物語の表層を漂ってゆく雲にすぎない。その結果、ルビンの壺の反転する地と図のように、お縫の存在が浮かび上がってくることになる。

＊

お縫について考えるうえでポイントになるのは、小説末尾の、

此処なる冷やかのお縫も笑くぼを頰にうかべて世に立つ事はならぬか、相かはらず父様の御機嫌、母の気をはかりて、我身をない物にして上杉家の安穏をはかりぬれど。ほころびが切れてはむづかし（下）

という一節であろう。先行研究においても、しばしば問題とされてきた箇所であるが、桂次の心がわりを契機として、お縫の心の「ほころびが切れ」たととらえる見解が幾つか見られる（橋口晋作、菅聡子[10]〔注8参照〕）。あるいはまた、「お縫は未だ作品世界内部ではほころびを切らしていない。しかし切れない保証はないのだと語り手は言いたげである」との見解もある（前出滝藤）。

だが、「ほころびが切れては」という表現については、「お縫の心に破綻をきたしては、心が挫折してしまっては、の意」とする岡保生氏の注釈が妥当であろうが[11]、ここまで述べてきたように、桂次の浅薄な心が自分から離れてしまったからといって、「冷やかのお縫」が挫折感を味わうとは考えられない。また、ここで唐突に、近い将来における何らかの破綻の可能性が示唆されたとするのも不自然である。「一葉は上文の『世に立つ事はならぬか』に呼応させて、倒置法のくふうを凝らしたのだ、とも解釈できる」という岡保生氏の見解にも示されているように[12]、ラストで語り手が自問自答を行ったのだと考えるのが妥当ではないだろうか。つまり、「相かはらず父様の御機嫌、母の気をはかりて、我身をない物にして上杉家の安穏をはかりぬれど」、「此処なる冷やかのお縫も笑くぼを頬にうかべて世に立つ事はならぬか」という問いかけがなされた後、それに対する答えとして、心の「ほころびが切れてはむづかし」――すでにお縫の心が挫折してしまっているから、「世に立つ事は」「むづかし」いと述べられているのである。

実母を「十年ばかり前」になくしたお縫は、現在十七、八歳。「気むづかし」く「強情」で、「鉄のやうに冷え」た心を持つ実父と、「根からさつぱり親切気」がなく「現金」で「高慢」、外づらばかりよい継母を持つ彼女は、これまで「もの言へば睨まれ、笑へば怒られ、気を利かせれば小ざかしと云ひ、ひかえ目にあれば鈍な子と叱かられる、二葉の新芽に雪霜のふりかゝりて、これでも延びるかと押へるやうな仕方」で育てられてきた。

「ま、子たる身のおぬひが此瀬に立ちて泣くは道理なり」とあるように、まったく暖かみのない家庭の中で、彼女は多感な少女期をすごしてきたのである。

そんなお縫の人生観が、「井戸がはに手を掛て水をのぞきし事三四度に及びしが」とあるように、死を痛切に願ったこととその断念を契機とし、一つのターニングポイントを迎える。

どうでも死なれぬ世に生中目《なまなか》を明きて過ぎんとすれば、人並のうい事つらい事、さりとは此身に堪へがたし、一生五十年めくらに成りて終らば事なからんと夫れよりは一筋に母様の御機嫌、父が気に入るやう一切この身を無いものにして勤むれば

というように、お縫は「身を無いものにして闇をたどる娘」へと変貌をとげたのである。

より良く生きたいという願いを、みずからの意志で封じ込め、闇のような、報いられぬ一生を送ろうと決心すること。それは、愛するもののために、耐えることだけが自己目的化していくような空しい生を選びとった「十三夜」のお関にもまして、砂を嚙むような辛い生の選択であったに違いない(13)。しかも、その懸命の努力は、死を選ぼうとするほどの邪険な扱いを受けた継母や、「鉄のやうに冷え」た心を持つ父に「事なく仕へん」ためのみに費やされるのである。〝我身を無いものにして〟という、ほぼ統一された表現が三度繰り返されることに留意すべきである。

桂次がもし、誠実で真摯な人物として造形されていたとしたら、二人の間には何らかの恋心、心の結びつきが芽ばえていたであろうし、義理と恋情の相克がこの小説のテーマとなっていたに違いない。だが、作者はけっし

て成就しないロマンスを設定することによって、救われることのないお縫の人生を読者に印象づけようとする。彼女の本質に深く食い込んだ孤独を浮かび上がらせるためにも、桂次の軽薄さは不可欠なものであった。

「何事も母親に気をかね、父にまで遠慮がちなれば自づから詞かずも多からず」、「月の十日に母さまが御墓まゐり」を唯一の楽しみにするお縫。彼女は心中の孤独や虚無を誰に打ち明けるでもなく、おのれの殻から出ていこうとはしない。「恋愛」という枠組みすら、彼女の「冷やか」な心をとらえることはできなかったのである。「ゆく雲」には、心の「ほころびが切れて」しまった女の物語が描かれているのである。

注

（1）桂次が「成るべくは鳥渡《ちよつと》たち帰りに直ぐも出京したきものと軽くいへば」、「今までのやうなお楽の御身分ではいらつしやらぬ筈と押へられ」るし、「せめては貴嬢でもあはれんでくれ給へ、可愛さうなものでは無きかと言」っても、「あなたは左様仰しやれど母などはお浦山しき御身分と申て居ります る」とやり込められるのである。

（2）以上のような解釈において問題となるのは、別れの場面で見せたお縫の涙である。ここでようやくお縫は心を開き、桂次の想いが彼女に届いたのだと読むことも可能かもしれない。しかし、桂次に対してお縫が、これまでまったく心を動かされていない点を重視するならば、この場面は、「出入り三年」にわたって一つ屋根の下で生活を共にしてきた者としての、一般的な哀感の表現ととるのが妥当ではないか。

（3）滝藤満義「『ゆく雲』から『うつせみ』へ―一葉における小説の発想―」『国語と国文学』67―10、一九九〇・十

（4）内田道雄「『三四郎』論―上京する青年―」『国文学　言語と文芸』75、一九七一・三

（5）天野郁夫「近代日本の高等教育と専門学校」『近代日本高等教育研究』玉川大学出版部、一九八九・三

（6）「帝国大学ハ国家ノ須要ニ応ズル学術技芸ヲ教授シ、及其蘊奥ヲ攷究スルヲ以テ目的トス。」帝国大学令　第一条（明十九・三）

（7）竹内洋『立志・苦学・出世―受験生の社会史』講談社現代新書、一九九一・二

（8）桂次の軽薄さについては既に、滝藤満義氏（注3）や菅聡子氏（「樋口一葉『ゆく雲』試論―心のゆくえ―」『淵叢』1、一九九二・三）に指摘がある。
（9）桂次に嘲るような視線を向ける下女の竹の存在も、同様の効果をあげているであろう。
（10）橋口晋作「『ゆく雲』をめぐって」『解釈』29―1、一九八三・一
（11）『全集　樋口一葉②』小学館、一九七九・十
（12）岡保生「『ゆく雲』論」『明治文学論集1―硯友社・一葉の時代―』新典社、一九八九・五
（13）「十三夜」については、第十章「お関の『今宵』／齋藤家の『今宵』―『十三夜』を読む―」を参照されたい。

第七章　過去を想起するということ
――「にごりえ」を読む――

一　はじめに

お力を特権化することなく、「にごりえ」を読めないものか。そんなことを考えるようになったのは、何度か繰り返して映画「にごりえ」(1)を観ているときであった。一九五三年、今井正監督により映画化された「にごりえ」は、その年のさまざまな国内映画賞を総ナメにした秀作であるが、お力の印象の違いに気づいたのである。美しい容姿とすばらしい演技で観客／嫖客を魅了する淡島千景／お力ではあるが、映画では、彼女の描かれ方や菊の井にしめる位置が、小説と微妙に異なるのである。

その最大の原因は、映画「にごりえ」で私たちが二度、お力の日常の姿を垣間見ることにある。一つは、シーン82「台所」(01：21：43～)で、お力を含めた酌婦たち全員が台所に集まって、目刺しをおかずにご飯を食べる場面である。小説でいえば三章冒頭にあたるが、にぎやかな会話が弾むなか、仕事前の腹ごしらえをする菊の井の酌婦たち全員が、化粧気もなく、髪を整える前のしどけない姿をスクリーンにさらしているのである。お力も、襦袢姿のまま多くのおくれ毛を垂らしたむさ苦しい様子で、みんなと打ち解けて雑談に興じている。顔に大汗をかき、飯をかっ込みながら、かしましく騒ぐ様には違和感を覚えるほどである。これがお力であるかと。

もう一つは、シーン96「菊の井の廊下」(01：37：47～)・97「奥座敷」(01：39：30～)で、酌婦たちが大勢の宴会客を相手に酒の相手をしている場面である。三味線を弾き、歌い、酌をする酌婦たちは、しつこく酔客に身体をまさぐられたり、はては抱え上げられ座敷から庭へ放り投げられたりと、客のなすがままである。むろんお力も、そんな不如意な酌婦の一人にすぎず、客にはなかなか逆らえない。エスカレートした客に押し倒されてようやく、その場から逃れるべく彼女は立ち上がる。乱暴狼藉、酒の上の不埒という言葉がピッタリなこのシーン、お高の扱われ方があまりに残酷で、その印象が強く心に残る場面であるが、お力の扱われ方も似たようなものである。

うかつなことであるが、私は、映画「にごりえ」が描くお力の日常の姿を観た時はじめて、お力という女性の本来のありようが腑に落ちた。小説では、二章で「例になき子細らしきお客」の結城朝之助が登場し、それ以降、お力サイドの物語は結城とのかかわりが中心となるため、お力の日常的な仕事ぶりは、ほとんど描かれることがない。だが、客である結城にかえって気を遣われながら、気ままに振る舞うお力の姿は例外的なものではないか。湯飲みで酒をあおりながら、自分の気の向いたときだけ客の相手を務めていたのでは、一枚看板の地位を維持できるはずがないからである。新開地の銘酒屋の酌婦として、「何処やらの工場の一連れ」や「お店もの丶白瓜」を相手に、「普通《ついッとほり》の嬉しがらせを言つて」酒の相手をするのがお力の本来の仕事であり、そのような日常が彼女の現在を規定していると考えなければならない。

「菊の井のお力」はこれまで、しばしば特権化して語られてきた。他の酌婦とは一線を画した、異質な存在であるかのごとく受け止められてきたのである。たしかにお力は、「年は随一若けれども客を呼ぶに妙ありて、さのみは愛想の嬉しがらせを言ふやうにもなく我まゝ至極の身の振舞」の許された酌婦である。しかしそれでもなお、彼女も朋輩と同様に、酌婦としての〝今ここ〟から自由になれようはずはない。

二　手紙をめぐるやりとり

「にごりえ」の冒頭は、「おい木村さん信さん寄つてお出よ」と「馴染らしき突かけ下駄の男」を誘う、お高の調子のいい嬌声で幕を開ける。たたみかけるように言葉を繰り出すものの、客の足を止めることができないお高は、最初から諦めていたように「女房もちに成つては仕方がないね」とぼやく。しかし読者は、お高が客に逃げられるのは、馴染み客が「女房もち」になったためや彼女の「技倆《うで》が無い」ため、「運の悪るい」ためもあろうが、「引眉毛に作り生際、白粉べつたりとつけて唇は人喰ふ犬の如く、かくては紅も厭やらしき物なり」というお高の外見にも原因があると感じるのではないか。直後に描写されたお力の粋で艶やかな姿があまりに印象的で、落差が大きいことも、そのような判断を後押しする。お力のような朋輩が横に並んでは、お高も苦労するに違いない。そして逆に、「技倆」があり「背恰好すらりつと」した酌婦であるお力の稼業はさぞかし順調なことであろうと期待する。そのような期待が、つづく手紙をめぐるやりとりを読み誤らせる原因になっているのだが、その点は後に詳しく述べることとして、ここからは、二人の露骨な対比が終わるやいなや展開する手紙をめぐるやりとりについて、順を追って考えていきたい。「にごりえ」冒頭におかれた、お高とお力のちぐはぐなやりとりは、いったい何を伝えているのだろう。あるいは、先行研究はこの箇所の解釈について混乱の態を示してきたが、それはいったい何を物語っているのか。

お高といへるは洋銀の簪で天神がへしの髷の下を掻きながら思ひ出したやうに力ちやん先刻の手紙お出しかといふ、はあと気のない返事をして、どうで来るのでは無いけれど、あれもお愛想さと笑つて居るに、大底におしよ巻紙二尋も書いて二枚切手の大封じがお愛想で出来る物かな、そして彼の人は赤坂以来の馴染ではないか、少しやそつとの紛雑《いざ》があろうとも縁切れになつて溜る物か、お前の出かた一つで何うでもなるに、ちつとは精を出して取止めるやうに心がけたら宜かろ、あんまり冥利がよくあるまいと言へば御親切に有がたう、御異見は承り置まして私はどうも彼んな奴は虫が好かないから、無き縁とあきらめて下さいと人事のやうにいへば、あきれたものだのと笑つてお前などは其我まゝが通るから豪勢さ、此身になつては仕方がないと団扇を取つて足元をあふぎながら、昔しは花よの言ひなし可笑しく、表を通る男を見かけて寄つてお出でと夕ぐれの店先にぎはひぬ。（一）（傍線引用者、以下同様）

周知のように、先行研究はこの会話をめぐって長らく「赤坂以来の馴染」は源七であるとしてきた。そして、「巻紙二尋も書いて二枚切手の大封じ」をした「先刻の手紙」とは、お力が源七に宛てて書いた手紙、もしくは源七がお力に宛てて書いた手紙と理解されてきた。だが、そのように硬直した解釈の枠組みに新しい風を吹き込んだのは、つぎのような戸松泉氏の問題提起である。(2)

この「巻紙二尋」「二枚切手の大封じ」の手紙は、お力からいわゆる「宜《い》いお客」に宛てた手練手管の「お愛想」の手紙である。このお客は「赤坂以来の馴染」で、お力の所に足繁く通っていたものの、なにかお力との間に「紛雑《いざ》」があって、近頃足が遠退いたものと思われる。お力は、そうしたお客に対して、朋輩のお高の前では、「虫が好かない」「無き縁」になっても構わないとそっけない態度を示し、不興を買うが、その実、裏では長い手紙を書いて、上客をしっかり取り留めようとしているのである。

ここに示されているように、戸松氏は「赤坂以来の馴染」を源七ではない別の「宜いお客」であるとし、「そうしたお客に対して」お力が「長い手紙を書い」たのだと指摘する。滝藤満義氏(3)や出原隆俊氏(4)も指摘するように、そもそも、同じ町内に住む源七が相手なら郵便制度を利用する必要がない。また、源七宛の手紙はまだ書かれていないからこそ、このくだりのしばらく後に、お高が「手紙をお書き今に三河やの御用聞きが来るだろうから彼の子僧に使ひやさんを為せるが宜い」と勧めるのである。言われてみればもっともで、「赤坂以来の馴染」と源七は別人であるとする戸松氏の指摘がその後、定説化するのも当然であるといえる。(5)ところで、ここで問題となるのは、なぜ誤読が続いたかである。この点について出原隆俊氏は、次のように原因を推測している。

おそらく、小説の冒頭近くで〈彼の人〉という提示の仕方で話題が始まったために〈彼の人〉は主人公格の存在であると捉えられた。そして、早い段階で話題の中心の位置に来た源七にも「久しい馴染」という言葉が与えられたために、〈彼の人〉の「赤坂以来の馴染」というのと重ねられて、源七＝〈彼の人〉だと思い込まれてきたのであろう。（中略）二重三重に〈彼の人〉と源七は区別されている。それにもかかわらず、〈彼の人〉＝主人公格＝源七という頭からの思いこみが、信じがたいまでに正当な読解を阻害して来たのである。

首肯すべき見解である。しかし、はたしてそれだけかという疑問も残る。後述のように私は、「にごりえ」という小説が誘発するある乗り越えがたい違和感が、手紙をめぐるやりとりに関してあのような誤読を生んだ最大の原因だと考えるからである。そこでまず、出原氏の指摘に加えて私なりに、なにゆえ「赤坂以来の馴染」＝源七説が支持され続けてきたのか、その原因をいくつか説明するところから、この問題へのアプローチをはじめたい。

誤読が続いた原因のひとつは、お力がわざわざ「巻紙二尋」も書いた手紙が源七に向けてのものであるなら、そのような長い手紙をしたため、しかしその投函をためらうお力の内面が、読者として十分に理解可能なためである。この場合は前提として、源七に対するお力の未練を想定する必要があるが、それでも相手が源七であれば、小説を読み進めるうちに「今は見るかげもなく貧乏して八百屋の裏の小さな家にまい〳〵つぶろの様になつて居」る彼の家族に申し訳なさを感じるお力の様子が描かれているため、誤読ながらも、手紙を出したいけど出せない事情を読者は知ることになり、お力が、せっかく書いた手紙の投函を逡巡する理由に納得がいくのである。また、「巻紙二尋も書いて二枚切手の大封じ」が源七から来た手紙だとしても、お力が返事を出さないのはやむを得ないと納得される。お力が返事を出してしまったなら、源七はますますお力への執着を増すに違いないからである。源七への未練があるとしても、申し訳なさを感じるお力なら、源七に返事を出すことにためらいを覚えるだろうし、未練がなければなおさら、零落した源七につれなくするのは当然である。

そして、源七が相手であるがゆえのお力の葛藤や未練、配慮や拒絶といったものに納得いくなら、お力がお高に対し「御親切に有がたう、御異見は承り置まして私はどうも彼んな奴は虫が好かないから、無き縁とあきらめて下さいと人事のやうに」言うのも当然と見なされる。わざと木で鼻をくくったように吐き捨てる言葉の端々から、今なお生々しくうずく心の傷に触れられたくないとのお力の思いが読み取れてしまうからである。

このような妥当性に鑑み、多くの研究者は多少の引っ掛かりを感じながらも、「赤坂以来の馴染」＝源七説を支持してきたのではないか。

以上は推測にすぎないが、長く誤読が続いたのもたしかである。この小説を通して唯一お力の葛藤が示されている相手は源七であり、それ以外の客に対しては彼女の傍若無人さ、高飛車な態度が目立つため、私自身、旧稿執筆の際は、わかりにくさを棚上げして無理に源七が相手として納得した記憶がある。(6) そういう意味で、戸松泉氏の問題提起は画期的であった。

＊

ところが、手紙に関する議論にはさらに続きがある。「赤坂以来の馴染」が源七ではないことを踏まえた上で、さらなる異論が提出されたのである。これは、戸松氏の指摘は鮮やかなものであったが、しかしそれでもなお、私が先に述べた、ある違和感を解消できなかったためである。

さらなる異論とはどのようなものか。その前史としては、関礼子氏の論考「一葉と手紙（前）」における指摘がある。(7) これは直接「にごりえ」を論じたものではないが、論の一部に「源七は、お力になんとかして会ってもらおうと『二枚切手の大封じ』の手紙を寄こす」とある。後に関氏自身が「『先刻の手紙お出しか』というお高の言葉は『返事をお出しか』の『返事』が省略されている」のだと説明しているように、(8) 手紙をめぐるやりとりのわかりにくさの原因を省略ゆえと考え、「先刻の手紙（への返事を）お出しか」と捉えたものである。

この関氏の指摘を直接批判する形で、先にあげた戸松論文は書かれたわけであるが、議論はそこからさらに、高田知波氏が「『巻紙二尋』もの長い手紙をかいて切手まで張ったのに投函の段になってお力が躊躇しているんじゃなくて、この手紙に対する返事を書こうとしていないのだ」と指摘し、(9) 次のように詳述することによって展開する。(10)

話題の手紙の書き手はお力ではなく、「赤坂以来の馴染」の方だったと考えなければならない。つまりお力の数多い馴染の一人に「赤坂以来」の男があり、最近何かの「紛雑」があって来訪が途絶えていた。お力は別に惜しいとも思わず放置していたところへ、男の方からおそらく仲直りを求める長文の手紙が届けられた。だがお力はこの手紙は「お愛想」に過ぎないとして返信を書こうともせず、それに対してお高が、あの手紙は「お愛想」ではなく実意がこもっており、お力が職業的媚びで応じさえすれば喜んで馴染に復帰してくるに違いないから、返事の手紙を出してやる程度のことはしておくべきだと「異見」しているのであり、にもかかわらず「彼んな奴は虫が好かないから」と平然と嘯くお力の様子に、その「豪勢」な売れっ子ぶりと数少ない馴染をまた一人減らしてしまった「此身」とを比較して思わず、お高が「昔しは花よ」を口ずさむ……というのが第一書簡（引用者注：「二枚切手の大封じ」の手紙のこと）をめぐるやりとりの構図なのだと私は考えたい。

佐藤泰正氏も「この高田氏の指摘は当を得たものであり、これがお力ならぬ、相手の『赤坂以来の馴染』客からの手紙であることは否めまい。」と述べている。[11] 短いエピソードの解釈が、このように二転三転するのである。しかし、なにゆえ「力ちゃん先刻の手紙お出しか」というお高の台詞に対して、「返事を」が省略されているなどと、こじつけめいた解釈がなされたのか。それが強引な操作であることは言を俟たない。会話のベクトルが一八〇度転換するような省略を想定しなければならない根拠はどこにあるのだろう。お高とお力のやりとりは、たしかにわかりにくくはあるが、先に指摘した違和感さえ乗り越えたなら、さほど解釈困難なものではないのである。

そこで、私なりに手紙をめぐるやりとりを詳細に分析してみたい。大前提となるのは、テクストの記述通り、このやりとりの行われた夕方以前に、お力が「赤坂以来の馴染」に宛てて、わざわざ「巻紙二尋も書いて二枚切手の大封じ」という手紙をしたためており、そのことをお高が知っていたということである——私は、手紙はお力が書いたものとの立場を取る。そして、せっかくの手紙を用意したにもかかわらず、お力はいざ投函の段になってためらっていた。いくばくかの後、そのようなお力の逡巡を察知したお高が、菊の井の店先で「思ひ出したやうに力ちやん先刻の手紙お出しか」と問いただしたわけである。

しかし、お力は最初「はあと気のない返事をして、どうで来るのでは無いけれど、あれもお愛想さ」と答えている。これは、どうせ「彼の人」が来るわけはないけれど、自分は「お愛想」に手紙を書いただけだという意味である。せっかく書いた手紙を出さないことの言い訳として、「彼の人」への諦めとも嘆きとも受け取れる台詞をお力は吐くのである。

それに対してお高は、「大底におしよ巻紙二尋も書いて二枚切手の大封じがお愛想で出来る物かな」というように、お力の行動の矛盾を指摘する。「お愛想」というような、いい加減な気持ちで書ける手紙の分量ではない。そしてお高は、お力の考え違いを指摘する。「彼の人は赤坂以来の馴染」であるから、「少しやそつとの紛雑があろうとも縁切れになつて溜る物か」と。さらに、お力の「出かた一つで何うでもなる」のだから、「ちつとは精を出して取止めるやうに心がけたら宜かろ、あんまり冥利がよくあるまい」というように、お力の優位性を指摘し、積極的な態度を取りさえすれば、「彼の人」をつなぎ止めることが出来るのだから真面目にやれとアドバイスするのである。

「馴染」客が離れていくばかりのお高にすれば、せっかく書いた手紙を投函せず、しかも言い訳にならない言い訳をするお力の煮え切らない態度が歯がゆかったのであろう。お力の矛盾を正確に指摘しながら、しかし親身に、お高は助言しているのである。

だが、それがお力には煩わしく響いた。急所を突かれ、お力は態度を硬化させる。みずから「巻紙二尋」もの手紙を書いた相手なのに、「御親切に有がたう、御異見は承り置まして私はどうも彼んな奴は虫が好かないから、無き縁とあきらめて下さい」と宣言し、一方的に会話を断ち切ろうとするのである。それは開き直り、もしくは逆上といった印象を与える。

そして、このように読み進めていったとき、ある乗り越えがたい違和感の所在も明らかになってくる。

先ほど述べたように、源七が相手であれば、お力が書いた手紙を投函しないのも、あるいは返事を出さないのも理由は納得いく。だが、お力の書いた手紙の相手が、数ある「馴染」の一人にすぎないとすれば、お力のためらいの意味がにわかに、納得しがたいものとなるのである。嫖客相手にお力がなにゆえ、せっかく書いた「お愛想」の手紙を出そうか出すまいか迷わなければならないか、そしてなぜお高のアドバイスにあのような反撥を示したか、うまく飲み込めないのである。逡巡は、読者の内なるお力像を決定的に裏切る態度といえる。(12)お力は「豪傑」であり、「お力流」で自由気儘に振る舞うとのイメージに全然そぐわないのである。そのため、それならいっそ相手から来た手紙に鼻も引っかけず無視する態度を取るほうが、お力にふさわしく思える。右に引用した高田論文に描かれたお力は、傍線部に明らかなように、この上なく強気で猛々しい。

このように見てくると、右の議論のその先に、私はこの手紙をめぐるやりとりに関して問うべきことが別にあると考える。お力がなぜ、「巻紙二尋」も書いた手紙を出さないでいたかである。お高の言うとおり、お力の「出かた一つで何うでもなる」とすればなおさら、逡巡の意味が納得しがたいものになる。お高のアドバイスをお力が高圧的に断ち切った理由も謎である。お力の逡巡というものが、このように小説の冒頭で描かれていること、しかもそれが、お力とお高の簡単な人物紹介が終わるやいなや繰り出されていることは重要な意味を持つと考えられる。それは、現在のお力のありようを象徴的に示すものであるはずで、その意味を探らなければならない。いったいなにゆえの、お力の逡巡かと。

三　お力の〝今ここ〟

一章から四章にかけて、おそらく数ヶ月の時間がながれるなかで、お力や源七の日常をこまやかに描いてきた「にごりえ」は、お盆を迎えた五章を境に、そのテンポを一変させる。ここから、数日後のカタストロフに向けて、ドラマが一気に加速するのである。

転換点となる五章は、酌婦という存在のイメージと実際を、印象的なレトリックによって説明するところから始まる。

誰れ白鬼とは名をつけし、無間地獄のそこはかとなく景色づくり、何処にからくりのあるとも見えねど、逆さ落しの血の池、借金の針の山に追ひのぼすも手の物ときくに、寄つてお出でよと甘へる声も蛇くふ雉子と恐ろしくなりぬ、さりとも胎内十月の同じ事して、母の乳房にすがりし頃は手打〳〵あわゝの可愛げに、紙幣と菓子との二つ取りにはおこしをお呉れと手を出したる物なれば、今の稼業に誠はなくとも百人の中の一人に真からの涙をこぼして（五）

まず、「白鬼」と名づけられた酌婦の負のイメージが、地獄巡りのように連鎖する。酌婦という存在を、甘い言葉で人をだまし、客を食い物にする鬼とみなし、ステレオタイプな恐怖を抱く世間一般の認識を戯画的に伝えるものであるが、一方で、彼女らもあたりまえに生を受けた人間であることが、「さりとも」で接続された、アレゴリカルな表現によって強調されている。虚実の落差が印象的だ。そして「今の稼業に誠はなくとも百人の中の一人に真からの涙をこぼして」というように、語り手は、嘘で塗り固められた稼業の裏の、人間味あふれる酌婦の涙＝苦悩に焦点を合わせるのである。

つづいて語り手は、三人の酌婦の苦悩に満ちた現状を順々に浮かび上がらせる。

一人目の酌婦は、「染物やの辰さん」の「浮いた了簡」が改まらないため、所帯を持ちたいとの願いがいつ実現するかわからないと、将来が見えない不安を訴えている。自分の「異見」を気にも止めない辰さんに対し、「彼んな浮いた心では何時引取つて呉れるだらう、考へるとつく〴〵奉公が厭になつてお客を呼ぶに張合もない、あゝくさ〳〵する」というように、「常は人をも欺す口で人の愁らきを恨」む言葉を吐いている。これはお高が一章で、親しかった男性の「心替り」を嘆くのと軌を一にするものである。お高にとって「別口へかゝる」ことが容易でないことは十分に予想がつく。五章に登場した名もない酌婦にしても、辰さんが「早く締つてくれゝば宜いが」という希望の叶えられる日がいつ訪れるか、心もとない。彼女たちの、男に引き取ってもらうことで酌婦奉公から足を洗いたいとの願いは、そう簡単に実現しそうにないのである。普段、舌先三寸で人を欺すことを生業とする酌婦が、空約束に振り回されて「恨みの言葉」を吐くという皮肉な現実がそこにある。

二人目の酌婦は、夫が大酒飲みで「いまだに宿とても定まるまじく」、「悲しきは女子の身の寸燐の箱はりして一人口過しがたく、さりとて人の台処を這ふも柔弱の身体なれば勤めがたくて、」子どもがいてもなお、この世界に身を堕とすことになった我が身の不甲斐なさを嘆いている。子どもの存在も家族離散の歯止めにはならなかったわけである。彼女は、去年の花見の際に偶然息子の与太郎に出会ったことで芽生えた引け目が、お盆の今日になってふとよみがえり、「同じ憂き中にも身の楽なれば、此様な事して日を送る」ことへの忸怩たる思いを語っている。真面目に奉公する息子に顔向けのできない自分を強く意識し、身を恥じているのである。普段はなんとも思わず「大島田に折ふしは時好の花簪さしひらめかしてお客を捉らへて串談いふ」彼女も、「今日斗は恥かしいと夕ぐれの鏡の前に涕ぐむ」。表向き華やかな稼業の裏には、固有の複雑な事情と涙が秘められているのである。

三人目の酌婦が、お力である。

菊の井のお力とても悪魔の生れ替りにはあるまじ、さる子細あればこそ此処の流れに落こんで嘘のありたけ串談に其日を送つて、情は吉野紙の薄物に、蛍の光ぴつかりとする斗、人の涕は百年も我まんして、我ゆゑ死ぬる人のありとも御愁傷さまと脇を向くつらさ他処目も養ひつらめ、さりとも折ふしは悲しき事恐ろしき事胸にたゝまつて、泣くにも人目を恥れば二階座敷の床の間に身を投ふして忍び音の憂き涕、これをば友朋輩にも洩らさじと包むに根生のしつかりした、気のつよい子といふ者はあれど、障れば絶ゆる蛛の糸のはかない処を知る人はなかりき（五）

「菊の井のお力」として享楽的に、そして酷薄に振る舞わなければならない一方で、彼女もやはり「悲しき事恐ろしき事胸にたゝまつて」忍び泣く。先に引用した五章冒頭と同様に、ここでも酌婦としての表の顔と裏の顔が「さりとも」で接続されていることに注意したい。他の酌婦との違いとして、仕事上のつらさを「友朋輩にも洩らさじと包む」点があげられているが、酌婦としての現状に根ざした、等身大の苦悩を抱えているという意味ではまったく同じである。(13)

なかでも、源七とのあいだに生じた悶着は、「菊の井のお力」として生きるほかない彼女の抱え込んだ葛藤の象徴というべきものだ。たしかにお高たちとはベクトルが逆ながら、ここ一年ほどの間に「情夫《まぶ》」である源七との関係が壊れたために、お力もまた酌婦特有の苦痛を味わい、あわせて奉公から足を洗うチャンスをも失ってしまったと考えられるからである。

源七の回想に「去年の盆には揃ひの浴衣をこしらへて二人一処に蔵前へ参詣した」とあるが、ほんの一年前までお力は源七と昵懇の間柄にあった。一章でお高が今も「私は身につまされて源さんの事が思はれる」と言うのも、三章冒頭の、結城のうわさ話で盛り上がる場面で、朋輩が「源さんが聞たら何うだらう気違ひになるかも知れないとて冷評《ひやかす》」のも、当時のお力と源七の関係が、まわりの目から見ても、親密なものであったことを物語る。だからこそ、源七の零落はお力に大きなダメージを与えたはずだ。たとえ彼女がお高の前で、「何の今は忘れて仕舞て源とも七とも思ひ出されぬ」と言い放ったとしても、それは表向きのポーズとして受け取るべきだと、右の引用は物語っているのである。

「久しい馴染」であった源七との親密な関係が壊れただけでなく、彼が「町内で少しは巾もあつた蒲団や」を潰してしまうほどの狂気に落ち込んでしまったこと。そして今では、お力への執着は捨てないものの、源七は生きる気力そのものをなくし、家族もろとも「見るかげもなく貧乏して八百屋の裏の小さな家にまいく〳〵つぶろの様になつて居」ること。同じ町内に暮らすお力は、その過程をまざまざと見せつけられたわけである。三章末尾で、太吉に「鬼々と」言われることへの負い目を洩らす際の、お力の「堪へかねたる様子」は読者の心を打つ。当事者として、お力はこの一年の間に、源七一家が不幸になっていく過程をつぶさに見、心を痛めてきたのである。そのような経験は、現在のお力に大きな影を投げかけ、時に忍耐の度を超すものとなる。イメージに反して彼女は、「二階座敷の床の間に身を投ふして忍び音の憂き涕」を流すことになるのである。

以上のように、五章前半に描かれた酌婦達のありようは相似形をなす。反復される構図の中から、それぞれの酌婦が〝今ここ〟に縛られた、あたりまえの苦悩を抱えていることが浮き彫りとなるのである。お力は、この点において、他の酌婦と何らかわるところがない。

そして、このようにお力像を捉えたとき、「にごりえ」冒頭の逡巡の意味も見えてくる。自分が「菊の井のお力」として生きることで、多くの人を傷つけてしまうこと。五章前半にも明らかなように、お力はいまだに、そのような苦痛に慣れることができない。深い仲となった源七の零落の過程を間近に見たことを通して実感した自分の罪深さは、ぬぐい去れない生々しい現実としてそこにある。だからこそ、彼女は冒頭で、「赤坂以来の馴染」に手紙を出すことをためらうのである。「巻紙二尋」もの手紙を書いたものの、自分の「出かた一つで何うでもなる」からよけいに、彼女は客との関係に慎重にならざるを得ない。一章の手紙をめぐるやりとりは、ここ一年ほどの、お力が抱え込んだ葛藤を象徴するものである。

戸松泉氏は前述の論文で、手紙をめぐるやりとりを含めた一章のお力に関して、

お高よりはるかにプロ根性に徹している酌婦・お力がここには描かれている。疎遠になった上客への手紙の件といい、店先での「痴話」話をつつしむ態度といい、一章におけるお力の登場の仕方を見ていくと、一葉

がまず描き出したのは、何か因縁を抱えた源七とお力との物語の序章ではなく、酌婦としてのお力の姿であったことがわかる。それも菊の井の「一枚看板」「年は随一若」くて「客を呼ぶに妙あ」るとびきり腕のよい酌婦としての姿なのである。

と述べている。前節で引用した高田知波氏はさらに、客を客とも思わぬ、徹底して高飛車なお力像を提示する。先行研究において、このようにお力を他の酌婦とは一線を画した存在、ユニークで奔放な突出した存在として捉える見解をしばしば目にする。しかし私のとらえ方は、それらとは大きく異なる。むしろプロ根性に徹しきれないお力の葛藤をはっきり読者に印象づけるため、冒頭にあのエピソードが置かれたと考える。「お力が無理にも商売して居られるは此力と思し召さぬか、私に酒気が離れたら坐敷は三昧堂のやうに成りませう、ちつと察して下され」とあるように、平凡で弱い人間であるお力は、そのような、あたりまえの苦悩を酒の力でなんとかごまかして、奉公を続けているのである。

四　《家族の記憶》

ここで慌ただしく付け加えておかなければならないのは、結城朝之助についてである。結城に対してお力は「何処となく懐かしく思ふかして三日見えねば文をやるほどの様子」を見せている。これは、テクスト冒頭の逡巡と照らし合わせてみると、彼女が結城に対して一歩踏み出したかに見える。しかし、六章には「十六日は必らず待ますする来て下されと言ひしをも何も忘れて、今まで思ひ出しもせざりし結城の朝之助」、「常には左のみに心も留まらざりし結城の風采《やうす》」とあることから、少なくとも五章以前の段階では、結城はお力にとって特別な存在ではなかったと結論するしかない。したがって、私はお力が結城に対して積極的にアプローチしたのは、深入りする心配のない客、トラブルになりそうにない客だったからではないかと考える。なんといっても結城は、お力に対して肉体関係を求める気配すらないのである。たしかに自分に優しく接してくれるが、そのような表情の裏に明確な距離感が感じられる客として、だからこそお力は安心して結城と馴染を深めることができたのではないだろうか。

そして、そのような結城のポジションは、この小説において最後まで一貫している。六章末尾近くで彼が「お前は出世を望むな」（望むんだな）と的はずれな指摘をし、けしかけるのも、近くて遠い結城のポジションにふさわしいし、そのことにお力が失望するでもなく、その夜はじめて彼を泊まらせるという積極的な行動に出るのも、「思ふ事」を聞いてもらったことへの感謝とともに、距離感ゆえの安心があったからではないか。源七との関係に傷つき、誰かを「情夫」とすることを通して将来を夢見ることに慎重にならざるを得ないお力ゆえの選択が働いたと見るべきだろう。

＊

ところで、前節で私は「にごりえ」が五章を境にテンポを変えると説明した。五章前半で語り手は、それまで描いてきた酌婦達の日常を集約し、彼女らの華やかで虚飾に満ちた、あるいは酷薄なイメージとは裏腹な苦悩や悲哀を浮き彫りにした上で、それを梃子に「にごりえ」の正念場というべき、五章後半＝菊の井を飛び出したお力の独白シーンを展開するのである。

そういう意味で、五章後半は、お力の〝今ここ〟に根ざした苦悩を足がかりに展開すると予想されよう。五章前半に「障れば絶ゆる蛛の糸のはかない処を知る人はなかりき」とあるが、酌婦奉公に嫌気がさし、心の中の張りつめた糸がぷつりと切れたことを契機に、お力が菊の井を飛び出したというように把握できるからだ。

しかし、そのような読者の期待は、見事に肩すかしを食わされる。おそらくここに、「にごりえ」の難解さの一半が存するのではないか。唐突に、お力の「幾代もの恨みを背負て出た私」という認識＝《家族の記憶》が登場し、ドラマのベクトルを強引に変えてしまうのである。

むろん、何らかの形でお力の苦悩が二重構造になっていることは予想できた。すでに指摘のあるように(14)、「にごりえ」を貫く柱の一つはお力の「思ふ事」である。出会った当初から結城は、熱心にお力の過去を聞き出そうとするが、三章後半でしつこく「履歴」や「思ふ事」を問われた際、お力は彼の質問を一蹴してみせたにもかかわらず、源七にまつわる苦悩に関してはあっさりと、自分から結城に打ち明けている。あるいはまた、「思ふ事」について「貴君には聞いて頂かうと此間から思ひました、だけれども今夜はいけませぬ、何故〳〵、何故でもいけませせぬ、私は我まゝ故、申まいと思ふ時は何うしても嫌やでござんす」と強い口調で拒絶した直後に、太吉についての「堪へかねたる様子」をみずから示しているのも同様だ。お力にとって、源七との悶着に象徴される〝今ここ〟の苦悩は、友朋輩には「洩らさじと包む」ものの、結城になら打ち明けていいものであるのに対して、それとは別に、語り得ない問題として、「思ふ事」があることが予告されていたわけである。

以上、確認した上で五章後半を見てみよう。

お力は一散に家を出て、行かれる物なら此まゝに唐天竺の果までも行つて仕舞たい、あゝ嫌だ嫌だ嫌だ、何うしたなら人の声も聞えない物の音もしない、静かな、静かな、自分の心も何もぼうつとして物思ひのない処へ行かれるであらう、つまらぬ、くだらぬ、面白くない、情ない悲しい心細い中に、何時まで私は止められて居るのかしら、これが一生か、一生がこれか、あゝ嫌だ〳〵と道端の立木へ夢中に寄かゝつて暫時そこに立どまれば、渡るにや怕し渡らねばと自分の謳ひし声を其まゝ何処ともなく響いて来るに、仕方がない矢張り私も丸木橋をば渡らずはなるまい、父さんも踏かへして落てお仕舞なされ、祖父さんも同じ事であつたといふ、何うで幾代もの恨みを背負て出た私なれば為る丈の事はしなければ死んでも死なれぬのであらう、情ないとても誰れも哀れと思ふてくれる人はあるまじく、悲しいと言へば商売がらを嫌ふかと一ト口に言はれて仕舞、ゑゝ何うなりとも勝手になれ、勝手になれ、私には以上考へたとて私の身の行き方は分らぬなれば、分らぬなりに菊の井のお力を通してゆかう、人情しらず義理しらずか其様な事も思ふまい、思ふたとて何うなる物ぞ、此様な身で此様な業体で、此様な宿世で、何うしたからとて人並みでは無いに相違なければ、人並の事を考へて苦労する丈間違ひであろ、あゝ陰気らしい何だとて此様な処に立つて居るのか、何しに此様な処へ出て来たのか、馬鹿らしい気違じみた、我身ながら分らぬ、もう〳〵皈《かへ》りませう（五）

繰り返しになるが、五章前半からの流れからいえば、嫖客相手に「嬉しがらせ」を言うことを生業とする、酌婦としての〝今ここ〟への嫌悪から、我を忘れたお力が菊の井を飛び出した場面として読める。そして、店を出たものの、現実にどこにも行き場のないお力は、「渡るにや怕し渡らねばと自分の謳ひし声を其まゝ何処ともなく響いて来る」のを契機に「丸木橋をば渡らずはなるまい」と決意する。それは、「菊の井のお力を通してゆくことと同義である。「仕方がない矢張り私も」という断念から決意の表明が始まるのは、お力自身、「人情しらず義理しらず」と非難される酌婦稼業を続けていくことに、丸木橋を渡るような危うさがあり、必ずや足を踏み外して転落するようなバッドエンドを招来するに違いないと考えているからである。「私には以上考へたとて私の身の行き方は分らぬなれば、分らぬなりに」という言葉が、自分の力では如何ともし難い出口の見えない状況への諦念を表現している。ここまでは、理解しやすい。

しかしこの時、突然お力の口を衝いて出たのが「幾代もの恨みを背負て出た私なれば」という認識、つまり《家族の記憶》なのである。父や祖父の生を準拠枠とし、誰にも同情してもらえず理解もされないまま嫌な思いを味わい続けるのは、自分のような「人並みでは無い」者に課せられた報いであるから、自分は死ぬまで「菊の井のお力を通してゆ」くしかないのだとお力は自分に言い聞かせるのである。突然あらわれたこのような認識を、どう位置づければよいのか。

小説の展開としては、三章後半の段階で「思ふ事」を詮索する結城に対し、「貴君には聞いて頂かうと此間から思ひました、だけれども今夜はいけませぬ」と語ることを拒否したお力が、五章後半で取り乱し、不意に《家族の記憶》を口にしたわけである。つづく六章で彼女は、「私は此様な賤しい身の上、貴君は立派なお方様、思ふ事は反対《うらはら》にお聞きになつても汲んで下さるか下さらぬか其処ほどは知らねど、よし笑ひ物になつても私は貴君に笑ふて頂き度、今夜は残らず言ひまする」と、「思ふ事」を語る決心が付いたことを告げることになる。そして再び、《家族の記憶》が登場する。とすれば、お力の「思ふ事」とこの《家族の記憶》は、密接なかかわりを持つはずである。六章に進みたい。

何より先に私が身の自堕落を承知して居て下され、もとより箱入りの生娘ならねば少しは察しても居て下さろうが、口奇麗な事はいひますとも此あたりの人に泥の中の蓮とやら、悪業《わるさ》に染まらぬ女子があらば、繁昌どころか見に来る人もあるまじ、貴君は別物、私が処へ来る人とても大底はそれと思しめせ、これでも折ふしは世間さま並の事を思ふて恥かしい事つらい事情ない事とも思はれるも寧《いつそ》九尺二間でも極まつた良人といふに添うて身を固めようと考へる事もござんすけれど、夫れが私は出来ませぬ、夫れかと言つて来るほどのお人に無愛想もなりがたく、可愛いの、いとしいの、見初ましたのと出鱈目のお世辞をも言はねばならず、数の中には真にうけて此様な厄種《やくざ》を女房にと言ふて下さる方もある、持たれたら嬉しいか、添うたら本望か、夫れが私は分りませぬ、そも〱の最初から私は貴君が好きで好きで、一日お目にか丶らねば恋しいほどなれど、奥様にと言ふて下されたら何うでござんしよか、持たれるは嫌なり他処ながらは慕はし丶、一ト口に言はれたら浮気者でござんせう、あ丶此様な浮気者には誰れがしたと思召（六）

しかし、結城に「今夜は残らず言ひまする」と告げた後、「思ふ事」を語るにあたってお力が最初に切り出したのは、「何より先に私が身の自堕落を承知して居て下され」という台詞であった。場違いな客である結城相手の接客態度が銘酒屋の酌婦らしくないため、誤解があってはならないとの配慮から発せられたものであるが、やはりお力も、新開地の私娼として特別な存在ではないことが浮き彫りとなる。そして、年季や前借金の有無など、お力がどのような立場の酌婦であるか判断はつかないものの、奉公から足を洗うための最も現実的な方法として彼女は、最初の傍線部のように〈結婚〉[15]を持ち出す。だが、「悪業に染ま」る「自堕落」な自分も、「折ふしは世間さま並の事を思ふて恥かしい事つらい事情ない事とも思はれるも寧九尺二間でも極まつた良人といふに添うて身を固めようと考へる事もござんすけれど、夫れが私は出来ませぬ」と言うのである。

この言葉のみを取り出したなら、玉の輿を望んでのことかと誤解されかねないが、結城のような上客相手ですら彼女は「持たれるは嫌なり他処ながらは慕はし丶」と態度を保留しているわけである。「持たれたら嬉しいか、添うたら本望か、夫れが私は分りませぬ」とあるように、お力は純粋に、〈結婚〉という選択が幸せにつながるのか判断できず、躊躇していると捉えるべきであろう。世間並みに「身を固めようと考へる事」自体、「恥かしい事つらい事情ない事とも思はれるも」と、後ろ向きに捉えられている点を看過してはならない。

現実に〈結婚〉相手がいないわけではない。「此様な厄種を女房にと言ふて下さる方もある」のである。あるいはまた、積極的に〈結婚〉を否定するわけでもない。誰かと所帯を持つことで自分が満足できるかどうか、確信が持てないから足を洗うことができないと言うのである。そのためお力は、「一ト口に言はれたら浮気者でござんせう」というように、世間から「浮気者」と指弾されるような生き方を続けていくほかない。

そこからお力は、「あ、此様な浮気者には誰れがしたと思召」と、〈結婚〉に対する躊躇の原因が別にあることを示唆する問いを投げかけ、その原因に目を向けるよう促す。そしてふたたび、「三代伝はつての出来そこね、親父が一生もかなしい事でござんした」というように、《家族の記憶》を語っていくのである。

*

お力の語る《家族の記憶》は、父親の「かなしい」一生が起点となっている。祖父の死にざまを「常住《ぢやうぢう》歎い」ていたお力の父親は、振り返っておのれの不如意な人生を、どのように受け止めていたのだろう。「十六の年から思ふ事があつて、生れも賤しい身であつたれど一念に修業して六十にあまるまで仕出来したる事なく、終は人の物笑ひに今では名を知る人もなし」という祖父の人生を、幼い娘を前にしてもなお、繰り返し歎かずにはいられなかった父親の胸の内とは、いったいどのようなものであったのか。

お力の父親は、意地を貫くことがかえって状況を悪化させ、本人や家族を苦しめる結果となることを、祖父の死にざまを通して心に刻んだはずである。しかし父親は、結局は祖父と似た「かなしい」一生を送ることとなる。

彼は、自分の生き方が祖父のそれと重なることに気づかなかったのであろうか。父親の人生について、お力の語ったことはわずかであるが、私は、七歳のお力が米をこぼして何も持たずに帰ってきたとき、叱りもしないで父親が、「今日は一日断食にせう」としか言わなかったところに彼の、自身の生に対する断念を読み取ることができると考える。祖父同様、不幸の責任は自分にあるのだとの。

しかし、父親は断念してなお、祖父の生を歎かずにはいられなかった。それは、ほとんど自嘲である。幼い娘から見ても「細工は誠に名人と言ふても宜い人」であったにもかかわらず、「気位たかくて人愛のなければ贔負にしてくれる人もなく」、職人として腕をふるう機会も乏しいまま底辺の生活を家族にも強いた父親は、自分の思い通りにならない人生の手本を見せつけられる思いで、祖父の死にざまをふりかえり、何度も歎いていたのである。

そして、そのようにして父の口からあふれた歎きは、狭い家を満たし、必ずや妻子を圧迫する。三歳の時の事故で足に障害を負い、「人中に立まじるも嫌やとて」選んだ居職の飾物職人であったが、チャンスを得ぬまま父親は狭い部屋の決まった場所をつねに陣取り、怨嗟という負のエネルギーをにじませていたのではなかったか。世に入れられぬ口惜しさは内攻し、憤懣やるかたない想いは鬱積する。そういった家庭環境でお力は育ってきたと考えられるのである。

そういう意味で、「七つの年の冬」のエピソードを読むにあたって注目すべきは、その貧しさではない。六章後半でお力が結城に打ち明けたエピソードは、幼少期の貧困そのものに主眼はないと私は考える。そのように理解しないと、結城朝之助と同じ轍を踏むことになる。貧しさを痛切な記憶として想起するのであれば、結城が言うように、大人になった今、お力は「出世」＝「玉の輿」を望めばいいのである。「此様な浮気者には誰れがした」という問いかけの答えが幼少期の貧困なら、彼女は場違いな結城の登場にもっと色めき立つはずで、「十六日は必らず待ます る来て下されと言ひしをも何も忘れて、今まで思ひ出しもせざりし」などという反応は見せないはずだ。また、岩見照代氏もふれているが、[16] お力の家のような貧しさは、当時ありふれたものであったと考えられる。映画「にごりえ」との大きな違いとしてあげられるのがこの部分で、映画では、幼いお力は「米」ではなく「残飯」を買いに出かけている（シーン106「残飯屋（回想）」01：50：38〜）。小説におけるお力の家は、むろん貧しいが、米を買うだけの日銭はあったということになる。

お力の語りの重点は、貧しさにはない。自分の不注意がもとで父親の失意がさらに度を増し、「家の内森《しん》として折々溜息の声のもれる」閉塞した雰囲気を伝えようとしているのである。それは、死を思うほどに孤独であった幼少期のお力の姿をあぶり出す。「私は其頃から気が狂つたのでござんす」とお力は言うが、彼女にとって家族こそが苦しみの淵源だったのである。気が狂いそうなほどの沈黙の重みが、七歳のお力にのしかかる。お力にとって、家庭とは慰安ではない。やすらぎを感じることなく、「忍んで息をつくやう」な時間をすごした場所として想起されているのである。だからこそ、お力にとって〈結婚〉は、目指すべき安住の地とはいいがたいのである。

お力の抱える《家族の記憶》は、「いひさして…」とあるように、すべてが語られたとは思えない。おそらく、さまざまなエピソードの束が、意味づけきれないままお力の心の中につみかさなり、「持病」のように今、彼女を苦しめているのではないかと思われる。お力の「思ふ事」とはそういった、彼女の中にわだかまる、家族にまつわる過去のさまざまな記憶のことではないか。それらは軽々しく口にすることのできないものであり、あのようなタイミングで結城に出会うことがなかったなら、お力はこれからも語ることを拒み続けていたと考えられる。

あの夜、お力は父親や祖父の「かなしい」一生を準拠枠として、「私等が家のやうに生れついたは何にもなる事は出来ないので御座んせう」とのあきらめを吐露している。お力の抱え込んだ、整理しきれない思いをすくい上げるとすればそれは、悲痛な《家族の記憶》を持つが故に現在、〈結婚〉によって新たな関係を築くことへの恐れや躊躇を抱いており、そこから彼女は、つまらない現状を甘受するしかないのだとの諦念を抱くようになった、ということではないだろうか。

五　過去を想起するということ

ところで、最後に考えなければならない問題が一つある。六章でお力は、あのような《家族の記憶》を抱える自分だから、〈結婚〉に踏み出すこともできず、「菊の井のお力」としてつまらない人生を生きていくしかないのだとの諦念を語っているが、このような説明を、私たちはそのままに受け取るべきなのであろうか。

奇妙な問いに思われるかもしれない。だが、お力の生きる〝今ここ〟から隔絶した《家族の記憶》を、彼女がこれまで抱え続けてきた問題の核心であると捉えることへの違和感を、私はどうしても拭い去ることができないのである。六章で語られるお力の《家族の記憶》は、彼女の〝今ここ〟とほとんど接点を持たない。お力の語りには、源七のことなど影すら差さないのである。(17)《家族の記憶》を起源として、現在のお力の苦悩を理解したなら、五章前半まで描かれてきたお力の〝今ここ〟が持つ意味は、希薄なものとならざるを得ない。

お力が今、過去に囚われているのは確かである。しかしそれをもって誰も、あのような《家族の記憶》を持つから、お力は不幸な運命をたどってきたのだとは考えないだろう。また、旧稿で私は、苦悩に満ちた現状を受け入れ、納得するために、祖父から父親、自分と「三代伝は」る不幸な生を持ち出したと考えたが今はそのような考え方は取らない。《家族の記憶》は方便として持ち出されたのではなく、それ自体、語る必然性があったのだと考える。だがそれは、過去にあのような出来事があったから、「七つの年の冬」以来ずっとお力は諦念を持ち続けてきたと捉えるべきではない。酌婦としての〝今ここ〟に根ざす問題にうながされて、お力は過去を振り返っていると捉えるべきではないか。

ここには、記憶をめぐる二つの異なった考えの相剋がある。過去を想起するとはどのような行為なのか。記憶というもの、想起された過去というものをどのように捉えればよいのか。社会学者のピーター・バーガーは、「われわれが過去を想い出す時、何が重要で何が重要でないかという現在の考えによって、過去を再構築する」と述べている。(18)

われわれの常識は、現在を絶えず変化する流れと考え、これに対し過去を固定的かつ不変・不動のものと考えるが、これはまったく誤った考え方である。少なくともわれわれの意識の内部においては、過去は順応性に富み柔軟性に満ちている。すでに起こった出来事を回想し、再解釈し、説明し直すたびに、過去は絶えず変化してゆく。それゆえ、われわれは物の見方と同じ数だけの人生を持つわけである。

このような考えは奇異に感じられるかもしれない。しかし、心理学者による記憶の研究、ことに近年注目される自伝的記憶(19)の研究においては、バーガーの指摘するように、私たちが「自己の生活史を常に再解釈しつづけている」との認識は、前提として共有されているようである。遠藤由美氏は「自己」と自伝的記憶の関係について、ある時点で生起した出来事や経験をその時点で自伝的記憶エピソードとして貯蔵・固定し、それをもとにして現在に生きる私が、「自己」とはどのような人物かを判断するという考え方がこれまでの通説であったのに対して、近年、「過去は現在において構成されるという説」、ある時点に生起した「出来事や行為の意味は現時点においてその都度構成され付与される」という考えを裏付ける実証的研究が積み重ねられてきていると指摘する。また、「過去は現在という地点からの'look back'という行為の結果として、生じるものであると考えられる」とも述べている。[20] 精神科医の中井久夫氏も『徴候・記憶・外傷』で、エピソード記憶とは「自己による自己の生活史の記憶である。正確にいえば『自己体験にもとづく自己を原点とするパースペクティヴという観点からの記憶』である」と述べている。[21] 中井氏は自伝的記憶という語を用いず、エピソード記憶という語で括るが、指し示すものはほぼ重なる。現在を生きる自己はそれまでの体験にもとづく自己であるが、その自己が想起する生活史の記憶は、現在を原点とするパースペクティブにより再構成された記憶であると指摘しているのである。

自伝的記憶の研究自体、まだ緒に就いたばかりであり、私の理解も不十分ではあるが、この分野をリードする研究者の一人、ジョン・コートル『記憶は嘘をつく』（講談社、一九九七・七）などを読んでも、過去がつねに現在において再構成されるとの把握が重要であることはわかる。私は、「にごりえ」という小説が、あれだけの紙数をついやしてお力―源七の関係を描き、彼女の〝今ここ〟に根ざした苦悩を浮かび上がらせようとすることを無視することはできないと考える。このような現在が、お力をしてあのような過去を想起させているのではないか。

おそらく、このような把握の対極にあるのは、極端な例ではあるが、お力が六章で語った「七つの年の冬」の経験を、心的外傷《トラウマ》と意味づける解釈ではないだろうか。たしかに、お力の語る「七つの年の冬」のエピソードは、ディテールが詳細で、具体性にあふれている。十数年前の出来事であるにもかかわらず、お力はそれを昨日のことのように想起している。まるでそれは、外傷性記憶のようである。

外傷性記憶の特徴は、その原因となる出来事から時間がたってもそれが風化せず、生々しく再現されてしまう――しかも本人にもとどめようなく突然、侵入的・反復的に――ということだ。あるいは、強い現実感を伴った悪夢として長い間、苦しめられることもある。その不安・恐怖たるやすさまじいもので、過去のその時点に暴力的に引き戻されるような経験なのだという。中井久夫氏によれば、「外傷性記憶は変化せず、フラッシュバックの際に同一内容が反復出現し、その内容は静的であって、いつまでも生々しく、文脈（前後関係）を持たず、言語化しにくい」ということである（前掲書、84頁）。お力がもし「七つの年の冬」の記憶をそのようなものとして、今までずっと引きずっているのだとすれば、彼女の心は深刻なダメージを受けることとなるであろう。源七との悶着などといった、酌婦としての〝今ここ〟に根ざす苦悩以上に、それはお力をカタストロフへと引き寄せる原因となるに違いない。たとえば前田愛氏の指摘するように[22]、五章末尾のお力の心理状態を「精神病理学にいう離人症の症候と符合するところが多い」といったイメージで捉え（解離はＰＴＳＤの患者にしばしば見られる症状の一つである）、「持病」という表現を深読みするなら、そのような解釈の成り立つ余地はたしかにある。

だが、私はそれを外傷性記憶と呼ぶことをしない。日本では特に阪神淡路大震災以降、「トラウマ」という言葉が市民権を得てからというもの、辛い経験の記憶を十把一絡げに「トラウマ」と名づける風潮があるが、それは実際に心的外傷に苦しむ人々に対して失礼ではないかと感じる。中井久夫『徴候・記憶・外傷』（前出）やジュディス・ハーマン『心的外傷と回復〈増補版〉』（みすず書房、一九九九・十一）などの書物を通してではあるが、戦争を体験したり、性暴力被害にあうなどの過去の心的外傷経験がフラッシュバック的に突然再生され、精神的な混乱状態におかれるＰＴＳＤ患者の現実とその苦しみを知るほどに、お力をそのような具体的な症状で名指してよいかためらわれるからである。

五章後半以降、お力は過去への囚われを語っている。お力にとって《家族の記憶》はたいへん重い意味を持つものである。だが、そのようなナラティブの出現が、「お店もの、白瓜」を相手とする現状のつまらなさに促されてのものであることを忘れてはならない。それは、自伝的記憶の研究によって明らかとなりつつある記憶の性質、すなわち〝今ここ〟のパースペクティブから再構成された過去の想起と考えるべきではないだろうか。強迫観念のように、《家族の記憶》が現在のお力を苦しめているのはたしかである。それらは、痛切な記憶として心の中にわだかまり、彼女を激しく揺りうごかす。しかし、お力が一貫して、あのような《家族の記憶》を起源とする諦念を持つ女性であると結論づけるのは危険だと私は考える。

なぜなら、彼女が一年前までは源七と深い仲にあり、一定の幸福感に包まれていたであろうことを無視することができないからである。二人の関係が壊れる前までは、お力が過去をめぐって現在と異なった意味づけを行っていた可能性があると私は考えるのである。《家族の記憶》はたしかにネガティブなものであるが、二人の関係が順調であった当時、お力が過去のつらい記憶ゆえに、自分は身を固めることができないと考えていたとは思えない。逆に、だからこそ幸せになりたいと願うことのほうが自然ではないだろうか。結城に向かって吐露されたお力の過去を、彼女の〝今ここ〟と切り離して考えてはならない。お力ははじめから、五・六章で明かされたような諦念を持っていたわけではないだろう。

私は、「にごりえ」を読むにあたっては、過去と現在の関係をとらえる私たちの常識をくつがえす必要があると考える。つまり、家族をめぐるつらい経験を有し、深く傷ついた内面を抱える女性であるから、お力は現在、あのように濃い陰影の差す横顔を垣間見せるのだと考えるのではなく、現在のお力が〝今ここ〟で深く傷ついているからこそ、過去のつらい《家族の記憶》がおのずから想起されてしまうと解釈すべきだと主張するのである。

注

（1）製作：伊藤武郎、脚本：水木洋子・井手俊郎、撮影：中尾駿一郎、新世紀映画・文学座作品。樋口一葉の「十三夜」「大つごもり」「にごりえ」をオムニバス形式で映画化。キネマ旬報ベストテン一位（二位は小津安二郎「東京物語」、三位は溝口健二「雨月物語」）、毎日映画コンクール作品賞・監督賞、ブルーリボン賞一位など。DVDは新日本映画社が発売、独立プロ名画特選のうち。参照したシナリオは、『キネマ旬報』（71号、一九五三・八・二五）所収のもの。

（2）戸松泉「『にごりえ』論のために—描かれた酌婦・お力の映像—」『相模国文』18、一九九一・三

（3）滝藤満義「『にごりえ』論」『横浜国大国語研究』12、一九九四・三

（4）出原隆俊「『にごりえ』の〈彼の人〉」『季刊　文学』5—2、一九九四・春

（5）他にも、須田千里氏（「『にごりえ』試論—他者のことば」『解釈と鑑賞』60—6、一九九五・六）は、「お力は、『巻紙二尋』の『二枚切手の大封じ』を書いていながら、朋輩のお高にむかっては『彼《あ》んな奴は虫が好かない』と『赤坂以来《から》の馴染』に手紙を出そうとしない（中略）（思うに、先の『赤坂以来の馴染』への手紙は、お力の言葉に反して恐らく投函されたことであろう）。」と述べている。

（6）第八章「お力の『思ふ事』—『にごりえ』試論—」（初出は『論究日本文学』57、一九九二・十二）。旧稿執筆時には、戸松論文を読んでいたにもかかわらず、そのインパクトを受け止めることができなかった。

（7）関礼子「一葉と手紙（前）—小林あい、馬場孤蝶との往復書簡をめぐって—」『日本文学』35—3、一九八六・三

（8）関礼子「〈座談会〉『にごりえ』『たけくらべ』—テクストの〈空白〉をめぐって」（関氏の他に、高田知波・満谷マーガレット・宇佐美毅。注（5）の『解釈と鑑賞』所収）

（9）注（8）の〈座談会〉での高田知波氏の発言。

(10) 高田知波「声というメディア―『にごりえ』論の前提のために」『樋口一葉論への射程』双文社出版、一九九七・十一

(11) 佐藤泰正「一葉をどう読むか―『にごりえ』を軸として―」『日本文学研究』（梅光学院大学）42、二〇〇七・一

(12) ここから、出原論文のように、「彼の人」をかけがえのない相手として想定する見解の提出される理由も見えてくると思われる。お力の反応が意表を突くため、そこに特別な意味を読み込みたくなるのである。

(13) 前の二人の酌婦と「お力の間には決定的な〝断絶〟がある」との見解が猪狩友一氏によって提出されている（「お力の位相―『にごりえ』の構造・再考―」『白百合女子大学研究紀要』28、一九九二・十二）。お力はたしかに個性的な酌婦であるが、彼女が小説の中心であるためその内面が浮き彫りとなっているだけで、他の酌婦とは次元を異にする苦悩を抱えていると考えるのは危険と考える。一つの前置きの後、三人の酌婦の苦悩が並列的に語られているのは、朋輩に語る／語らないという違いはあるにせよ、苦悩に質的差異がないことを読者に伝えるためではないのか。

(14) たとえば、石丸晶子「にごりえ〔樋口一葉〕『日常』と『家霊』の交錯する中で」『日本の近代小説Ⅰ』東京大学出版会、一九八六・六。

(15) 「にごりえ」において、「一処《ひとつ》にな」る・「身を固め」る等の表現で示されている行為を、〈結婚〉という言葉で一括りにした。当然のこととして、内縁関係も含めた幅があると考えられる。

(16) 岩見照代「狂気の表象―樋口一葉の場合」『ヒロインたちの百年―文学・メディア・社会における女性像の変容』学藝書林、二〇〇八・六。また、松原岩五郎『最暗黒の東京』（民友社、明二六・十一、岩波文庫版、一九八八・五）など、当時の下層社会探訪記を見ても、そのように指摘できると考える。

(17) 「にごりえ」を底流するのは、お力―源七の関係である。すでに終わった問題であるはずなのに、いつまでもお力のことが忘れられぬ源七の家庭を描いた四・七章はいうまでもなく、菊の井の日常を描く一章や、結城とのかかわりを描く三章でも、源七の存在が、あるいは不在が読者に強く印象づけられる。エンディングもしかりである。そういう意味で、どのような答えを出すにせよ、「にごりえ」の見せ場というべき五・六章になぜ源七の影が差さ

ないか、一考を要するであろう。

(18) ピーター・バーガー『社会学への招待　普及版』新思索社、二〇〇七・十一、84・85頁

(19) 記憶が長期記憶と短期記憶にわけられることはよく知られているが、さらにその長期記憶もふつう、一般記憶とエピソード記憶、手続き記憶にわけられる。自伝的記憶（autobiographical memory）はこのエピソード記憶と重なるところも多いが、なかでも特に「過去の自己に関わる記憶の総体」のことを指し、近年、心理学の分野で注目されている概念である（佐藤浩一・越智啓太・下島裕美編『自伝的記憶の心理学』〔北大路書房、二〇〇八・九〕の佐藤浩一による「まえがき」より）。

(20) 遠藤由美「自己と記憶と時間—自己の中に織り込まれるもの」（前掲『自伝的記憶の心理学』所収）

(21) 中井久夫『徴候・記憶・外傷』みすず書房、二〇〇四・四、40頁

(22) 前田愛「『にごりえ』の世界」『樋口一葉の世界』平凡社、一九七八・十二

第八章　お力の「思ふ事」
――「にごりえ」試論――

一　問題の所在

「にごりえ」は、樋口一葉の代表作の一つであり名作であるということで、おおむね評価は一致している。しかしその一方で、発表当時から指摘されているように、各部分の解釈が非常に困難で、そこに書かれていることを正確に読み取り、整合性を持たせた読みを組み立てるにあたってはいくつかの問題となる箇所がある。代表的なものとしては、五章における「丸木橋」を渡ることの意味や、お力の「思ふ事」の内容、八章心中部分の解釈などをあげることができるが、それらは現在に至るまでさまざまな形で研究史に蓄積されているのである。

私は今回、それらのなかでも特に重要と思われる、お力の「思ふ事」をどのようにとらえるかという問題を、「丸木橋」を渡るということとの関わりも含め明らかにしたいと考えるわけであるが、先行研究においては、この「思ふ事」の内容について、書き込み不足、描き切っていないとの前提に立ったものが圧倒的である。紙数の都合もあり、それらの見解を一つひとつ引用することはしないが、たとえば助川徳是氏(1)や川淵芙美氏(2)、浜本春江氏(3)、岡保生氏(4)、蒲生芳朗氏(5)、森厚子氏(6)などをあげることができるであろう。それゆえ（その他の理由も多々あろうが）、一葉の日記や未定稿、あるいは意図などを参考として、お力の「思ふ事」は言及されることが多かったのである。

だが、それが小説に描かれたものから直接導き出されたものでないかぎり、「新しい論考が出るたびごとに、その解釈についての〝迷宮〟状態の深まる感すらある」（山本洋）(7)のも当然のことである。私たちがまずなすべきは、テクストから読み取れるものを自分の言葉に置き換え、有機的に絡み合った細部がどのような秩序で機能し、一つの世界を構築しているのかを解明することである。本論では、そういった作業を通して、私なりの「にごりえ」の読みを提示することを目指していきたい。

まず、お力の「思ふ事」を照射するためにも、現在彼女がどのような状況に置かれているかを押さえるところから論を進めていくこととする。これは、五章におけるお力の行動が、二人の朋輩の嘆きを通して、酌婦であるがゆえの苦悩を描くところから語り出されていることによるものでもある。

二　批判される者としての苦悩

お力が新開随一といえる酌婦であることはいうまでもない。これは「容貌《きりよう》」がとても良く「年は随一若」いという外面的要素や、さまざまに見られる当意即妙の知的な受け答えも大きく貢献しているが、それとともに、

お力流とて菊の井一家の左法、畳に酒のまする流気もあれば、大平の蓋であほらする流気もあり、いやなお人にはお酌をせぬといふが大詰めの極りでござんすとて臆したるさまもなきに、客はいよ〳〵面白がりて（二）

などにも見られるような、彼女独特の「技倆《うで》」がものをいっているのはたしかである。毅然として媚びず、客を

客とも思わないような大胆な態度を取ることがかえって、他の酌婦と違った魅力、彼女の最大の特徴となり、お力を売れっ子の酌婦にしているのである。それにより彼女は、山本洋氏(8)も述べているように一定の金銭的な自由を得ているし、酌婦としてはかなりのわがままも大目に見てもらえる位置を獲得しているのである。

しかし、酌婦というものがまっとうな商売でないのは確かである。たとえば四章で、お初が源七にお力の事を諦めさせようとして述べる言葉からは、彼女が直接の被害者であることを差し引いても十分、酌婦とは金のためにはどのようなことでもする「悪魔」のような存在であるというような、一般的な認識や批判をはっきり読み取ることができる。また、五章冒頭でも、「白鬼」という隠語のもつイメージに重ね合わせて、酌婦の行為を地獄の鬼同様のものとして描くことにより、その非倫理性は強くアピールされているのである。

そして、特にそれが鮮明に描きだされているのが、源七とのかかわりにおいてである。お力は「町内で少しは巾もあつた蒲団やの源七」を、結果的には「世間一体から馬鹿にされ」るほど落ちぶれさせてしまったのであるから、そのことでお初がお力のことを罵ることも、太吉がみようみまねで「鬼々」と言うことも、彼女が批判されるものとしての負性を背負った酌婦として生きていることの必然であるといえる。また、すでに縁切れになってしまった源七を「素戻し」にしたり、お高の前でまったく気にしていないような非情な態度を取っているのも、売れっ子の酌婦としては当然の行動であるといえよう。

しかし、そのような態度をとることが彼女の本心にかなったことであるか否かは別の問題であり、以下の叙述は酌婦としての現在の状況に規定され、それに見合った行動しか取れないお力の、内面の煩悶を物語ったものなのである。

菊の井のお力とても悪魔の生れ替りにはあるまじ、さる子細あればこそ此処の流れに落こんで嘘のありたけ串談に其日を送つて、情は吉野紙の薄物に、蛍の光ぴつかりとする斗、人の涕は百年も我まんして、我ゆゑ死ぬる人のありとも御愁傷さまと脇を向くつらさ他処目も養ひつらめ、さりとも折ふしは悲しき事恐ろしき事胸にたゝまつて、泣くにも人目を恥れば二階座敷の床の間に身を投ふして忍び音の憂き涕、これをば友朋輩にも洩らさじと包むに根生のしつかりした、気のつよい子といふ者はあれど、障れば絶ゆる蛛の糸のはかない処を知る人はなかりき（五）

だからこそ、唯一結城の前では、自分のために人生が狂ってしまった源七やその家族の事をひどく気にしており、憎まれていることをとても辛く感じている様を正直にあらわしているし、今井泰子氏(9)も述べているように縁切れになった理由にしても、実は彼女自身朋輩に言うように「虫が好かない」からなどではなく、本来なら酌婦としては、絞り取れるだけ絞り取るのがその遣り方であるのに、これ以上源七との関係が続けば、必ずや彼の家庭は崩壊するであろうことを慮って、お力の方から関係を断ち切ったのである。

「交際《つきあつ》ては存の外やさしい処があつて女ながらも離れともない心持がする、あゝ心とて仕方のないもの面ざしが何処となく冴へて見へるは彼の子の本性が現はれるのであらう」という叙述は、お力が優しさを秘めた女性であると同時に、現在の酌婦としての状況を非常に辛いものとして認識し、それに甘んずることのできない「本性」というものを、ほかの朋輩との微妙な差異として描いたものであるといってよいであろう。お力は朋輩のお高に評せられるように「思ひ切りが宜すぎる」などということは決してない。酌婦として生きることの必然として、その行為が世間一般においては批判の対象となることに対する苦悩が、お力の中に存在するのである。

三　空虚な生を強いられる者としての苦悩

何より先に私が身の自堕落を承知して居て下され、もとより箱入りの生娘ならねば少しは察しても居て下さろうが、口奇麗な事はいひますとも此あたりの人に泥の中の蓮とやら、悪業《わるさ》に染まらぬ女子があらば、繁昌どころか見に来る人もあるまじ、貴君は別物、私が処へ来る人とても大底はそれと思しめせ（六）

お力が「自堕落」な「悪業に染ま」った酌婦であるからこそ、「調子の外れし紀伊の国、自まんも恐ろしき胴間声に霞の衣衣紋坂と気取る」「お店もの、白瓜」や「何処やらの工場の一連れ」といった客が、なけなしの金を払って、日頃の憂さを酒と酌婦の「嬉しがらせ」に晴らそうとやって来るのであることが、このように自嘲的に語られている。これは、彼女の「技倆」の特質ともいうべき傍若無人な態度が、かえってそういう客を引き付けているという背景も無視することはできないが、新開という場所柄もあり、酌婦というお力の商売を考えれば当然のことであるといえる。結城が「例になき子細らしきお客」として特別視されているのもそれゆえである。

だが、その意味するところは非常に深刻なものである。なぜなら、この言葉を裏返せば、彼女のところには浮ついた、実のない客しかやってこないということであるからだ。そんな客に対しても、酌婦としては「無愛想もなりがたく、可愛いの、いとしいの、見初ましたのと出鱈目のお世辞」を言わなければならないわけであるから、その空しさというものは想像に余りある。また、たとえ「数の中には真にうけて此様な厄種《やくざ》を女房にと言ふ」客がいたとしても、結局は「女夫《めをと》やくそくなどと言つても此方で破るよりは先方様の性根なし」というように見掛け倒しで、誠意はまったくないのである。

しかも、これは一人お力に限った問題ではない。お高も馴染みであった男の冷たい仕打ちを嘆いているし、五章前半に出てくる朋輩の一人も「染物やの辰さん」の「浮いた了簡」に対し、「常は人をも欺す口で人の愁らきを恨みの言葉、頭痛を押へて思案に暮れ」ているところを見てもわかるように、このような酌婦稼業に携わっている女性たちの多くが、「濁り江」ともいうべき世界から抜け出す数少ない手段の一つである「極まつた良人といふに添うて身を固め」ることすらままならず、不実で空虚な境遇の中で生きることを強いられているのである。「相手はいくらもあれども一生を頼む人が無い」というお力の言葉は、そのような現状を踏まえてのことであり、彼女は常にそういう客相手に、現在においても将来においても、何の夢も希望もない生活を送らなければならないのである。「何うで下品に育ちました身なれば此様な事して終るのでござんしよと投出したやうな詞に無量の感があふれてあだなる姿の浮気らしきに似ず一節さむろう様子のみゆる」という叙述は、そのことに対し諦め切れず、切々と苦悩するお力の内面のあらわれであり、彼女はそのような「はかない処」を押し殺してむりやり酌婦を続けているのである。

四　お力の「思ふ事」

お力の「思ふ事」は結城朝之助に対して語られていく。あるいは、結城の登場によってはじめて、お力の「思ふ事」は具体的な姿をあらわすといってもよいかもしれない。ここで彼の特徴についてふれておきたい。まず、特徴の一点目としては、「実体なる処折々に見」せるということがあげられよう。初めて会った時から彼の見せる真面目な態度は、お力の心に触れ、彼女を「かなしく」させるし、彼がしばしば見せる思いやりは、お力にとって「懐かし」いものとして意味づけられるものであった。これは、馴染であった源七が自分に心を奪われ零落してしまったことに胸を痛めるお力が、結城と深く関わっていくことの契機となっているのである。

さらに、二点目としては、彼がお力の「履歴」・内面を執拗に聞きたがるということがあげられよう。先に述べたように、お力は虚偽に満ちた状況に生きる酌婦であるのだから、誰もわざわざこんな所へ来てまで、酌婦の内面に立ち入った「沈んだ」話を真面目に聞きたがるものはいないであろう。だからこそ、彼が幾度もお力の「履歴」・内面を聞き出そうとすることにより、彼女も少しずつ断片的にせよ、自分の内面を語り、最終的に「履歴」・「思ふ事」を明らかにするわけである。これは、結城との関わりを通してお力の「思ふ事」を浮かび上がらせるという展開に、リアリティーを与えるものである。結城は非常に積極的にお力の内面を聞き出す役割を担おうとしているのである。

さて、お力の「思ふ事」であるが、今井泰子氏や石丸晶子氏(10)も述べているように、それは三章から始まり六章でその内容を結城に語り完結するという構成になっており、それに絡んで五章後半が一つの盛り上がりとして設定されている。結論から先にいえば、このお力の「思ふ事」に「にごりえ」の訴えが込められているのであるが、プロット展開に即し順をおってこれを明らかにしていきたい。

＊

お力に何か「思ふ事」があるということが初めて明らかになるのは三章前半である。ここで彼女は「こんな風になつて此様な事を思ふ」ことを「持病」と表現する。「こんな風」とは「何やらん考へて居る様子」のことであるが、ここで注意しなければならないのは、この「持病」という表現である。持病とは「①ひどく悪くはならないが、常時、または周期的に苦しみ悩む病気。身についた、なおりにくい病。（中略）／②転じて、身についた悪いくせ。なかなかなおらない悪習」（小学館『日本国語大辞典』）のことであるが、どうやら彼女は以前からそういう風にして、常にある事について考え続けてきたようである。そうでなければ「持病」などと言うはずがない。

つぎに三章後半では、どんなに疲れて寝床に入ったときでも思い出し、考えずにはいられないほど、強烈にお力の心を支配する事があり、しかもそれは、結城には想像もつかないような事であることがわかる。しかし、それほどまでに固執しなければならないことであるにもかかわらず、彼女はその事について「考へたとて仕方がない故人前ばかりの大陽気」を装うと言う。ということは、それは考えれば考えるほど辛くなるような問題なのではないだろうか。だからこそ、その事について考えること自体を放擲してしまい、気を紛らわせるためにも「人前」では「大陽気」を装わざるを得ないのである。だが、その「大陽気」を装うことすらしらふではできないことは、「お力が無理にも商売して居られるは此力と思し召さぬか、私に酒気が離れたら坐敷は三昧堂のやうに成りませう」と述べているところからもわかる。それほどに彼女の「思ふ事」とは深刻な問題であるのだ。

それにつづいて結城は、お力が「何か理屈があつて止むを得ず」、嫌々ながらも「浮いて渡」っているのだということを理解し、それがなぜかを聞き出そうとする。しかし、彼女は「聞いて頂かうと此間から思」っていたが「今夜は」言いたくないと答え、そこでこの話を打ち切ってしまうのである。

以上のように、三章の段階で「持病」とでも言わなければならないほど常に彼女の心を支配し、考えずにはいられないような深刻な問題をお力は抱えていることが明らかになる。それは、彼女が苦悩に満ちた状況のもとで酌婦を続けていかなければならない理由にもかかわっていることがわかるが、その具体的な内容というものは不明である。

だが、その「思ふ事」があまりに深刻であったために、お力の内面においてそれを押さえておくことができなくなってしまうのである。その激しいほとばしりを描いたものがつぎにあげる五章後半部分である。

> お力は一散に家を出て、行かれる物なら此まゝに唐天竺の果までも行つて仕舞たい、あゝ嫌だ嫌だ嫌だ、何うしたなら人の声も聞えない物の音もしない、静かな、静かな、自分の心も何もぼうつとして物思ひのない処へ行かれるであらう、つまらぬ、くだらぬ、面白くない、情ない悲しい心細い中に、何時まで私は止められて居るのかしら、これが一生か、一生がこれか、あゝ嫌だ〳〵（五）（傍線引用者、以下同様）

お力は現在の酌婦としての空虚な生き方を激しく嫌悪し、「物思ひのない処」へ抜け出したく思い、突然菊の井を飛び出してしまうのである。この現状に対する激しい嫌悪というものは、先に述べた彼女の置かれた状況と、それに対する苦悩を鑑みたなら実にスムーズに納得がいく。また、ここから彼女の「思ふ事」は、そのような現実からなんらかの形で引き起こされているものであることがわかる。

だが、「つまらぬ、くだらぬ、面白くない、情ない悲しい心細い」現実から抜け出したいという願いを満たす方法はただ一つ、酌婦をやめてより人間的な生き方をすることであることはお力にもわかっていたはずだ。にもかかわらず、その行き先を「唐天竺の果」・「物思ひのない処」というような非常に抽象的な、ある意味で死をもイメージさせるような場所としてしか示し得なかったところにお力の悲劇がある。なぜなら、彼女が行き先を具体的、現実的な場所として想起する事ができなかったのは、現状より良いところへ向かう道が閉ざされてしまっているからである。お力はこの苦悩に満ちた状況から逃れることが不可能だという、彼女自身決して認めたくない事実をなかば受け入れたうえで、それでもなお激しく自由を希求しているのである。

では、以上のような形で菊の井を飛び出したお力の、これに続く独白はどのように展開していくのであろうか。

道端の立木へ夢中に寄かゝつて暫時そこに立どまれば、渡るにや怕し渡らねばと自分の謳ひし声を其まゝ何処ともなく響いて来るに、仕方がない矢張り私も丸木橋をば渡らずはなるまい、父さんも踏かへして落てお仕舞なされ、祖父さんも同じ事であつたといふ、何うで幾代もの恨みを背負て出た私なれば為る丈の事はしなければ死んでも死なれぬのであらう、情ないとても誰れも哀れと思ふてくれる人はあるまじく、悲しいと言へば商売がらを嫌ふかと一ト口に言はれて仕舞、ゑゝ何うなりとも勝手になれ、勝手になれ、私には以上考へたとて私の身の行き方は分らぬなれば、分らぬなりに菊の井のお力を通してゆかう、人情しらず義理しらずか其様な事も思ふまい、思ふたとて何うなる物ぞ、此様な身で此様な業体で、此様な宿世で、何うしたからとて人並みでは無いに相違なければ、人並の事を考へて苦労する丈間違ひであろ、あゝ陰気らしい何だとて此様な処に立つて居るのか、何しに此様な処へ出て来たのか、馬鹿らしい気違じみた、我身ながら分らぬ、もう〳〵皈《かへ》りませう（五）

ここは「丸木橋」を渡る→「為る丈の事」をする→「菊の井のお力を通してゆ」くという展開になっているのであるが、結論を先に言うなら、お力は辛い現実に耐えかねて菊の井を飛び出したにもかかわらず、結局「菊の井のお力を通してゆかう」という元の木阿弥とでもいうべき答えしか出し得なかったのである。

まず、お力は「何処ともなく響いて来る」「丸木橋」の歌に自分の現在抱えている問題を重ね、祖父や父も渡る途中で「踏かへして落て」しまった「丸木橋」を、「仕方がない」から諦めて、自分も同様に「渡らずはなるまい」と認識する。

だが、祖父も父も落ちてしまった「丸木橋」を、自分も諦めて「渡らずはなるまい」という認識の裏には、自分も「丸木橋」を渡る途中で「踏みかへして落て」しまうであろうという予感があるのは明白である。なぜなら、彼女がこのように認識した背景には、「幾代もの恨みを背負て出た」がゆえに、「為る丈の事」（「菊の井のお力を通してゆ」くこと）を「しなければ死んでも死なれぬ」、つまり「為る丈の事」をして死んでいくのだという、自己の「宿世」に対する絶望的な自覚が存在しているからである。

六章で詳しく述べられるように、彼女の祖父・父の生涯というものは「あたら人の世にぬきんでた気概と才能とをいだきながら、世にいれられず、世にそむき、むなしく死んだ」（蒲生芳郎[11]）というようなものでしかなく、「丸木橋」を「踏かへして落」たというのはそれを比喩的に表現したものである。そして、ここで選び取られた「菊の井のお力を通してゆ」くという生き方（あるいは死に方）が、それと空しさにおいてパラレルなものであることは繰り返すまでもない。

お力は結局、これまで通りの生き方を続けていくしかないことを再認識する過程で、祖父や父同様「丸木橋」を渡って落ちてしまうような生き方であるところの「菊の井のお力を通してゆ」くことが「幾代もの恨みを背負て出た」自分の「宿世」と考え、それにより諦めてもとの苦悩に満ちた地点に戻らざるを得ないことを受け入れたのである。植田一夫氏[12]も「お力のこのときの決意は、元の地点への虚無的な回帰でしかなく、彼女の苦悩は何も解決されていない」と述べている。

しかし、そこで問題となるのは、ここで突然あらわれた「幾代もの恨み」や「宿世」というものと、お力の「思ふ事」との関連をどのようにとらえればよいかということである。結局、それもふくめた「思ふ事」の全貌が、再び結城が登場することによって明らかになるのである。

六章で初めてお力は「思ふ事」を結城に語ろうと決意したことをつぎのように述べる。

私は此様な賤しい身の上、貴君は立派なお方様、思ふ事は反対《うらはら》にお聞きになつても汲んで下さるか下さらぬか其処ほどは知らねど、よし笑ひ物になつても私は貴君に笑ふて頂き度、今夜は残らず言ひまする（六）

これは先に述べた三章後半でのやり取りがその伏線となっていることはいうまでもないし、五章後半での感情の高ぶりがその直接の原因となって導き出されたものである。

つづいて彼女は、「思ふ事」を明らかにする前に、「何より先に…」と自分の「自堕落」ぶりを語っていくのであるが、ここで注意しなければならないのは、それが社会通念の側から非常に自嘲的な形で述べられていることである。だからこそ、そこでは自分のことを表現するにはあまりに悲しい「自堕落」という言葉から始まり、彼女の内面を少しも理解しようとはしない世間が「一ト口」で簡単に定義づけた「浮気者」という言葉で締め括られるのである。

先にも述べたように、彼女の本心からすればそれは大きくずれたものであるし、結城も三章でのやり取りなどから多少なりともそのことを理解しているはずである。しかし、自分の生き方が、世間一般からはそのように理解されるしかないことをお力は承知しているからこそ、このような言い方しかできなかったのであり、ここではその落差からくるお力の心の痛みを読み取らなければならない。また、このような言葉でおのれの「思ふ事」を語り出したことの意味は大きく、これ以降のお力の言葉すべてにこの自嘲的な意識はかかわっていると考えるべきであろう。

とすれば、そこから「あゝ此様な浮気者には誰れがしたと思召、三代伝はつての出来そこね」と一気に語られた「思ふ事」の内容は、現在そのようにしか理解されず、苦悩に満ちた空虚な「濁り江」のなかで生きているお力の生の状況というものを、なんらかの形で説明したものと考えてよいであろう。

そして、彼女は祖父や父の悲劇的ともいうべき不運な生涯を非常な実感をこめて提示し、それが「なれども名人だとて上手だとて私等が家のやうに生れついたは何にもなる事は出来ないので御座んせう、我身の上にも知れまする」というように、現在の自己の生までも絶望的に規定していることを語るのである。結局この「宿世」観ともいうべき認識が、最終的にこのような流れであらわれた以上、彼女が明らかにした「思ふ事」の核心であり、五章後半に突然あらわれた、「宿世」だから「丸木橋」を渡って落ちてしまうのだという認識が、あの時点で初めて彼女の心に浮かんだのではなく、実はこれまでから「思ふ事」として考えられてきたものであったことがわかるのである。

しかし、そこで是非とも考えなければならないのは、祖父や父がそのような人生しか送れなかったことを、お力が自己の人生にオーバーラップさせ、自分もそう生きるほかはないのだと認識しなければならない必然性がどこにあるのかということである。五章後半にあらわれた「幾代もの恨み」とは、彼らの悔しさを表現した言葉であろうから、彼女は〝悔しさを晴らす〟という方向に向かうことも可能であったはずである。

お力は「七つの年の冬」の極貧体験を語り、「私は其頃から気が狂つたのでござんす」と言う。彼女の前にはそのように幼いころから厳然たる事実として、救いのない状況が存在していたのである。また、極貧の中、早くに両親をなくしたお力のこれまでたどってきた道のりが、どれほど苛酷なものであったかは想像に難くない。しかも、そのような辛い状況というものは金銭的には変化したものの、本質的にはなんら変わらずに存在し続けているのである。

もし、お力が現在このような苦悩に満ちた空虚な生を営んでいなかったなら、あるいはもし将来に希望が持てるなら、たとえ彼女の幼少期が悲惨なものであったとしても、そのような認識は生まれなかったはずである。しかし、現在の自己の生を顧み、なぜそのような状況の中で自分が生きていかねばならないかを考えたとき、そうでも説明せねば納得いかないような現実がそこにあり、そうでも思って諦めなければ、現在の状況を受け入れることが困難であるからこそ、このような認識が生まれたのだと解釈してよいのではないだろうか。

以上を踏まえて結論するなら、お力の「思ふ事」とは、どうしようも無いのがわかっていながらも、苦悩に満ちた状況の中で生き続けていかねばならないことについて苦悶し、しかもどうしようも無いからこそ祖父や父の生きかたを通じて、そういう苦界に生きるのが自分や「私等が家のやうに生れついた」者に科せられた「宿世」であると考えることを指すのである。彼女はそのように自己の生を認識することにより、苦悩に満ちた生そのものを諦めて受け入れてしまおうとしているのである。

たしかに、このような「宿世」というものを受け入れたところには、諦観が成り立つであろう。諦観とは、「現実の有限性、不完全性、無常性、迷妄性、堕落性、業苦性を、悟るにせよ、悲観するにせよ、認識し、現実の邪悪や不正と戦って現実を変革、改善することを断念して、むしろ現実を逃避し、その成行きを静観することによって自らは完全、永遠な真理の世界に没頭して、そこに安心を求め、あるいは見いだす生活態度」（平凡社『哲学事典』）のことであるが、そのように現実を認識しなおすことができたなら、お力も悩むことはないはずである。しかし、ここまで見てきたように、彼女が現在も自分を取り巻く状況というものに苦悩しているということは、諦観に至っていないことを如実に物語っているし、なによりも「思ふ事」についてお力がこのように激しくこだわっていることをみても、この「宿世」というものを完全に受け入れることができていないのは明らかである。

よりよい生きかたを望むことすらできず、このような厭でしかたがない現状を諦めて受け入れることを自分に強い、しかもなお苦悩するお力の悲しい生きざまがここでは描かれており、そこに「にごりえ」の訴えが存するのである。

五　まとめにかえて

結末の心中部分に関して私は、蒲生芳郎氏(13)の見解が妥当と考える。蒲生氏はそこに描かれた噂話において、作者は「心なき弥次馬たちの口を借りて、単に彼らの当推量だけではなく、事実そのものの断片をも語らしめているのだ」という判断のもとに論を展開し、この結末が「無理心中」であると結論づけているのである。山本洋氏(14)も同様の結論を綿密な論証の下に導き出しているが、「にごりえ」の八章を丹念に読み解くかぎり、このような結論以外にあり得ないと思われる。

蒲生氏はさらに「『恨は長し人魂か何かしらず筋を引く光り物のお寺の山といふ小高き処より、折ふし飛べるを見し者ありと伝へぬ』という、よく知られた一編の結びもまた、（中略）作者の意図としては、生きることを願いながら非業に死んだうら若い女の無量のうらみ、その晴れるかたなき怨念の形象化にほかならなかった」と述べているが、五章後半での予感どおり、「丸木橋」を「踏かへして落」たお力の魂は、癒されることなくこれからも闇の中をさまよい続けるのかもしれない。よりよい生き方を望みながらも現実に阻まれ、あのような嫌悪すべき状況を諦めて受け入れることを自分に強い、しかもなお苦悩するお力の姿というものが、このような悲しい結末によってより強調され、読者の心に訴えかけてくるのである。

だが、考察の中ではふれられなかったが、お力の生に象徴されるような、いわば出口の閉ざされてしまった状況というものも、「私が内職とて朝から夜にかけて十五銭が関の山、親子三人口おも湯も満足には呑まれぬ」とお初が言い、「女子の身の寸燐の箱はりして一人口過しがたく」と朋輩が言うように[15]、当時の女性を経済的に圧迫する社会というものや、結局お初もその犠牲となってしまうところの、封建的・男尊女卑的な家族制度というものを背景として考えるなら、お力一人の問題としてかたづけるわけにはいかないであろう。この小説の主題というものは、当時の女性が置かれていた社会状況に対する批判にまで達しているのである。

注

(1) 助川徳是「お力の物思ひ」『漱石と明治文学』桜楓社、一九八三・五
(2) 川淵芙美「『にごりえ』論」『香椎潟』14、一九六八・八
(3) 浜本春江「樋口一葉研究―『にごりえ』を中心にして―」『名古屋大学国語国文学』24、一九六九・七
(4) 岡保生「お力の死―『にごりえ』ノートから―」『学苑』371、一九七〇・十一
(5) 蒲生芳朗「『にごりえ』の構造―作品読解の試み―」『文芸研究』81、一九七六・一
(6) 森厚子「丸木橋の生―樋口一葉『にごりえ』考―」『椙山女学園大学研究論集』12―2、一九八一・三
(7) 山本洋「『にごりえ』の終章」『論集日本文学・日本語　4近世・近代』角川書店、一九七八・七
(8) 山本洋「『にごりえ』の背景」『文林』12、一九七八・三
(9) 今井泰子「『にごりえ』私解」『日本の近代文学　作家と作品』角川書店、一九七八・十一
(10) 石丸晶子「にごりえ［樋口一葉］『日常』と『家霊』の交錯する中で」『日本の近代小説Ⅰ』東京大学出版会、一

九八六・六
(11) 注(5)に同じ。
(12) 植田一夫「『にごりえ』の世界」『文学研究』49、一九七九・六
(13) 蒲生芳郎「『にごりえ』の結末小考」『日本文学ノート』10、一九七五・二
(14) 注(7)に同じ。
(15) この「寸燐の箱はり」という仕事がどれほど苛酷なものであったか、『職工事情』(農商務省、明三六・四)をもとに村上信彦氏が試算している(『明治女性史　中巻後篇　女の職業』理論社、一九七一)。彼女たちは一日一万〜一万五千箱の箱はりをし、十三〜十九銭五厘の賃金を得るということであるが、これを単純に一日十時間労働ということで平均すると、一分間に二五枚、二秒半足らずで一枚貼る計算となる。これは、村上氏の言うように「まるで神業」のようなペースであるが、そのペースをたもって十時間働き続けたとしても、お初の言葉にもあるように、結局「親子三人口おも湯も満足には呑まれぬ」わけである。

第九章　「十三夜」論の前提

一　問題の所在

「十三夜」において、お関の悲惨な結婚生活が、彼女の語りのみによって構成されている点は正確に押さえておく必要がある。この小説が、お関による離縁請求をめぐって展開するにもかかわらず、そこに至る過程はあえて、直接描くべき対象として選ばれなかったのである。

ふつう離縁をドラマの中心に据える場合、夫婦間の軋轢や気持のすれ違いなど、そこへ至るさまざまなプロセスが詳細に描かれてはじめて、離縁というものの持つ真の意味が明らかになると考えられるであろう。なぜなら、離縁とはそのような日常の積み重ねの上にのみ成立するものであり、いわば結果にすぎないという性格を色濃く有しているからである。そこでは当然、読者がその全体像を把握するためには、双方の立場を越えた客観的な視座が求められることになる。

しかし、この小説に描かれた離縁に至る過程というものは、あのような「決心」に至ったお関自身によって、その理由を両親に理解してもらうために、彼女にとっての苛酷な日常として語られるにすぎない。妻であるお関の側からの一方的な解釈として、根本的な限界を有する語りが意図的に選ばれているのである。読者に対して、離縁に至る客観的な過程を提示することに主眼が置かれていたなら、このような構成はとられなかったに違いない。では、何ゆえこのような方法が選ばれたのか。

いうまでもなく、その理由の一つとして考えられるのは、お関の置かれた状況を客観的事実として提示しなくても、彼女の言葉が切実な重みを持って読者に訴えかける力を持つと作者が判断したからであろう。その判断は間違っていなかったと私は考えている。しかし、最大の理由として考えられるのは、以下に述べる理由によって、「十三夜」の構成上、そうすることが必然であったからである。

この小説は、冒頭からいきなり離縁請求の「決心」を胸にしたお関が登場し、両親に対する彼女の苦悩に満ちた日常の訴えと離縁の請求、それに対する両親の対応とお関の翻意に焦点が絞られる形で（上）が構成され、そこから息つく暇もなく登場する録之助とお関がほんの一瞬邂逅するという形で（下）が構成されている。お関の登場から録之助との別れまでという、この小説に直接描かれた時間はおそらく四時間ほどであり、そのように短い時間が流れるのにそってドラマは展開していくのである。このことは、作者が「十三夜」におけるドラマの場を、非常に意図的な形で、「今宵」という限定された時間に絞り込んだことを示しているといってよい。

お関の言葉のみによって彼女の結婚生活が明らかにされるという構成は、短編という物語の性格もあり、余分なものを極力省き、「今宵」という時間枠のみでこの小説を完結させるために、必然的に選ばれた方法なのではないだろうか。そして、お関の「今宵」の行動に問題を絞り込み、それに対して両親がどのように反応するか、その反応を彼女がどのように受け止めるかに主眼を置くためにとられた方法であるといえるのではないか。

「今宵」という場そのものに語るべき対象を見いだし、そこでどのようなドラマが演じられたかに焦点を定めたこと。実はそこに、この小説独自の着眼点が存すると私は考えるのである。したがって、「今宵」のドラマがどのようなものであるかを解明することが「十三夜」論の中心課題となるであろう。(1)

だが、そこで考えなければならないのは、お関がそれほどまでに逃げ出したいと願った日常とはどのようなものであったかという問題である。これは、この小説がお関による離縁請求を軸として形象されたものである以上、避けることのできないものである。

樋口一葉「十三夜」は、文学史上高く評価されているにもかかわらず、これまでさまざまな論考において厳しい批判を受けてきた。紙数の都合上、ここでそれらの見解について具体的にふれる余裕はないが、しばしば強い語気を伴った、否定的解釈がなされてきたのである(2)。ある意味でこれは、程度の差こそあれ、一葉研究全般に共通する傾向ではないかと思われる(3)。その結果、この小説の価値が真正面から十分に論じられているとはいえないのである。

では、何ゆえ「十三夜」研究がそのような状況にとどまっているのか。その最大の原因として指摘しなければならないのは、後述のように、お関についてこれまでなされてきた把握があまりに一面的であったことである。

先行研究においては、離縁に至る過程がお関の側からのみ描かれている点に関する批判があり、しばしば一葉の技量不足として否定的にとらえられてきた。そして、お関の一方的な語りを相対化し、そこに隠された離縁に至る客観的な過程を読み取ることが行われてきたのである。しかし、「十三夜」が、女性であるがゆえの、あるいは弱者であるがゆえの悲しさをすくいあげている点で、高く評価される一葉の主要テクストの一つであるにもかかわらず、お関がこれまで置かれてきた苛酷な状況に深い同情を寄せ、彼女と同じ地点に立って「鬼の」原田の行為を受け止める視点を持った論考は少ない。これまでの研究において指摘されてきた客観的過程とは、お関の訴えに難点を見出し、「被害者」としての原田勇の言い分や、お関の欠点を強調する形で論じられてきたのである。

私にとって、このような事態は奇異に思われてならない。むろん、中心人物であっても、指摘すべき欠点があるならそれを見のがす必要はないが、「十三夜」はそのような矮小化を許すような緊張感のない、見劣りのする小説ではないというのが、考察を通して得た私の結論である。

二　玉の輿としての結婚

お関の結婚生活を考える上で重要なポイントとなるのは、原田勇と齋藤家の間に確固とした身分差というものが存在し、お関や齋藤家の人々にとって、この結婚がいわゆる玉の輿といえるものであった点である。結論めいたことを先にいえば、このことは、お関も含めた齋藤家の人々にとって二つの意味を持つことになる。一つは原田勇によってもたらされる「百年の運」ともいうべき恩恵であり、もう一つはお関の「苦労」と努力である。

原田勇の奏任官という地位は、自家用の高級人力車や女中たちを抱え、駿河台に家を構えるほどの富を保証するわけであるから、そこへ嫁いでいくお関はもちろん齋藤家の人々も、多少なりともその恩恵を受けることになるのは当然である。「今宵」齋藤家に帰ってきたお関が経済的な不安から解放され、父親の目から見れば「思ひなしか衣類も例《いつも》ほど燦か」でないにもかかわらず、「大丸髷に金輪の根を巻きて黒縮緬の羽織何の惜しげもなく、我が娘ながらもいつしか調ふ奥様風」であるのも、原田の斡旋により弟の亥之助の就職が首尾よくいったのも、すべてこの恩恵に属するものである。

しかし結婚が、玉の輿と呼ばれるものであるということは、その必然の結果として、お関が身分の違う「人の上に立つもの」としての原田家の価値観や習慣、行動規範に合わせていくために、非常な努力をしなければならないというやっかいな問題を抱え込むことになる。どれほど原田が結婚に際して大丈夫だと請け合っても、齋藤家の人々にとって、身分差から来る重圧は無視することのできないもので、それは原田勇という奏任官に「賤しき身分」のお関が嫁いだ以上避けられない問題であるといえる。むろん、その身分が違えば違うだけ大きな「苦労」が予想されるであろうし、身分差を重視すればするだけ大きな努力が彼女に要求されるであろう。しかも、齋藤家の側から見れば、その「人の上に立つ」ということ自体、さまざまな面での「苦労」が伴うものと考えられているから、お関は結婚の後、二重の努力をせざるを得ないということになる。彼らのそのような意識は、次にあげた母親の言葉に明確にあらわれている。

いつでも父様と噂すること、出世は出世に相違なく、人の見る目も立派なほど、お位の宜い方々や御身分のある奥様がたとの御交際もして、兎も角も原田の妻と名告て通るには気骨の折れる事もあらう、女子《をんな》どもの使ひやう出入りの者の行渡り、人の上に立つものは夫れ丈に苦労が多く、里方が此様な身柄では猶更のこと人に侮られぬやうの心懸けもしなければ成るまじ、（中略）ほんにお前の心遣ひが思はれる（上）（傍線引用者、以下同様）

だが、たとえどれほどお関の「苦労」や努力が見越されるにしても、玉の輿としての結婚自体は「百年の運」といってよいものであるし、彼女がいわば「恋女房」として原田から熱烈に求められて嫁ぐことになったというのも事実である。したがって、お関はその「運」に見合っただけの努力をして当然ということになり、両親にも、彼らはあふれんばかりの同情を示してはいるものの、それに対する疑いはまったく存在しない。そのことは、父親が述べた次の言葉にも明らかである。

家に居る時は齋藤の娘、嫁入つては原田の奥方ではないか、勇さんの気に入る様にして家の内を納めてさへ行けば何の子細は無い、骨が折れるからとて夫れ丈の運のある身ならば堪へられぬ事は無い筈（上）

齋藤家の人々は、物語の端々に見られるように、貧しいなりに円満な家族関係を互いのいたわりのうちに築いてきたのである。そんな彼らにとって、本来夫婦関係というものは一方的な支配服従の関係としてはとらえられていなかったはずである。しかし、当時の婚姻においては、依然「家」と「家」との結び付きという面が重要視されていたため、彼らはその身分差による重圧から、自らが内面化し、行ってきたものとは別の規範、すなわち「人の上に立つもの」としての規範にそって行動を律せざるを得なかったであろう。

特に父親の性格を考えた場合、非常に潔癖で、原田勇と自分たちとの身分差を絶対視する彼は、家長として必然的に「家に居る時は齋藤の娘、嫁入つては原田の奥方」というような封建的な家観念をお関に強制することになるし、お関の結婚に際しても、そのような規範にのっとった妻としての分を、余すところなく果たすよう厳格に言い聞かせたはずである。また、お関自身も不安ではあるにせよ、「百年の運」に見合うべく多大な義務感を背負って、原田勇という男の身分に応じた妻となり、円満な家庭を築こうと積極的に願ったはずである。

したがって、お関にとって玉の輿としての結婚とは、十七年間にわたるそれまでの生活を断ち切り、全く未経験の行動規範や価値観を内面化すべきものとしての意味を持つ、ターニングポイントであったと結論してよい。

三　お関の結婚生活

お関の結婚生活は真に悲惨なものだった。このことは、「十三夜」を論じる上で、どれほど強調しても強調しすぎることはない。たとえ先行研究においてお関の欠点がさまざまに指摘されようと（後述のように、それらの見解の多くは誤った読みに基づいているとしか考えられないものであるが）、あのような悲惨な状況は厳然たる事実として彼女の前に立ちはだかっているのである。

むろん、そのことはお関がさまざまに例をあげて両親に説明しているところを見ても明らかであるし、あれほどまでにこだわり続ける太郎に対する愛情を犠牲にしてまで、「柔順《おとな》しい」お関がそこから逃げ出したいと願ったという点から考えても、原田による虐待がどれほど苛酷なものであったか納得いくであろう。しかも、そのような状態が六年余りにもわたって続いたのであるから、彼女の苦しみというものは想像に余りあるものである。

さて、研究史においては、前田愛氏(4)に代表されるように、虐待の原因がお関の側にも多分にあったとする見解が大勢を占めている。前田氏は「『出来ずは人知れず習はせて下さつても済むべき筈』というお関の訴えには、やはりあなた任せの虫の好さが潜められている」と指摘し、「お関の不幸は彼女自身の自主性の乏しさ、人間的自覚の欠如にも根ざしている。お関のほんとうの不幸は、それが夫の側の問題として意識され、彼女の側の問題としてまったく反省されていないところにあるわけであった」というように、彼女のいたらなさや愚かさが原田の腹立ちを招き、虐待の原因になっていたのだと述べているのである。

また、この前田氏の意見を全面的に肯定する滝藤満義氏(5)は、さらに「お関の主体性のなさ、それはもはや暗愚と呼んでさしつかえないものではなかろうか。」「お関の不幸の原因の多くが、彼女の暗愚さにあったことは否めない」と述べている。お関の言葉に「夫に自分の不幸の責任をすべて転嫁してゆこうとする他人まかせな姿勢」や「無自覚な依存、責任放棄」を読む水野泰子氏(6)には、「お関に欠けているものは、自主性や人間的自覚以前に、現実を直視して考え、学習する姿勢である。」「妻としてのお関、人間としてのお関の生き方には、とがめられるべき点が少なくない」との指摘がある。

その他の論者にしても前田氏の見解の延長線上にあり、たとえば、植田一夫氏[7]は「封建社会に生きる女の不幸を問題にしたとき、女は一方的に被害者であるかのように考えられやすい。だから、お関における封建女性としての悲哀という問題にも、彼女自身の自主性、自覚の欠如という側面の有無を見落としてはならない」と述べているし、山本洋氏も「お関は、原田勇とのいまのつらい家庭生活のなかで、夫の眼になんとかかなう妻でありたいとおそらく最大限の努力をしている」としながらも、「なるほど、お関には自主的な積極性といったものが欠けていよう」と述べている（注2参照）。木村真佐幸氏[8]も限定つきながら前田氏の意見に賛成し、田中実氏[9]も「お関の自己批評の欠落」を指摘しているのである。

しかし、私はこのような見解に対して大いに疑問を感じるのである。「十三夜」においてそのような見解を強調するということは、お関に対する原田の非道な扱いを免罪し、社会的弱者を切り捨てる役割しか果たさないのではないかと考えるし、なによりも、それらの見解には重大な事実の見落としがあると思われるからである[10]。

そこで、以下の考察では、お関の結婚生活がどのようなものであったか、特に原田による虐待が日常化した時、お関が彼にどのような対応をなし得たかという点を中心に明らかにしたい。

＊

原田に対するお関の対応を考える上で、鍵となるのは次のような言葉である。

・物言ふは用事のある時慳貪に申つけられるばかり、朝起まして機嫌をきけば不図脇を向ひて庭の草花を態とらしき褒め詞、是にも腹はたてども良人の遊ばす事なればと我慢して私は何も言葉あらそひした事も御座んせぬけれど、朝飯あがる時から小言は絶えず、召使の前にて散々と私が身の不器用不作法を御並べなされ、夫れはまだ〳〵辛棒もしませうけれど（上）

・御父様も御母様も私の性分は御存じ、よしや良人が芸者狂ひなさらうとも、囲い者して御置きなさらうとも其様な事に悋気する私でもなく、侍婢どもから其様な噂も聞えまするけれど彼れほど働きのある御方なり、男の身のそれ位はありうちと他処行には衣類にも気をつけて気に逆らはぬやう心がけて居りまする（上）

先に前田氏が引用した部分と同様、これらもまた、お関が〝人形妻〟であることの証左としてとらえられてきた。確かにそれは傍線部にも明らかなように、型にはまった「女大学」そのままの封建的、男尊女卑的な行動規範であったといえるかもしれない。夫に「邪慳」にされても「我慢」し、常に「小言」を言われても「辛棒」し、夫が浮気しようと「悋気」せず、逆に「他処行には衣類にも気をつけ」るというように、お関は原田の過剰な家父長権行使に対してなんら抵抗することなく従ってきたと述べているからである。

しかし、ここに引用したお関の言葉は、何ゆえあのような「決心」に至ったか、その経緯を説明するために述べられたものであることを見逃してはならない。原田の虐待が自分のいたらなさや努力の欠如によって引き起こされたのではないこと、「今宵」の「決心」が単なる身勝手から出たものではないことを両親に理解してもらうために、このような言葉で、日常生活における原田への対応を説明したのではないかと考えられるのである。

ここで是非ともふれなければならないのは国分操子編『日用宝鑑　貴女の栞』（大倉書店、明二八・十二）である。これは、小森陽一氏[11]も指摘するとおり、当時の「期待される女性像」を考える上で非常に示唆的であるので、よく知られたものであるが引用したい。

夫の家に居ることを嫌ひ外に出で、遊び狂ふは多くは其の妻の気に入らぬか又は外に迷ふ所あればなり此時に妻たる者みだりにりんきの色を顕はし又は腹立ち妬みて夫に悖《さから》ふときは油を薪に注ぐが如く夫はます〳〵其妻を嫌ふて家に留まることを厭ひ夫は夫の欲するまゝなることを為せば妻も亦妻の欲することを行ひ一家の内は乱れて奉公人なども皆な思ひ〳〵の我儘をはたらき果ては其の家の破滅となりて終るものなり故にかゝる場合に妻たるものは仮令《たとひ》夫に不行跡の行ひありとも腹立ち妬むが如き色を顕はさず常よりも一ときはやさしき顔を以て夫をあしらひ（中略）其の家に帰るときには能く慰めて悦ばしむる様晩餐の用意などに夫の気に入りたる物を調へ置き亦室内屋敷まはりなども清潔《きれい》に掃除し何事も夫に不快の念を起さしむることなき様に心懸くべし終日働らき疲れて帰る時に家の内に面白からざることあれば腹立ちまぎれに外に出て所謂焼け酒などを飲みて身を持ち崩す者世に多し此の如きは夫の罪といふよりも寧ろ妻の心の附かざるが為に起るものといふべし（「奉仕の部　夫に事《つか》ふる心得」）

「十三夜」の発表された明治二十年代後半とは、牟田和恵氏によれば「国粋主義復活の思想潮流の中で、『婦徳』としての女性の従順を説く保守的言論」の巻き返しの時期であった。これは、『明六雑誌』等を舞台とする、福沢諭吉や森有礼ら啓蒙思想家の新しい家族観や、それに続く自由民権思想の実践的な政治運動、また、『女学雑誌』や『国民之友』における巌本善治・植木枝盛の理想的な「家庭（ホーム）」・近代的女性像の提唱に危機感を覚える明治政府によって、「教育勅語や明治民法に象徴されるように、男尊女卑観に基づく『家』制度が天皇絶対主義の下に確立される」のと軌を一にするものである。(12) そのような時代状況を併せて考えるなら、お関の言葉の真の意味はおのずと理解できよう。

彼女の言葉と右の引用にあらわれた「期待される女性像」が驚くほど類似しているのは明らかである。お関のあのような対応というものは、齋藤家と原田との身分差が強制した義務としての規範であり、玉の輿としての結婚に際して両親が要求した、こうあるべきという妻像に沿ったものであった。彼女は嫁ぐにあたって両親に言い聞かされていた妻としての努めを、その通り間違いなく果たしてきたことをここで述べているのである。

したがって、お関が結婚生活においてどのような行動をとったかを考えた場合、自分自身の引け目や「他人様《ひとさま》の処思《おもはく》」をはねかえすためにも、奏任官原田勇の身分に見合った妻としての努めを果たそうと懸命の努力を続けてきたと考えたほうが自然なのである。そして、先行研究における諸説とはまったく逆に、お関はその虐待が日常化しても、何といっても原田は身分も高く、「物の道理を心得た、利発の人ではあり随分学者でもある」のだから、自分の側に彼の腹立ちを招くような原因があるのではないかということをまず考え、妻はこうあるべきだという周囲（特に両親）からの期待、あるいは自己の目標に少しでも近づこうと、必死に尽くしてきたと私は考えるのである。

太郎を身ごもった時期を境にして、原田は突然「御人が変」った。お関も「はじめの中は何か串談に態とらしく邪慳に遊ばすのと思ふて」いたが、その変貌ぶりは「全くは私に御飽きなされた」としか考えられないほどにひどく、「此様もしたら出てゆくか、彼様もしたら離縁をと言ひ出すかと苦《いぢ》めて苦めて苦め抜く」というものであった。

しかし、「何うい事が悪い、此処が面白くないと言ひ聞かして下さる様ならば宜けれど」というように、自分がそのように扱われる理由もわからぬまま、相談相手もいない彼女は、何とか原田の気に入られるよう「気に逆らはぬやう心がけ」、より積極的に両親に言い聞かされてきたこうあるべき妻であろうと孤軍奮闘してきたのである。それは、夫婦関係を少しでも好転させるためにお関が取り得た唯一の手段であった。彼女の陥った悲しいジレンマとは、そういった彼女なりの懸命の努力というものがまったく評価されず、それどころか批判の対象にすらなってしまっている点にあるといえよう。

以上をふまえるなら、お関のこれまでの身の処し方、原田への対応の仕方というものは、前田愛氏のように「あなた任せの虫の好さ」などということはできないと考えられよう。彼女の結婚生活が「不運」であったのは、先にあげたさまざまな見解の延長線上に想定できるような、自業自得といえるものでは決してない。お関が必死に努力しているにもかかわらず、彼女のことを「詰まらぬくだらぬ、解らぬ奴」と考え、「賤しき身分」であるという最大の引け目に関してまでも「嘲」り「蔑み」、「苦めて苦めて苦め抜く」原田には彼女と同じ地点に立ち、意志の疎通を図ろうというような意識など毛頭ないのである。やはり、お関にとって原田は「鬼」であるとはっきり言い切れるし[13]、そのことは彼女の「今宵」の行動を考えるためにも正確に押さえておく必要がある。

＊

では、そのように苛酷な日常のもとで、お関はいったい何ゆえに、どのようなことを考えて、これまで泣いて耐え続けてきたのであろうか。この点を考えるにあたって見落としてはならないのは、彼女が「今宵」次のように述べていることである。

私は御母様出て来るのは何でも御座んせぬ、名のみ立派の原田勇に離縁されたからとて夢さら残りをしいとは思ひませぬけれど（上）

これは、「『十三夜』を読む(14)」にも指摘のあるとおり、非常に重要な意味を持つ言葉である。なぜなら、ここでお関は、原田の妻であることに何の意味も見いだし得ず、その地位になんら未練のないことを、両親に対して明確に述べているからである。

これは、苛酷な日常において、原田の身分というものが現実の幸福にまったく結び付かないという事実を身をもって経験した結果、たんに夫であるからとか、身分が違うからなどという理由で耐えることが必然視される封建儒教的な思惟様式というものから大きく隔たった視点を、お関がすでに獲得していることの証左と考えてよい。また、「和《やは》らかひ衣類《きもの》きて手車に乗りあるく時は立派らしくも見えませうけれど、（中略）いはゞ自分の皮一重」という言葉からは、彼女が原田の身分を相対化しただけではなく、金銭によって外見を飾ることはできたとしても、幸福というものがそのような次元からは生まれてこないという認識を持つに至っていることが読み取れるであろう。

お関にとって原田との結婚は玉の輿といえるもので、それが彼女に「苦労」と努力を強制するターニングポイントとなったことは先に述べたとおりである。しかし、たとえ父親が奏任官の妻としての規範をお関に強制したとしても、「今宵」の齋藤家において、「余程甘《うま》からうぞと父親の滑稽《おどけ》を入れるに」などにもあらわれているように、両親が見せる和気あいあいとした遠慮のない雰囲気や、高田知波氏(15)の「齋藤家において夫婦間の議論が禁じられていたと考えるには母親の性格が『そっちょく』過ぎるし（お関の悲惨な現実を聞かされた時、『父様は何と思し召すか知らぬが』と前置きして母親の方がまず口を開いているのである）、父親も家長への抗弁を一切許さないようなタイプの人間としては造形されていない」という指摘からもわかるように、そのような封建的な行動規範というものは、彼女自身がもともと実家での生活において内面化していたものとはかなりずれがあったはずである。一家水入らずの気の置けない関係の中で互いにいたわりあいながら育ったお関は、おそらく、妻が一方的な努力を無条件に行わねばならないという規範を、身分の異なる夫との間に幸福な結婚生活を営むためというような、いわば目的に従属した形で受け取ったのではないだろうか。

したがって、結婚当初の幸せな時期には、お関も疑うことなく「世間に褒め物の敏腕家《はたらきて》」の夫に尽くすことが当然だと考えていたであろうが、苛酷な日々が続くなかで、そのような経験は否応なく彼女に影響を与えずにはいられなかったはずであるから、しだいにそのような規範に対して疑問を持ち、おのずと右のような考え方を身につけたのである。お関にとって原田はまぎれもなく「鬼」であるのだから、これは当然の帰結であったといえよう。

しかしである。それにもかかわらず、なおもお関は六年余りにわたって泣いて耐え続けてきたのである。なぜならそれは、テクスト冒頭にも明らかなように、彼女が自分の担う役割を十分に認識していたからである。

思ふまゝを通して離縁とならば太郎には継母の憂き目を見せ、御両親には今までの自慢の鼻にはかに低くさせまして、人の思はく、弟の行末、あゝ此身一つの心から出世の真も止めずはならず（上）

お関の置かれた悲惨な状況を打開するための有効な手段が離縁以外にないことは明白である。そのことは、これまで「種々《いろ〳〵》思案もし盡して」きた過程で、いくたびとなく意識されてきたに違いない。しかし、これまで彼女は耐えてきた。「種々思案」をするたびに、「原田の妻」であり続けることとその地位を捨てること、双方において得るものと失うものについて何度も考えをめぐらし、認識し尽くした上で、失うものの大きさの前に「千度も百度も考へ直して」その答えを打ち消し、「二年も三年も泣尽して」耐えてきたのである。最終的に、原田の身分を相対化し得たお関を原田家につなぎ止めるものは、血を分けた者達への愛情以外にはなくなってしまったといえよう。それほどまでに、彼女の結婚生活とは悲しいものだったのである。

注

（1）この点については、第十章「お関の『今宵』／齋藤家の『今宵』—『十三夜』を読む—」を参照されたい。

（2）山本洋氏も次のように述べている。

大正期、昭和前期から現在にいたる多くの「十三夜」に関する論考を読んでみると、この作品の価値ある部分の分析よりも、その限界、欠点、破綻が予想外に多く指摘されている。（中略）見解の帰結だけを並べてみると、この小説はまるで欠陥だらけのようである。（「『十三夜』の構造」『解釈と鑑賞』51—3、一九八六・三）

（3）このような傾向は、近年の研究の深化に伴い徐々に変化しつつあるが、それでも、「にごりえ」研究を例にとるまでもなく、依然根強いものではないだろうか。高田知波氏にも同様の趣旨の指摘がある（「樋口一葉研究史眺望」『群像　日本の作家3　樋口一葉』小学館、一九九二・三）。

（4）前田愛「十三夜の月」『樋口一葉の世界』平凡社、一九七八・十二

（5）滝藤満義「人妻たちの系譜—『十三夜』論—」『横浜国大国語研究』1、一九八三・三

（6）水野泰子「『十三夜』試論—『母』幻想の称揚—」『文芸と批評』6—10、一九八九・九

（7）植田一夫「『十三夜』論」『同志社女子大学術研究年報』31—Ⅲ、一九八〇・十一

（8）木村真佐幸「『十三夜』・『わかれ道』の周辺」『一葉文学成立の背景』桜楓社、一九七六・十一

（9）田中実「『十三夜』の『雨』」『日本近代文学』37、一九八七・十

（10）渡辺澄子氏にも同様の指摘がある（「一葉論ノオト」『近代文学研究』1、一九八四・十）。

（11）小森陽一氏は次のように述べている。

『貴女の栞』にあらわれた「女」をめぐるイデオロギーは、決して特殊なものでも、例外的なものでもない。ある意味で日清戦争前後、明治二十年代末のジャーナリズムは、一斉に「家庭」の中における、あるべき「女」像を描きはじめ、中・上流家庭の子女たちに照準をあわせた思想攻勢をかけていた。『貴女の栞』の言説は、そのごく標準的なあらわれである。(「囚われた言葉/さまよい出す言葉」『文体としての物語』筑摩書房、一九八八・四)

(12) 「戦略としての女」(『戦略としての家族』新曜社、一九九六・七)。ただし、ここにあげた牟田氏の見解は、女性史と女性解放思想史の研究における蓄積を踏まえたものであり、定説といってよいと思われる。『家庭雑誌』1号(明二五・九)にも「明治十八九年の新政と共に、泰西風の女子教育大流行をなし、女子教育は殆ど全く泰西風を模する勢力なりし。然るに一旦保守的反動の気焔高まるに従ひ今は却て国粋的傾向の其極に至りたる如し」とある(「女子教育の傾向」)。

(13) 先行研究においては、原田がお関を離縁しなかったことをもって、そこに彼の「愛情」を見るむきがあるが、疑問である。明治三三年十二月四日の『東京朝日新聞』には、次のような遺書とともに、痛ましい自殺の記事が載せられている(丸括弧内引用者)。

一筆申上候私事去廿四年八月中三島に嫁してより爾来三人の児童を抱へ今日まで十年間幾多の苦心困難を重ね来りしも(夫は)性質惨酷浮薄にして私を虐待する事甚しく離別を乞ふも許されず其都度巧みに甘言を以て人を瞞着し或は下婢同様にこき使ひ堪へ難き事屢ゝ御座候も今日迄の辛抱は唯私に一人の母ある為に今や不幸の窮境に陥り他に省みるの力あらず茲に自殺致候こと狂気乱心は不仕候

廿九日認む　三島くら

深川警察署御中

記事によれば、夫の放蕩や邪慳な扱いに耐えかねたくらは、彼に再三離縁を求めたが、子供の世話をするものがいないという理由で聞き入れられなかった。その結果、彼女は「憂苦の余り」、右のような遺書を警察署へ郵送し、短刀で喉を貫いたということである。ここにも明治の女性の悲劇がある。

(14) 紅野謙介・小森陽一・十川信介・山本芳明「『十三夜』を読む」(『文学』季刊1—1、一九九〇・冬)。管見の限りでは、この特集以前において、この箇所の意味を正しく押さえる見解は、松坂俊夫氏(「『十三夜』論」『増補改訂　樋口一葉研究』教育出版センター、一九八三・十)以外になく、しかも、松坂氏でさえあまり深められた議論になっていない。これもまた、お関に対する評価が一面的であったことの証左といえよう。

(15) 高田知波「『十三夜』ノート」『近代文学研究』1、一九八四・十

第十章　お関の「今宵」／齋藤家の「今宵」
――「十三夜」を読む――

一　お関にとっての「今宵」

「十三夜」は、「離縁状もらふて下されと言」うという悲壮な「決心」を胸に原田家を飛び出したお関が、実家の「格子戸の外」に登場することによって「今宵」のドラマを始動させる。お関が両親に対して離縁を請求してくれるよう涙ながらに、怒りを込めて訴えることによって、彼女がその日常において原田の虐待にさらされ続け、苦悩を強いられてきたことが浮き彫りとなり、そこから逃れることを痛切に願っていたことが明らかになるのである。

そして、お関の結婚生活というものは真に悲惨なものであったから、両親と共にその語りを聞く私たち読者は、彼女の訴えに衝き動かされ、「今宵」の行動がどれほど必然的で不可避なものであるか認めぬわけにはいかない。「猛つ」た母親の原田を糾弾する言葉もそのような読者の認識を促すものとして機能しているし、太郎を愛しく思うお関に読者が感情移入をすればするほど、そのような「子もある身にて置いて駆け出して」来た彼女の置かれた状況の悲惨さ、その行為の切実さがリアリティーを持つのである。「鬼の良人《つま》のもと」からの解放を希求するお関にとって「今宵」とは、「目の前の苦をのがれ」る唯一の可能性を持つ時であった。本来なら、何らかの救いがもたらされる新たなターニングポイントとなるべく、小説の時間は流れていくのである。

しかし、お関にとっての「今宵」はそのようなものとはならなかった。両親に対してあれ程までに「決心」を語ったにもかかわらず、彼女は父親の諫めにより突然、あっけなく翻意した。解放を希求し、人間らしく生きたいという願いを完全に断念してしまったのである。もはや、お関の帰る所はもとの「例《いつも》」という場以外に残されていない。

以上を踏まえるなら、「十三夜」の構造として第一に指摘しなければならないのは、お関の解放の断念を通して悲劇が構成されていることである。むろん、非常に苛酷な日常を生きること自体、悲劇的なことといわなければならない。しかし、作者はお関に解放を希求させることによって、そのような状況をより批判的な形で明確なものとし、さらに彼女を断念させ、もとの苛酷な状況に逆戻りさせることによって、その悲痛な生きざまを読者に強くアピールするのである。それは短編特有の短い時間で緊張を一気に高めるために選ばれた方法であるといえよう。小説をより劇的にするためには、お関の苛酷な「例」をそのまま描くよりも、「今宵」という特別な一夜を取り上げ、そこに凝縮した形でドラマを展開した方が効果的だと作者一葉が判断したのである。

したがって、「十三夜」において「今宵」どのようなドラマが演じられたかを見極めるにあたっては、なによりも、お関の断念に込められた意味を明確なものとしなければならない。

i　翻意の理由

お関はなぜ「鬼」とまで言う原田のもとへ戻らなければならなかったのか。わずかあれだけの父親の諫めの前に、なにゆえ一言の反駁もなく、その「決心」を翻さなければならなかったのであろうか。まず、この点を掘り下げるところから考察を進めていきたい。

右に述べたとおり、「十三夜」の最大の仕掛けは、解放のドラマとしての要素を多分に含んだこの小説が、父親の諫めを境として、そのベクトルを一八〇度転換させてしまうという展開にある。しかもそれが、極めて唐突に行われたところが問題である。田中実氏(1)や鳥羽京子氏(2)の指摘にもあるように、ある意味でそれは予想外の反応といってよく、お関に感情移入をしながら読み進めてきた読者は、このような展開に何らかの違和感を覚えざるを得ない。

父親の諫めの直前まで、たたみかけるように離縁請求の必然性が述べられているにもかかわらず、このような展開が選ばれているということは、彼の言葉によほどのインパクトがあったという推測が成り立つであろう。だからこそ、これまでの研究においては、諫めの内容を吟味することによって、お関の「翻意の主要モメント(3)」を割り出そうとしてきたのである。

お関が「今宵」断念しなければならなかった理由について、さまざまな見解が提出されているが、大きくわければ二つのものに絞ることができる。一つは、太郎への愛情＝「母性」を父親に指摘された点を重視するもの。もう一つは、亥之助の出世とそれによる齋藤家の将来を指摘された点を重視するものである。たとえば、前者には関良一氏(4)や水野泰子氏(5)、松坂俊夫氏(6)、山田有策氏(7)が、後者には高田知波氏（注3参照）や渡辺澄子氏(8)が位置づけられる。

しかし、それらの見解をつぶさに検討しても、決定的な決め手に欠けるという印象は否めないのである。その点を明らかにするためにも、父親の諫めを詳しく考察したい。

お関に対する父親の諫めは、一つの大きな柱となる公の論理（＝制度）と、それを受け入れやすくするための私の論理（＝情）とによって構成されている。

まず、父親は身分差ゆえの価値観の違いによって、「此方は真から尽す気でも取りやうに寄つては面白くなく見える事」もあることや、「世間に褒め物の敏腕家《はたらきて》」にありがちな「我まゝ」の被害を妻という立場が直接こうむることを述べ、彼なりにお関の置かれた「不幸」な状況の原因を、「斯く形よく生れたる身」ゆえに「不相応の縁につながれ」た＝玉の輿に乗ったためと把握する。そのような判断にもとづいて諫めは展開されていくのであるが、前半の公の論理の部分は、「彼《あ》れほどの良人を持つ身のつとめ」（傍線引用者、以下同様）として、「やかましくもあらう六づかしくもあらう」が、「夫《それ》を機嫌の好い様にと、のへて行くが妻の役」であること。「表面《うわべ》には見えねど世間の奥様といふ人達」も「何れも面白くをかしき中ばかり」ではないであろうから、「身一つと思へば恨みも出る」ものの彼女だけが「不幸」なのではなく、「是れが世の勤め」であること。「殊には是れほど身がらの相違もある事なれば人一倍の苦もある道理」であることの三点に要約することができる。つまり彼は、お関の「苦労」も「世間の奥様」方の「苦労」と質的には等しいもので、それに耐えて尽くしていくのが「妻の役」であり「世の勤め」であること、程度がはなはだしく感じられたとしても、それは玉の輿としての結婚ゆえの身分差があるからやむを得ないものであり、より多くの「我慢」と努力が必要であることを言い聞かせているのである（この論理を翻意の理由とする見解が前田愛氏にある）[9]。おそらく、このような論理というものは、お関が玉の輿としての結婚に際し、原田勇と自分達との身分差を絶対視する父親から厳格に言い聞かされたであろう言葉や、彼女がこれまで必死に守ろうとしてきた規範と等しいものであったと思われる[10]。

しかし、「私は御母様出て来るのは何でも御座んせぬ、名のみ立派の原田勇に離縁されたからとて夢さら残りをしいとは思ひませぬけれど」という言葉にも明らかなように、お関はその結婚生活において、すでに原田の身分を相対化し得る視点を身につけていたわけであるから、このような論理の強制力は、結婚当初に彼女に与えたものとは比較にならないほど小さかったはずである。また、彼女が離縁を切り出す直前にも父親がこれと同様の言葉を述べているのであるから、内容としての目新しさ・インパクトは、ほとんど無かったと考えられるのである。彼女はそのような「牢固とした社会の論理」[11]をこれまでずっと目の前に突き付けられてきたにもかかわらず、それでもなお、「離縁の状を取つて下され」と訴えているのである。

では、後半の私の論理の部分はどうであろうか。そこで述べられていることは二つである。一つは、原田勇の恩恵によって軌道に乗りつつある、「弟の行末」と齋藤家の将来のため、もう一つは、愛しい太郎のため耐えろということである。しかし、これらの論理もまた、彼女にとってなんら目新しいものではなく、大きなインパクトを与えたとは考えられないのである。

高田知波氏は「父親による〝母性〟の指摘とヒロインによるその再自覚という軸に沿って解釈」する見解に対して次のように述べている。「『一度縁が切れては二度と顔見にゆく事もなるまじ』という父親の指摘は、それまでのお関の『辛棒』を支えてきた論理と同じものであり、その論理に縛られて『今日まで』は原田の妻の座に耐え続けてきた我慢がついに限界に達し」たからこそ、「その引力に打ち勝って家出してきたお関に対して、『太郎といふ子もあるものを今日までの辛棒がなるほどならば、是れから後とて出来ぬ事はあるまじ』という父親の言葉が翻意の主要モメントとして作用したというのではあまりにも単純すぎるのではないだろうか」。これは、次節で述べるように、微妙な点においては私の見解と齟齬をきたすが、まず、妥当な指摘といわなければならない。

また、高田氏自身の見解についても同様の反論の成り立つ余地がある。「没落士族の衿持」や「使命感」にもとづき、「長男の出世による家名の回復」を願うという「実家の現実」に彼女がまったく気づいていなかったとするのは、かなり無理があるのである。

さらに、ここで最も重視すべき点は、原田のもとを「駆け出して」来たお関が、なかなかそのことを切り出すことができず、後述のように、いったん「例《いつも》」という、「今宵」が特別な夜とは意識されていない時間が依然支配する齋藤家に身を置いたことである。そのことによって具体的に、彼女を必要とする太郎の存在や「弟の行末」、両親の「喜び」や期待といった、彼女を原田の妻という立場に固定するものが読者に対して明らかにされるとともに、お関自身も、冒頭の場面でも彼女はそれを脳裏によみがえらせているが、再度だめ押しのような形で、それらの桎梏を認識しなおしたと考えられるのである。しかし、それでもなお、お関は離縁を切り出したのである。したがって、父親は彼女が明確に認識していることを語ったにすぎないということになる。

お関は父親の諫めに含まれる論理をすべて視野に収めた地点から「決心」を述べ始めたのである。たしかに、高田氏が正しく指摘しているように「〝母性〟が原田家への引力として常に作用し続けていたことは明らかである」し、親兄弟を思うお関の気持ちもしかりである。しかし、もし本当にお関が離縁を欲していたなら、そのようなことを父親に指摘されただけで、すぐさま何の反論もなしに翻意するのは不自然ではないだろうか。

先行研究においては、お関が心中ではあれほどまでに太郎に対するこだわりを見せているにもかかわらず、最後まで「決心」を貫き、思いのありたけを両親に訴えることができたことから、ある種の無条件の前提として、彼女が明確な「決心」にもとづき飛び出してきたと考えられてきたようである。一見したところでは、このような見解も妥当だと思われるかもしれない。

しかし、父親が「家長への抗弁を一切許さないようなタイプの人間としては造形されていない[12]」にもかかわらず、以上のような展開が選ばれていることを押さえるならば、このような前提そのものを見直す必要があると思われるのである。

そこで、次節ではお関の「決心」の位相というものを探ってみたい。私としては、あのような形でお関が翻意しなければならなかったことには、これまでの議論においてとらえられていなかった重要な問題が内包されており、この点にこだわって初めて、「十三夜」に込められた真の訴えが理解できると考えている。(13)

ii　「決心」の位相

ここで是非とも、田中実氏の見解にふれなければならない。これは、先行研究において、ほとんど着目されることのなかった重要な事実を初めて論の根本に据え、新たな解釈の可能性を提示したものとして、高く評価できるものである。

田中氏の見極めた事実とは何か。それは、小説の冒頭でお関が「実家の格子戸を自分の意志では開けられないし、開けていない」ことであり、さらに「お関の登場自体が通説を大きく裏切」り、「引き裂かれた苦悶のなかでお関が登場する」ことである。

実際のところ、冒頭からお関は非常な迷いを見せている。「格子戸の外」で「悄然《しよんぼり》と」する彼女は、「寧《いつ》そ話さずに戻ろうか、戻れば…」というように、婚姻関係の存続によって得るものと失うものを心の天秤にかけてはげしく迷い、齋藤家の「格子戸」をくぐることに大きなためらいを見せているのである。誰が読んでも明らかなことで、このように取り立てて指摘する必要はないのかもしれない。しかし前述のように、先行研究においては明確な「決心」という無条件の前提があったがゆえに、このような、決して見逃してはならない基本的な事実がほとんど無視されてきたのである。

田中氏はそこから、先にあげたさまざまな見解とは全く次元の異なった翻意の理由を指摘しているのであるが、それは後でふれることにして、その前にお関の迷いが何を意味するかについて考えてみたい。残念なことに、田中氏の論にはその点に関する掘り下げが欠けているからである。

六年余りにわたってお関の抱え続けてきた問いは二重に彼女を縛るものであった。離縁によって現状を打開したなら、当時においては当然のこととして最愛の太郎を失い、母親としてのお関を今最も必要とする彼に「継母の憂き目を見せ」ることになる。また、せっかく軌道に乗りつつある「弟の行末」を台無しにし、両親の期待や喜びを裏切ることにもなる。だが、それらを取れば原田の虐待に苦しまねばならないのである。解放を希求することと、太郎の母親（＝原田勇の妻）であり続けたいと願うこと。それらはいずれも真実であり、彼女の生活において大きなウエートを占めるものであった。しかし、どんなにつらい状況であっても、いったんそれが固定化してしまうと、そこから抜け出すには極めて大きな力を必要とするものである。彼女の目の前には、埋めることのできない溝が横たわっており、このような二律背反というべき問いに陥ったお関は、強い葛藤状態に置かれていたと考えてよい。

そして、ここで注意しなければならないのは、お関が「今宵」両親の前で「決心」を述べながらも、そのような自分自身を原田と同様の「鬼」と言わざるを得ず、太郎へのこだわりをあらわにし続けていることである。苦しみに満ちた状況を打開し得る地点へなんとか辿り着いたにもかかわらず、そこに見られるお関の姿からは、あのような重大な「決心」をし、苦悩から抜け出る道を走り通せるだけの確固とした意志は感じられない。彼女の肉体がそのような言葉をみずから裏切り、本心が露呈してしまっているのである。

これは、どのような「観念操作」(14)をしようとも、厳として存在する彼女を取りまく事実を意識から拭い去ることが不可能であることの証左であろう。お関はこれまで置かれてきた状況を打開するには離縁しかないことを十分認識していながらも、最終的な行為の持つ意味の前に大いにたじろぎ、それが最善の解決方法であるのか苦悩しているのである。このように切実な問いに落ち込んでしまったからこそ、彼女は田中氏の指摘するとおり「引き裂かれた苦悶のなかで」登場しなければならなかったのである。

では、なぜお関はこれほどの迷いを見せながらも、「今宵」実家へ帰ってくることができたのであろうか。そこには何らかのきっかけが存在したのであろうか。その点について父親は、次のように問いただしている。

　して今夜は聟どのは不在《るす》か、何か改たまつての事件でもあつてか、いよ〳〵離縁するとでも言はれて来たのか（上）

しかし実際のところ、そこには何ら特別な踏ん切り＝ステップボードというものは存在しない。一昨日の原田の出際に起こった出来事にしても、すでに指摘のあるとおり[15]、彼女がこれまでさらされ続けてきた苛酷な状況と何ら変わるところはないのである。

本来なら、二律背反の問いに落ち込んだお関は、飛び出すことなど不可能な状態に固定されていたはずである。新たなステップを踏み出すためには、何らかの形でその内的葛藤を解決する必要があるというのに、彼女をとりまく現実には、それを阻むさまざまな要因が存在していたからである。お関にとって、苛酷な日常における精神的苦痛と肉親に対する愛情が単純に比較できるはずはなく、彼女が太郎を愛しく思い、両親や弟の期待を裏切りたくないと思い続けるかぎり、目の前の溝を埋めることはできないのである。

それならば、これまで六年余りにわたって歯を食いしばって耐えてきたお関は、「改たまつての事件」もなく、今なお葛藤状態にありながらも、何ゆえ実家に帰ってくることができたのであろうか。彼女の「決心」とはどのようなものであったのか。

ここで私たちは、最終的な、ドラマの核心にふれる問いに突き当たったことになるが、お関があのように迷っているところから判断するなら、彼女が悩み抜いた末に論理的帰着点として、離縁以外に解決の方法がないと結論し、明確な意志にもとづいて行動したと考えることはできない。したがって、一つの発想の転換が必要であると思われる。結論を先にいえば、お関が「駆け出して来」たのは、「今宵」が「十三夜」だったからではないかというのが私の考えである。

お関は六年余りにもわたる長い間、あのようなつらい状況にさらされ続けてきた。その苦しみの総量は、愛する者の期待に応え、自分の担うべき役割をなんとしても果たさなければならないという彼女の気持を揺るがすほどのものであったと思われる。彼女はそれ程までの扱いを受けながら、何ゆえ耐えなければならないか、その理由をふと見失った。「一年三百六十五日物いふ事も無く、稀々言はれるは此様な情ない詞をかけられて、夫れでも原田の妻と言はれたいか、太郎の母で候と顔おし拭つて居る心か、我身ながら我身の辛棒がわかりませぬ」というお関の言葉は、そのような心のありようを示しているのである。

近代日本の実質的な担い手である奏任官・原田勇は当然、「旧弊」な「十三夜」を祝うことなどしないし、世間一般においても同様の傾向は強かったようである。(16) 齋藤家の若い世代である亥之助が、原田家へ団子を持って行くことについて「極りを悪るがつて」いるのもそれと無関係ではない。明治という新しい時代の登場によって、伝統的な習俗は急速に破壊されつつあったのである。

しかし、そうであるからこそ、お関はふと耐える理由を見失った時、たとえ「旧弊」になろうとも「十三夜」

を守りつづけ、祝う齋藤家のいつまでも変わらぬ姿が、何よりもかけがえのないものに思えたに違いない。「十三夜」とは、金銭の量や功利性ではとらえきれない、懐かしい実家の温かな人間関係の象徴というべき時であった。「お月見」という一つの習俗を通して心の連帯を確認し、家族という小さな共同体の持つ親和力＝きずながいっそう強まる夜だったのである。その磁力が、空虚になったお関の心を捉えたのだ。そして彼女は、二律背反の問いのどちらを取ればよいのか、何が最善の選択であるのか確たる結論の出せぬまま、実家へ引き寄せられるようにして、目の前に横たわる溝を埋めることなく飛び越えてしまったのである。

お関はいわば離縁請求という形で、あのような苦悩に満ちた状況を両親に訴えるために、「今宵」実家へ帰ってきたのである。「鬼」の原田からの解放を心から希求しながらも、何が真に最良の解決策であるかわからなくなっていたからこそ、最終決定権を父親に譲るかたちで、とにかく自分の悔しい思いのありたけを両親の前で吐露してみせたのである。

お関の「決心」をそのようにとらえるなら、彼女の突然の翻意も納得がいくのである。父親の諫めに何らインパクトがなく、お関がはっきりと認識していることを語ったにすぎないのに翻意してしまったのは、田中実氏が鋭く指摘するとおり「彼女の自我の脆弱性の問題にも齋藤の家固有の事情や父親の封建的な強制の問題にも還元して済むことでなく、お関自身が引き裂かれるかたちで登場し、実家に戻るという決心さえつきかねる苦悩のなかにいたことがその原因にまず挙げられ」るのである。ある意味において、彼の言葉は正論であり、社会の考えを代弁したものであったから、彼女はその通りに自分にいい聞かすことができたのである。逆にいえば、もし父親が彼女の離縁請求に応じたとしても、そのことを彼女は心の底から喜ぶことはできなかったはずである。

お関は「今宵」、これまで自分がおこなってきた行為が無意味なものではなく、それが血を分けた者達の愛情に答えるための唯一の手段であることをあらためて知らされた。どんなにつらくとも、自分さえ「死んだ気にならば三方四方波風たゝず、兎もあれ彼の子も両親の手で育てられ」ることを再確認したのである。しかし、それは傍線部にも明らかなようにあまりに悲しいものであった。

ある意味で、お関の「決心」には、その言葉の激しさに見合うだけの実質はなかった。彼女の「決心」の位相をそのようにとらえない限り、この小説の本質を見誤るおそれがある。だが、それを直ちに〝自我意識の欠如〟といった解釈に結び付けてはならない。お関にとって離縁とは、極めて重い意味を持った決意であった。あのような二律背反ともいうべき問いに陥った一人の力ない女性が、迷うことなく自力で明確な答えを出し得るはずがないのである。むろん当時でも、『女学雑誌』などでそのような問いに対して明確な答えを出すにたる自我を確立した先駆的な女性の姿を私たちは目にすることができる（たとえば、巌本善治「婚姻論[17]」など）。しかし、そのような女性を引き合いに出してお関を批判したところで、「十三夜」の真の訴えに届くとは考えられない。明治二十年代末という時代の厳しい制約の中で、自分の意志に従って行動することが可能であった女性は、社会的な条件にも恵まれたごく少数の人々であり、他の大部分の女性は抑圧された状況の下で泣いて耐えるしかなかったという厳然たる事実。この事実にこそ目を向ける必要があるのである。父親に諫められたら一言の反駁もなく翻意しなければならないような、もろく、はかない「決心」しかなし得なかったところに、彼女の悲しい生きざまがあらわれているのである。

もはやこれ以上我慢ならないと思い、飛び出してきた「鬼の」原田のもとへ再び帰らなければならないと考えた時の、お関の目の前に広がる暗澹たる光景、そこから来る絶望にも似た思いは、言葉では言い尽くせないほどの悲しみに満ちたものであったはずである。たとえお関が、これからも愛する者のために耐えなければならないと堅く誓ったとしても、それはあまりにつらい決意であった。この小説においてはそういった、耐えることだけが自己目的化していくような空しい生のドラマが描き出されているのである。

iii　録之助との邂逅

「十三夜」の（下）は、「さやけき月」に照らされた実家からの帰り道で、思いがけずお関が高坂録之助と邂逅することによって成立する。偶然乗った人力車の車夫が幼なじみであったことによって、ほんの一瞬、読者は新たなドラマを予感するのである。しかし、彼らの間に真のコミュニケーションは成り立っていない。なんら心が交わらないまま、「其人《それ》は東へ、此人《これ》は南へ」と二人は別れていくのである。

この（下）の意味についてもさまざまな指摘がなされているが、真の問題は、なぜお関は「何《ど》んなにお懐しう御座んしたろう」という思いをそれ以上、彼と共有することができなかったのか。また、彼女が「話しながら行ませう」と言いながらも、ほとんど言葉をかわすことなく別れてしまったことに、どのような意味が込められているかというところにある。

「知らぬ他人の車夫《くるまや》さん」とのみ思っていた男が、幼なじみの録之助であると気づいた時、お関は彼に「私をよもやお忘れはなさるまい」と強い断定表現を用いて呼びかけている。これは「私は此人に思はれて」いたという認識から発せられた言葉であり、お関自身が、彼にとってどのような意味を持っていたか、はっきり自覚していることを示している。それが、彼女の一人よがりな思いでなかったことはいうまでもない。では、「子供ごゝろ」ながらも自分が録之助に「思はれて」いたことを知っていたお関は、「我身が嫁入りの噂聞え初た頃」、「気の優しい」彼が突然「只事では無い」ほど変わってしまったことを聞いて、いったい何を考えたであろうか。

お関が「今宵」初めて、録之助の「放蕩《のら》」の原因が自分の結婚にあったことに気づいたとする見解が通説となっているが、これは非常に不自然な解釈である。なぜなら、たとえそれが「取とまらぬ夢の様な恋」であったとしても、自分が彼に「思はれて」いたことを確信するお関が、その因果関係にまったく思い至らぬはずはないからである。むろん、お関にとって原田との結婚自体は不可抗力というべきものであったが、それでもやはり、録之助が自分に裏切られたと感じ、それゆえ「やけ遊びの底ぬけ騒ぎ」に走ったという可能性を否定できなかったはずである。お関が「実家へ行く度に」彼の様子を尋ねていたことや、「今宵」録之助を前にして、「私が思ふほどは此人も思ふて、夫れ故の身の破滅かも知れぬ物を」と考えるのも、そういった、七年余りにわたる打ち消しがたい思いを背景に考える必要がある。

以上を踏まえた上で、録之助との邂逅の意味を考えた場合、極めて重い意味を持ってくるのは、お関が「此様な丸髷などに、取済したる様な姿をいかばかり面にくゝ思はれるであらう」と思い、振り返ると、彼が「何を思ふか茫然とせし顔つき、時たま逢ひし阿関に向つて左のみは嬉しき様子」を見せていないことである。録之助の心の奥底を知るよしもないお関は、彼のそのような「顔つき」を見た瞬間、これまでの心配が現実のものとなり、やはり「面にくゝ思はれ」ているのだと強く感じたに違いない。

私はここで事実として、前田愛氏や松坂俊夫氏(18)のように、お関が録之助に対して「加害者」であったなどと言う気は毛頭ない。あのように不幸な状況を生み出したものは、ひとえに彼の弱さゆえであるし、それをお関の責任に帰すような見解は、当時の女性を取り巻く社会状況を無視したものである。ただ、それとは別の次元で、今もなお録之助が自分の裏切りを責めているとすれば、それは彼の「放蕩」やそれにまつわるすべての不幸な出来事の根本に自分の結婚があったことの証左として、お関は受け取らざるを得ないし、そのことに鋭い罪の意識を感じたであろうと考えるのである。

お関自身もその結婚によって運命を狂わされてしまった人間の一人であり、「夢さらさうした楽しらしい身ではな」い。しかし、もし彼がそのように考えているなら、いまさら何を言っても、それは言い訳にすぎまい。録之助や彼にまつわるさまざまな運命の歯車は、すでに取り返しのつかないほど狂ってしまっているし、たとえお関がどれほど「不運」であるか打ち明けたとしても、彼女の「取済したる様な姿」は、その苦悩を何ら裏打ちしてくれないからである。お関がこれ以上彼に語りかける言葉を持っていようはずはない。

彼らがお互いを認め、お関の問いかけにしたがって録之助の身の上が語られるのは、「上野へ入りてよりまだ一町もやう〳〵」という地点であった。ということは、話が一段落し、高田知波氏の指摘するように彼に先行する形で「物がなしき」道を歩きながら録之助の「茫然とせし顔つき」を確認した後、そこからさらに、お関は上野広小路へ至る闇に包まれたさみしい道のりを黙って歩き続けたことになる。その間のお関の心中は描かれていないが、読者はそこに、哀切極まりない彼女の心の痛みを読み取るべきであろう。録之助との邂逅は、生涯消えぬ傷跡として彼女の心に刻み込まれ、実家で味わった絶望にも似た思いは、ここでさらに悲しみの度を深めたに違いない。そのような思いを噛みしめたまま、彼女は「くら暗《やみ》の谷」のような原田のもとへ帰っていくのである。

二　両親にとっての「今宵」

しばしば述べられているように、「十三夜」は冒頭で「例《いつも》」と「今宵」を非常に明確な形で対比させている。このことは、そこから描き出されていくお関にとってのドラマの場＝「今宵」というものの非日常性を象徴的に表出する役割を担うとともに、齋藤家というものが依然、将来に対する明るい見通しや期待に満ち、安定した幸福感に包まれた「例」という時間に支配されていることを、読者に提示する機能を有している。

そのことは、私たちが「格子戸の外」のお関の姿を確認すると同時に、喜びをあらわにした「父親が相かはらずの高声」や、それに続くお関の心中語を聞くことで明らかになる。親思いで、自分の担うべき役割を明確に自覚するお関は、原田の虐待についてこれまで一言も両親に漏らしてはおらず、常に「今宵」のように「可愛き声」で笑いながら、幸せを装って齋藤家を訪れているわけであるから（それは、前田愛氏の指摘するような「娼婦性」のあらわれでは決してない）、両親が彼女の置かれた苛酷な状況について何も知らないのは当然のことである。あのような「決心」を胸に、原田のもとを「駆け出して」来たことによって、安定した場を乱すべき重大な意味を持った「今宵」に足を踏みいれてしまったことをはっきり認識しているがゆえに、冒頭でお関は「悄然《しよんぼり》と」せずにはいられなかったのである。

「今宵」のお関の登場が、「両親に出迎はれつる」べき「例」と対比される形で語り出されたこと、作者がこのように印象的な形で齋藤家における「例」を冒頭で提示したことの意味は、極めて大きいといわなければならない。なぜなら、それによってもう一つのドラマが浮かび上がってくるからである。

お関が「今宵」齋藤家を訪れることによって顕在化するのは、彼女が非常に苛酷な状況に置かれていたことである。それにより両親は大きな衝撃を受けることになるし、これまでの認識を新たにせざるを得ないであろう。なぜなら、彼らは将来にわたっての希望に満ちたビジョンというものに浸り、安心しきっていたわけで、これまで信じて疑うことのなかったお関の玉の輿としての結婚を起源とする幸福というものが、まったくの幻想にすぎなかったことを「今宵」初めて知らされたからである。そして、ここから両親にとっては新たな物語が紡ぎ出されていくことになる。お関が帰りぎわに「此次には笑ふて参りまする」と言ったところで、そのような事実を知った彼らにとって後戻りは不可能である。両親は失ったものの大きさに初めて気づいたのである。

両親、特に父親にとっての「今宵」の出来事というものは、これまでの生き方、考え方の根底を揺るがすほどの力を持っていたはずである。お関の悲痛な訴えを通して、自分達の認識の甘さというものを、身を切られるように知らされたからである。これまで彼女に対して行ってきたしつけや教育というものが、原田勇の象徴する社会に対してはなんら効力のないものだということ、そのような悲惨な状況へ彼女が追い込まれたのは嫁がせた自分の判断が甘かったのだということ、「今宵」の出来事とはその証左であった。「此上に望みもなし」などと太平楽を決め込んでいた自分の世間知らずな甘い考えのつけを、これまでお関は払わされていたわけであるし、これからもそのような状態は続くのである。「家には父が咳払ひの是れもうるめる声成し」という哀感に満ちた（上）の結びに象徴されるように、家族思いの父親は「今宵」を境にして深い悔恨に捉われていくことになる。たとえ、亥之助が出世したとしても、それはお関のしかばねの上に建てられた墓標のようなものとしか彼の目には写らないであろう。

この小説に奥行きを与えるものは、お関が録之助の「加害者」であったことなどでは決してない。お関に悲しみを強制する両親もまた涙を流し、大きな挫折と敗北感を味わっている点にあるのである。(19)

三　まとめにかえて

制度としての抑圧にあえぐ社会的弱者、その苛酷な状況というものを怒りをもって真摯な目で見つめる作家にとって、そのような状況を撃つべく小説を形象化するにあたっては、多種多様な方法があるだろうが、大きくわければつぎの二つが考えられるのではないだろうか。一つは、そのような状況を打破し得るような新たな思想、メッセージを託した人物を創造し、あるいはそのようなものに目覚めさせ動かすことである。たとえば、イプセンの「人形の家」などを思い浮かべることができるであろう。

そしてもう一つは、これが本章で取り上げた「十三夜」にあてはまる場合であるが、そのような状況そのものを描くことによって、抑圧される人々やそういった状況の存在を読者に気づかせ、広く訴えることである。前者は後者の発展した形であると見なすことも可能かもしれないが、苛酷な状況があまりに固定的で、容易に打破し得るものではないと作者が認識している場合、どうしても後者のような形を取らざるを得ないであろう。小説の価値というものが、その内包する思想がどれほどラジカルなものであるかという点によってのみはかられるのではないとすれば、両者の間に優劣をつけることは無意味である。

一葉は深い悲哀を込めてお関や齋藤家のドラマをえぐり出した。しかも、人の長い一生において一度か二度しか出会わないような極めて重い意味を持ったドラマを、このような短い枠組みの中に凝縮して描き切ったのである。この小説はそれによって高く評価されねばならない。

注

（1）田中実「『十三夜』の『雨』」『日本近代文学』37、一九八七・十
（2）鳥羽京子「一葉『十三夜』の構想―録之助の形象をめぐって―」『大谷女子大国文』11、一九八一・三
（3）高田知波「『十三夜』ノート」『近代文学研究』1、一九八四・十
（4）関良一「『十三夜』入門」『樋口一葉　考証と試論』有精堂、一九七〇・十
（5）水野泰子「『十三夜』試論―『母』幻想の称揚―」『文芸と批評』6―10、一九八九・九
（6）松坂俊夫「『十三夜』論」『増補改訂　樋口一葉研究』教育出版センター、一九八三・十

（7）山田有策「一葉ノート・2　『十三夜』の世界」『学芸国語国文学』13、一九七七・二
（8）渡辺澄子「一葉論ノオト」『近代文学研究』1、一九八四・十
（9）前田愛「十三夜の月」『樋口一葉の世界』平凡社、一九七八・十二
（10）この点に関しては、第九章「『十三夜』論の前提」を参照されたい。
（11）注（8）に同じ。
（12）注（3）に同じ。
（13）お関の「決心」に注目したものとして、戸松泉「樋口一葉『十三夜』試論―お関の〈決心〉―」（『相模女子大学紀要（人文・社会系）』55―A、一九九二・三）がある。
（14）注（3）に同じ。
（15）紅野謙介・小森陽一・十川信介・山本芳明「『十三夜』を読む」『文学』季刊1―1、一九九〇・冬
（16）注（15）に同じ。
（17）巌本善治「婚姻論」『女学雑誌』273・275・277、一八九一・七、八
（18）松坂俊夫「『十三夜』」『鑑賞日本現代文学②　樋口一葉』角川書店、一九八二・八
（19）亥之助不在の意味についても、これまでさまざまな見解が出されているが、私は、亥之助が居合わせることによるドラマの変質――年若な彼の優しさやまじめさは、必ずや父親の言葉に反撥を感じさせずにはいられなかったはずである――を避けるための必然的な処置ではなかったかと考えている。

第十一章　出会わない言葉の別れ

――「わかれ道」を読む――

一　はじめに

「わかれ道」の冒頭は、「お京さん居ますか」という吉三の呼びかけで始まる。彼女のことを「姉さん同様に思」い、「お京さんお京さんとて入浸る」吉三は、今夜もまた裏長屋の「仕事や」の部屋を訪れるのである。「又御餅《おかちん》のおねだりか」というお京の言葉や、「例《いつも》の如く台処から炭を持出して」という吉三の勝手知ったる振る舞いを見てもわかるように、それは「毎夜」のように繰り返される、半ば日常化した光景であった。当然、「年頃二十余りの意気な女」と「持て余しの小僧」の不思議な組み合わせは、口さがない「職人ども」の「烟草休みの話しの種」となるであろう。そうした、隔てのない間柄を「翻弄《からかひ》」、「好い嬲りもの」にする職人仲間に対し、「仕事やの家へ行つて茶棚の奥の菓子鉢の中に、今日は何が何箇あるまで知つて居るのは恐らく己れの外には有るまい」といきまく吉三は、自分がお京から格別の扱いを受けているという自負があった。吉三は断言する。

夜るでも夜中でも傘屋の吉が来たとさへ言へば寝間着のまゝで格子戸を明けて、今日は一日遊びに来なかつたね、何うかお為か、案じて居たにと手を取つて引入れられる者が他に有らうか、お気の毒様なこつたが独《う》活《ど》の大木は役にたゝない、山椒は小粒で珍重される（中）

このような二人の関係を評して、「お京と吉は姉、弟という擬制的関係をお互いに結んでいる」と述べたのは小森陽一氏である。(1) また、それを発展させる形で藤井貞和氏は、一葉が「姉と弟との擬制的家族ユートピア」を描いたと述べている。(2)「共同討議」という性格ゆえか、具体性に欠けるきらいはあるが、両者の指摘が魅力的なものであることは確かであり、これらを踏まえた論考も多い。「姉さん同様に思つて居た」という吉三の台詞は、訣別の言葉とともに心の底から発せられたものであり、痛切な響きがこもっている。それに対応した「私は本当に兄弟とばかり思ふのだもの」というお京の台詞も見られる。暖かさと慈愛に満ちた緊密な関係が、二人の間に相互に結ばれていたと把握されているのである。

だが、私はそこに微妙な陰影を見出さずにはいられない。現実はすでに、冒頭から軋みを生じていたのではないかと考えられるのである。右に引用した吉三の台詞に登場するお京の優しさに満ちた振る舞いと、（上）におけるお京の実際の振る舞いを見くらべてみよう。まったく同じ構図を採用しながらも、彼女の印象はかなり異ったものではないだろうか。吉三の訪れは「毎夜」のことであるというのに、半ば冗談にせよ「最う寐て仕舞つたから明日来てお呉れと嘘を言」うお京は、招き入れてからも、「御餅を焼くには火が足らないよ、台処の火消壺から消し炭を持つて来てお前が勝手に焼てお喰べ」というように、素っ気ない態度で吉三をあしらい、彼に背中を向けたまま針仕事を続けているのである。

窓の外から吉三が呼びかけ「羽目を敲」き、それに応じてお京が格子戸を開けるという構図は、この短い小説において、何かしら象徴的な意味を持っているようである。それは、冒頭に配置されただけではなく、（中）では二人の親密さを端的に示すエピソードとして吉三の口から職人仲間に語られ、（下）でも「帰りは例の窓を敲いて」という吉三の「目算」として描かれている。別れの場面で「お京が例の窓下に立」ち、「此処をば毎夜音づれて呉れたのなれど、明日の晩は最うお前の声も聞かれない」と「歎息する」のも、そのような構図が二人の親しさを象徴的に示すが故のものである。

だが、そうであるからこそ、右に示したずれがはらむ問題は看過できないものである。反復される構図のなかに、意図的に微妙な差異を織り込み、二人の関係を読者が把握するための情報を提供していると考えることができるからである。

「わかれ道」において、お京と吉三の関係が実際にどのようなものであったかを探ることは意外に困難である。年の瀬のある夜、吉三がお京のもとを訪れる（上）を別にすれば、日常的な雰囲気における二人のやり取りがどのようなものであるか、客観的に判断する材料はあまり示されていない。したがって読者は、二人の関係がどのようなものであるかを、（上）に描かれたわずかな記述を中心にして読み取っていかなければならないということになる。そういう意味でもやはり、たとえ些細な表現の差異に見えたとしても、それが等しい構図の中に配置されていることの意味に注目しなければならない。吉三の言葉は事実を正確に伝えていないと考えるべきではないだろうか。

たしかに、「私は今夜中に此れ一枚を上げねば成らぬ、角の質屋の旦那どのが御年始着だから」というように、この夜はたまたま仕事が詰まっていたため、例外的に吉三のことを構うこともできず、お京は仕事に勤しんでいたのだという反論も成り立つかもしれない。だが、関礼子氏も指摘するように[3]、どれほど「利く手を持つて居」たとしても、「一人住居」の彼女がふだん、夕食から就寝までの数時間を余暇のために安閑と過ごしていたとは考えられない。「女口一つ針仕事で通」すためには、「小指のまむし」に象徴されるような不断の努力が必要なのである。吉三にとって唯一、心の慰めとなる夜のひとときは、お京にとってまだまだ労働のための時間に区分されるのである。したがって、（上）におけるお京の対応を例外と考えるのは不自然である。結局、自分の訪問をお京がどれほど待ち望んでいるか、得意げに語る吉三の言葉は逆に、お京の存在が彼にとってどれほど大切なものであるかを照らし出しているのではないだろうか。それは、実体ではなく願望である。こうあってほしいという一途な願いである。「何処からか斯うお前のやうな人が己れの真身の姉さんだとか言って出て来たら何んなに嬉しいか、首つ玉へ噛り付いて己れは夫れ限り往生しても喜ぶのだが」という言葉にもあらわれているように、吉三はお京を「姉さん」と呼びたいのだ。お京にとっての自分の意味というものを過剰に意識し、つねに待たれる存在でありたいという吉三のいじましい思慕の念が、職人仲間の前で先に引用したような言葉を吐かせたのではないかと思われるのである。

以上のような理解に基づくならば、この小説の読みも、少し異なったものになってくるであろう。たとえば、「己れは何うもお前さんの事が他人のやうに思はれぬは何ういふ物であらう、お京さんお前は弟といふを持つた事は無いのかと問はれて、私は一人娘で同胞なしだから弟にも妹にも持つた事は一度も無いと云ふ」というようなやり取りをみても、何とかして「姉、弟という擬制的関係」（前出小森）を結びたいと願い空回りする吉三と、そのような彼の期待に頓着しないお京は鮮やかな対照を見せている。後に詳しく述べるように、二人の関係が不均衡なものであることが解釈の核となるはずである。

二　吉三の「心細さ」

ところで、吉三という人物はどのように理解すればよいのだろうか。小説冒頭によれば、一寸法師と仇名のある町内の暴れ者、傘屋の吉とて持て余しの小僧なり、年は十六なれども不図《ふと》見る処は一か二か、肩幅せばく顔少さく、目鼻だちはきり〳〵と利口らしけれど何《いか》にも背の低くければ人嘲けりて仇名はつけゝる。（上）

ということであるが、読者の戸惑いを誘うような、やや分裂した印象を身にまといながら、吉三は登場する。「町内の暴れ者」・「持て余しの小僧」でありながらも、背の低さから「一寸法師」と仇名をつけられ、「嘲け」られる存在としての吉三。ここからは、「疳癪」持ちで口がたち、気に食わないとなれば親方の息子であろうとお構いなしに「番ごと喧嘩をして遣り込め」、しかも「随分おもしろいよ」とうそぶく、「火の玉の様な子」としての側面とともに、「東京の三大貧窟」[4]の一つ、「新網」出身の孤児で、傘屋に奉公する前は「角兵衛の獅子を冠つて歩いた」という出自の問題を抱え、「人よりは一寸法師一寸法師と誹ら」れるという、社会的にマイナスの要素を多分に背負わされた吉三の、アンビバレントな姿が浮かび上がってくるのである。

「新網」出身という、吉三の出自の問題については、これまで幾つか言及がある。[5]桜田文吾『貧天地饑寒窟探検記』（日本新聞社、明二六・六）[6]や松原岩五郎『最暗黒の東京』（民友社、明二六・十二）[7]、横山源之助『日本之下層社会』（教文館、明三二・四）[8]などには、「新網」をはじめとする下層社会の悲惨な状況がリアルに描かれ、蔑視・賤視の対象となる「細民」たちの生活の厳しさが伝わってくる。「六年前の冬」、偶然のめぐりあわせから吉三は、太つ腹のお松によってそのような境遇から拾い上げられたのである。そして彼は、努力の甲斐あって「今油ひきに、大人三人前を一手に引うけて鼻歌交り遣つて除ける腕」を持つまでに、職人として成長を遂げた。すでに指摘のあるように、「坂上の得意場へ誂への日限の後れしを詫びに行」くというような営業的役割も果たしている。その意味においては、「吉三はとにもかくにも堅気の住込み職人へと上昇を遂げたことになる」(9)。

しかし、〝「新網」から抜け出した吉三〟というベクトルで、彼を把握するにあたっては細心の注意が必要だ。吉三にとっての「新網」とは、いまだ過去形で語ることのできない場所であり、現在もなお、彼のありかたに大きな影響を与え、幸福な生というものから疎外するレッテルなのである。出自の問題があからさまな負のスティグマとして、今も吉三に作用し続けていることは間違いない。

たとえば、「生れると直さま橋の袂の貸赤子に出されたのだなど、朋輩の奴等が悪口をいふ」というくだりを見ても、差別的なまなざしがつねに彼を取り巻いていたことは明らかである。これは直接には、彼が孤児であることを揶揄する「悪口」であるが、当時の下層社会の状況をあわせて考えるなら、そんな生易しいものではない。「昨今の貧民窟─芝新網町の探査─」（著者不詳『報知新聞』明三十・十一・十三〜十二・十一）(10)には、「土方、人足、下駄の歯入れ」などとともに「子供の損料貸し」が、「貧民の職業」としてあげられている。「これは府下の大縁日の大道へ附木、マッチ等二、三個を併べて恵みを求むるもののため己が子を損料にて貸し与うるもの」で、家庭においても「夜中《やちゆう》縁日の大道へ袖乞いに出ずる盲人、跛《あしなえ》等の不具者に日貸しする小児らに泣き道《かた》を教ゆる」とある。「貧民窟の児童は彼らのための金庫にしてこの幼き手一つにて一家の生活を営む者割合に多きが如し」という。また、平出鏗二郎『東京風俗史（上）』（冨山房、明三二・十）(11)にも、「窮民の業」として「小児の損料屋」が登場する。「多くの棄遺児を養ひ、乞丐等に損料を徴して貸与する」者が下層社会には少なからず存するという。哀憐の情を誘うためにも「面の腫物に壊《ママ》れ膿汁など流れ出で、あはれ瘦せ細りたるが、更に借料の高きものなり」とあり、わざわざそうなるように育てるというあたりが無残である。一定の年齢をすぎると、男子であれば角兵衛獅子などに売るか、追放するという。

「母親も父親も空つきり当が無」く、傘屋に奉公する前は「角兵衛の獅子を冠つて歩いた」吉三にとって、「朋輩の奴等」の「悪口」はあまりにも生々しい現実である。「新網」―孤児―角兵衛獅子―「貸赤子」という連想は、安直であるがゆえに多量の毒を含み、吉三を打ちのめす。生まれ育った土地のからくりを目の当たりにして育った吉三自身、さらに悲しい連想をつらねる。

夫れなら己れは乞食の子だ、母親も父親も乞食かも知れない、表を通る襤褸を下げた奴が矢張己れが親類まきで毎朝きまつて貰ひに来る跳跛《びっこ》片眼《めっかち》の彼の婆あ何かゞ己れの為の何に当るか知れはしない（上）

「新網」は昔より「いわゆる願人坊主と言うものの巣窟」であるとの観察もある（著者不詳「府下貧民の真況」『朝野新聞』明十九・三・二四〜四・八）[12]。「不図見る処」十一、二歳にしか思えないという小柄な身体も、幼少期からの慢性的な栄養不足による成長不良と解釈すべきであろう[13]。吉三は、身体の小ささのみによって「嘲けり」の対象となるわけではない。彼が「朝から晩まで」言われつづける「一寸法師」という仇名は、彼の出自に由来する侮蔑的な感情がこめられた、象徴としての烙印なのである。

「新網」出身の孤児として、彼が「乞食の子」であるかもしれないという危惧は、吉三にも「朋輩」にも、現実的な問題としてつねに意識されていたと考えられる。六年前の冬に吉三が拾われた経緯についても、口さがない周囲の人々に洗いざらい知られていたはずだ。吉三が「新網」で角兵衛獅子をやっていたということと、彼が孤児であるということは切り離すことのできないものであり、吉三が孤児であることを嘲笑する「朋輩の奴等」は、彼の出自そのものを問題とし、嘲笑しているのである。

つぎにあげる一節も同様の問題をはらんでいる。

吉や手前は親の日に腥《なまぐ》さを喰たであらう、ざまを見ろ廻りの廻りの小仏と朋輩の鼻垂れに仕事の上の仇を返されて、鉄拳に張たほす勇気はあれども誠に父母いかなる日に失せて何時を精進日とも心得なき身の、心細き事を思ふては干場の傘のかげに隠くれて大地を枕に仰向き臥してはこぼるゝ涙を呑込みぬる悲しさ（中）

ここで吉三は、「鉄拳に張たほす勇気」があるにもかかわらず、「心細き事を思ふて」意気消沈し、「干場の傘のかげに隠くれて大地を枕に仰向き臥してはこぼるゝ涙を呑込」むという反応を示している。「悲しさ」をどうしようもなく、言い返すこともできない吉三の横顔は、「町内の暴れ者」とは思えない寂しげなものだったであろう。この時、吉三が泣きながら思う「心細き事」が、たんに両親の心当たりがないという点にとどまらぬことはいうまでもない。先にあげた「朋輩の奴等」の「悪口」もあわせて考えるならば、この出自にまつわる問題というものは、「生意気」で口の立つ吉三を傷つけ、さげすむための切り札として機能しているのである。本来、尊重すべき親方の息子に対しても剥き出しの反感を隠そうとせず、殊更にまわりと軋轢をおこす鼻つまみ者としての吉三の内面には、「朋輩の鼻垂れ」にまで見透かされた「心細さ」が同居するのである。

三　ネガティブな自己認識

「新網」出身の孤児・吉三にとって、出自にまつわる不安な心情や肉親の欠如による寄る辺なさは、一人自分の心の奥底にしまっておくことが不可能なほどに切実なものであった。「例《いつ》も言ふなる心細さを繰返せば」とあるとおり、つねに彼はお京相手にその話題を持ちだし、「心細さ」を訴え続けるのである。（上）において、「火なぶりをしながら身の上を歎く」吉三の言葉に耳を傾けてみよう。

己れは何うしても出世なんぞは為ないのだから。（中略）誰れが来て無理やりに手を取つて引上げても己れは此処に斯うして居るのが好いのだ、傘屋の油引きが一番好いのだ、何うで盲目縞の筒袖に三尺を背負つて産《で》て来たのだらうから、渋を買ひに行く時かすりでも取つて吹矢の一本も当りを取るのが好い運さ（上）

吉三が、これほどまでに「出世」を拒否する理由、その真意について、これまでさまざまな言及がなされてきた。右の引用のほかにも、「己れなんぞ御出世は願はないのだから」という台詞がみられ、その歯切れのよい語調から、純粋で無垢な吉三が積極的に、打算に満ちた世俗の価値観に反逆し、明治的な立身出世主義を否定しているのだとの見解がある。(14) あるいは、「すでに最下層から職人階層へと上昇した吉三は、これ以上の『出世』を望むことは本意ではない」として、そこに「吉三のホンネ」をみる関礼子氏の見解や、自分に「出世」の可能性・選択肢が閉ざされていることを、「誰よりも知っているのが吉三自身であった」という菅聡子氏の見解もある。(15)「恩ある人」への義理を果たすために「此処を死場と定め」、吉三が腕を磨いてきたというこれまでの経緯も無視することはできないであろう。

しかし、右の発言が「身の上を歎く」という文脈でなされていることに、もっと注意をはらわなければならない。吉三が繰り返し訴えつづける「心細さ」を根本におき、彼の言動を照射するならば、そこから浮かび上がってくるのは、彼のパーソナリティに深く根をはる劣等感である。吉三は傘屋の油引きという仕事に満足しているわけではなく、現実にこれ以上の「出世」が不可能というわけでもない。「面白くも無い油引き」が、自分のような人間にはふさわしい「好い運」だと考えているにすぎないのだ。

吉三は、現在の自分に対して肯定的な評価をなし得ていない。「此様な野郎が糸織ぞろへを冠つた処がをかしくも無いけれどもと淋しさうな笑顔をすれば」というくだりをみても、吉三の屈折したセルフ・イメージは明らかである。それはたんに、身体の矮小性に由来するものではない。「乞食の子」かもしれないという非情な現実を目の前に突きつけられ、自分は誰なのか、どこから来たのかという問いに満足できる答えが見いだせないまま、劣等意識を飼いふとらせた吉三は、成熟し、成功（「出世」）した大人としての自己を夢見ることができないのだ。吉三のなかにわだかまり続ける「心細さ」が、彼のアイデンティティ形成にまで大きな影響を与えているのである。

（上）の末尾も同様である。そこには、「打しをれ」る吉三の姿が描かれている。男性で、立派な腕を持ちながら過去にとらわれる吉三は、お京の「励ま」しにも応えようとせず、うなだれるばかりである。

お京さん己れが本当に乞食の子ならお前は今までのやうに可愛がつては呉れないだらうか、振向いて見ては呉れまいねと言ふに、串談をお言ひでないお前が何のやうな人の子で何んな身か夫れは知らないが、何だからとつて嫌やがるも嫌やがらないも言ふ事は無い、お前は平常の気に似合ぬ情ない事をお言ひだけれど、私が少しもお前の身なら非人でも乞食でも構ひはない、親が無からうが兄弟が何うだらうが身一つ出世をしたらば宜からう、何故其様な意気地なしをお言ひだと励ませば、己れは何うしても駄目だよ、何にも為やうとも思はない、と下を向いて顔をば見せざりき。（上）（傍線引用者、以下同様）

夢のない暮らしに追われながら忙しく働くお京は、自分が「何のやうな人の子で何んな身か」にこだわり続け、「例も言ふなる心細さを繰返」す吉三のことが、歯痒くて仕方なかったのであろう。「私が少しもお前の身なら非人でも乞食でも構ひはない、親が無からうが兄弟が何うだらうが身一つ出世をしたらば宜からう」というような、吉三にとってたいへん手厳しい言葉で、前向きに生きるよう「励ま」している。「油引き」に冴えた腕を見せる吉三も、傘職人としてさらに、複雑な工程を積極的にマスターする必要があるし、小僧から徒弟職人への上昇をはたした後も、番頭、あるいは独立へというような、職人としての「出世」の道が残されている。そのような目標を持って努力せよと、お京は「打しをれ」る吉三を鼓舞するのである。

ところが、劣等感に固執する吉三の心には、お京の「励ま」しも届かない。幸福な生からの疎外感を強く抱き、無力感にとらわれた吉三は、「己れは何うしても駄目だよ、何にも為やうとも思はない」というような、後ろ向きの発想から逃れることができないのである。ここにも、吉三のたいへんネガティブな自己認識の構造があらわれているといえよう。(16)

四　出会わない言葉

吉三はこれまで、「置ざり」の寂しさ、みじめさを味わい続けてきた。傘屋の先代のお松に偶然拾われたのも、「足が痛くて歩かれないと言ふと朋輩の意地悪が置ざりに捨てゝ行つた」のが原因であったし、角兵衛獅子の親方にも、結局そのまま見捨てられたようである。また、自分が両親に捨てられたのかもしれないという思いは、孤児の吉三の心に打ち消しがたく存在したであろう。

「新網」を抜け出してからも、吉三が経験した幾つかの出会いは、彼の寂しさを完全に埋めてくれるものではなかった。「いろ〳〵の人が鳥渡《ちよつと》好い顔を見せて直様《すぐさま》つまらない事に成つて仕舞ふのだ」と吉三自身述べているように、「能い人で有つた」先代のお松は、「吉や〳〵と」目をかけてくれたものの、二年目には中風で亡くなってしまうし、「可愛がつて呉れた」紺屋のお絹も「お嫁に行くを嫌やがつて裏の井戸へ飛込んで仕舞つた」。「新網」という苛酷な環境の中で、両親の顔も知らずに育った吉三は、ようやく心を開き、信頼し得る相手が見つかっても「直様」、永訣という取り返しのつかない出来事によって「置ざり」にされ、寂しい思いをかさねてきたのである。吉三が再三「心細さを繰返」すのも、「己れは何うしても駄目だ」というような疎外感・無力感を抱くのも、そういった彼の人生行路が背景に存在するのである。読者の目の前には、宿痾のように孤独をひきずる吉三がいる。

そのような、吉三のありようを念頭におき、つぎにあげた一節を見てみよう。

> 四季押とほし油びかりする目くら縞の筒袖を振つて火の玉の様な子だと町内に怕がられる乱暴も慰む人なき胸ぐるしさの余り、仮にも優しう言ふて呉れる人のあれば、しがみ附いて取ついて離れがたなき思ひなり。
>
> （中）

自分の「心細さ」を「慰むる人」がどこにもいないという絶望的な事実は、暗い衝動として吉三の内部でとぐろを巻き、「乱暴」な行動を誘うことになる。頼るものもなく、孤独を強いられた吉三の寂寥は、「町内の暴れ者」という表現をとる以外に方法がなかった。お松やお絹との交歓がもたらした束の間のやすらぎが、かえって吉三の寂しさを深める結果となってしまったのであろう。

しかし、誰彼かまわず喧嘩を吹っかけ、偉そうな口をたたく「一寸法師の生意気」の内面になど、誰が注意を払うものか。「胸ぐるしさ」を持て余し、「疳癪」を起こす吉三はますます孤立し、「嘲けり」や「翻弄《からかひ》」の対象となる。「平常《ふだん》優しい事の一言も言つて呉れる人が」、それだけで「母親や父親や姉さんや兄さんの様に思はれ」るという言葉も、あながち誇張とは思えない心境に、吉三は追い込まれていったのである。そのような経緯の果てに、吉三とお京の出会いは設定されているのである。

「仕事屋のお京は今年の春より此裏へと越して来し者なれど」とあるように、吉三とお京の出会いは今春。小説内現在は年末であり、彼らの交流はわずか十カ月たらずのものである。だが、「仮にも優しう言ふて呉れる人のあれば、しがみ附いて取ついて離れがたなき思ひ」をつのらせていた吉三にとって、時間の短さなど問題ではない。優しさへの渇仰というべき心境を持て余す吉三の前にあらわれた「年頃二十余りの意気な女」・お京は、彼の孤独を癒す格好の対象であった。「戯言《じやうだん》まじり」にせよ「私は此様ながら〳〵した気なれば吉ちやんの様な暴れ様が大好き」と「愛想を見せ」るお京に、吉三は性急に傾斜していき、「入浸る」ようになる。そして、彼女を「姉さん同様に思」うようになったのである。

だが、ここで一つ問題が生じる。本論冒頭でもふれたように、吉三の過剰な思いが先行し、二人の関係が不均衡となるとともに、コミュニケーションが不全となっているのである。それは、お京の妾奉公をめぐって顕在化する。ここからはしばらく、お京を中心に考察を進めていこう。

＊

十二月三十日の夜。偶然、横町の角で出会った吉三に、お京ははじめて妾奉公の話を切りだす。弾む心を押さえかねたお京は、途方に呉れ「呆れ」る吉三の表情にも気づかない。「不審を立て」問いただす吉三に彼女は、明日「移転《ひつこし》をする」と告げ、「兎も角喜んでお呉れ悪るい事では無いから」と言うのである。「何時かお前が言つた通り上等の運が馬車に乗つて迎ひに来たといふ騒ぎだから彼処の裏には居られない、吉ちやん其うちに糸織ぞろひを調へて上るよ」というお京の台詞は、先行研究においてしばしば問題にされてきた。妾奉公を「上等の運」と表現するお京の感覚が、彼女の出世観を示すメルクマールとして取り沙汰されてきたわけである。しかし、今さしあたって問題にしたいのは、そのことではない。「何時かお前が言つた通り」という、お京の話題の切り出し方についてなのである。これは、「何時かお前が言つた通り」とあるように、（上）におけるつぎのような吉三の言葉を受けたものである。

お前さんなぞは以前《もと》が立派な人だと言ふから今に上等の運が馬車に乗つて迎ひに来やすのさ、だけれどもお妾に成ると言ふ謎では無いぜ、悪く取つて怒つてお呉んなさるな（上）

一見して明らかなように、ここで吉三は妾奉公を否定しており、そのように「悪く取つて怒つてお呉んなさるな」とまで念を押している。漠然と、お京が安定した仕事を得るとか、良縁に恵まれるというような図式を思い浮かべていたであろう吉三は、話しながら、お京のような「一人住居」の独身女性にとって、ややもすれば妾奉公が「上等の運」と見なされることがあると気づき、このようにわざわざ断っているわけである。吉三の意識の中では、妾奉公は「上等の運」と呼べるものではなかった。だが、それがなぜ「何時かお前が言つた通り」というようにねじ曲げられてしまったのであろうか。先にあげたお京の台詞が、（上）の一連のやり取りと呼応していることは間違いないが（傍線部分の表現もほぼ同一である）、それは大きな矛盾をはらんだものである。

さらに付け加えるなら、右にあげた吉三の台詞に続く、お京の言動もまた問題を抱えたものであった。

左様《さう》さ馬車の代りに火の車でも来るであらう、随分胸の燃える事が有るからね、とお京は尺《ものさし》を杖に振返りて吉三が顔を守りぬ。（上）

ここでお京は、「上等の運が馬車に乗つて迎ひに」来るという上昇（「出世」）のイメージを否定し、「火の車」がやって来るというような下降のイメージが、自分にふさわしいものだと語っている。将来的な展望もなく、厳しい労働に明け暮れるお京であってみれば、そのこと自体にさしたる不思議はない。

しかし、「左様さ」という相槌は、右にあげた吉三の言葉のどの部分を肯定するのであろうか。特定が困難な箇所ではあるが、彼女が「馬車」という上昇のイメージを打ち消している以上、吉三の台詞の前半部分ではありえない。吉三が本来伝えたかったのは、自分のような「身の上」の者とは違い、「以前が立派な」お京なら、「今に上等の運が馬車に乗つて迎ひに」来るに違いないという心からの言葉であった。しかし、それをあっさりと否定しているわけであるから、彼女は「お妾に成ると言ふ謎では無いぜ」という言葉にうなずいてみせたと考えざるを得ないのである。

二人のやり取りがまったくかみ合っていないことに注意しなければならない。妾奉公など「上等の運」に数えるつもりはないという吉三の発言の意図を完全に取り違え、おそらくお京は、それすら望むべくもないという意味で、彼の言葉に相槌を打っているのである。「お妾に成る」ことすらかなわない自分にふさわしいのは、「馬車」ではなく「火の車」ぐらいのものだと。

ここでお京は、吉三が打ち消そうとしたまさにその意味において、「お妾に成る」という言葉をとらえている。「上等の運が馬車に乗つて迎ひに」来るという上昇のイメージには、当然「お妾に成る」ことが含まれているという先入観がお京にあり、そうしたずれが二人の会話をちぐはぐなものにしているのだ。吉三とお京と間には、「お妾に成る」ということをめぐって見解に大きな隔たりがある。吉三も、彼に背中を向けながら仕事の手を動かすお京も、そのことに気づかないまま会話が見かけ上、成立しているのである。そして、このやり取りの後、お京はようやく振り返り、吉三の顔を見守るわけであるが、言葉の齟齬にも気づかず、彼女はこの夜の会話を記憶に刻み付けてしまう。だからこそねじれが生じ、先の「何時かお前が言つた通り」という言葉で、彼女は妾奉公を切り出したのである。

込み入った解釈であることは否定しないが、（上）と（下）のつながりにねじれ（矛盾）があることもたしかである。このねじれを解きほぐし、お京の思考をたどろうとするならば、右のような齟齬に着目して自分なりの答えを与えていくしかないのである。妾奉公をめぐって、彼らの言葉は互いの胸に届いていない。言葉が出会わないままに、この話題はお京の心の中で、おりのように沈澱していくことになる。

＊

妾奉公というお京の選択についてはさまざまな議論がある。それが積極的な選択であったのかどうか、どう評価すればよいのかを中心に、これまで論じられてきた。高田知波氏の指摘どおり(17)、「わかれ道」の定稿完成に至るプロセスの中で、「妾奉公承諾の理由」を含めた「お京の身の上に関する一切の言説」がテクストから消去されているわけであるから、判断のわかれるところであろう。

だが、情報が少ないだけによけい、解釈に論者自身の性の商品化をめぐるパラダイムや、その他の先入観が影響を与える危険性が高くなる。「何も私だとて行きたい事は無いけれど行かなければ成らないのさ」などの台詞をみるかぎり、お京自身、広い意味での堕ちていくという意識を持っているのは確かであるが、その「決心」を単純に悲劇で染めぬくことや、自堕落として裁断することは避けなければならない。

まず、確認しておきたいのは「お京の機嫌良さ」（関礼子）である。（下）における、お京の「忍び笑ひ」や目隠しといった浮き立った言動は、やはり彼女の心の高ぶりを想像させるものである。この態度が「偽りのもの」であり、「自ら選択した道を自身に納得させるためのいわば手続きをふんでいたのである」との見解もあるが[18]、意に満たない選択であるならば、嫌な相手との顔合わせの帰りに（「例《いつ》に似合ぬ宜き粧《なり》」はそのためのものだろう）、わざわざ自分から浮ついた行動を取ることは不自然だと考えられよう。あの夜、お京は吉三をやり過ごしてしまうことも可能だったわけである。

また、風当たりの強さは承知の上で、「夫れでも吉ちゃん私は洗ひ張に倦きが来て、最うお妾でも何でも宜い、何うで此様な詰らないづくめだから、寧《いつ》その腐れ縮緬着物で世を過ぐさうと思ふのさ」というお京の台詞に込められた実感は、無視できないものである。先に述べたように、「お妾に成る」ことを「上等の運」ととらえていたお京は、たとえそれが万人の首肯する選択ではないとしても、前向きに自分の人生として選び取ったのではないだろうか。吉三も言うように、「女口一つ針仕事で通せない事もな」いのは確かであるが、それが苛酷な労働を要求するのも事実である。この先ずっと社会的な偏見にさらされるにせよ、仮借ない自由と引き換えに経済的な安定を得たことによって、お京が幸せな気持ちになれたとしても、誰れもそれを責めることはできない。夢のない生活に疲れたお京の選択を「したたか」とし、「内面の浅薄さ」を云々するのは酷というものである[19]。私たちは必ずしも、お京の選択に対する道徳的判断を迫られているわけではない。

それでは、お京が「過去の辛苦についても現在の心境についても何ひとつ明かそうとしない」のは何を意味するのか。「お京から告白的要素が削り落とされねばならなかった理由」について高田知波氏は、妾奉公という選択が「彼女の半生全体にかかわる自嘲・自虐の念や屈辱感等がさまざまに入り雑じった複雑な感情の中で選んだ結論」であったからこそ、「告白が涙と結合するものであることを体験的に知った上で泣かない決意にまで到達しているお京はあえて〝笑う女〟として（下）の章に姿を現し」、みずからに告白を禁じたのだと指摘している。だが、お京の沈黙がそのような「悲壮な決意によってかろうじて支えられている」という高田氏の見解は、深読みに過ぎるのではないだろうか。むしろ私は、彼女が吉三に理解を求めようとしないのは、その必要を認めてはいないからだと考える。

そもそも、お京はなぜ十二月三十日の夜になってはじめて、妾奉公の話を吉三に打ち明けたのであろうか。いよいよ「明日あの裏の移転をする」というその夜まで、吉三に何も言わなかったのはなぜか。もしこの夜、二人が偶然出会わなかったなら（吉三の帰りがもう少し早かったなら）、彼女は言葉もかわさないまま、吉三の手の届かない所へ行くつもりだったのであろうか。

お京の妾奉公をめぐって、吉三が主人の息子の半次と「大喧嘩を遣つた」のはすでに一昨日のことである。その時点で、「仕事やのお京さんは八百屋横町に按摩をして居る伯父さんが口入れで何処のかお邸へ御奉公に出るのださうだ」という情報を半次が口にしたのは、店子のお京から傘屋に対して、何らかの挨拶があったということであろう。仕事屋には不釣り合いな「お高僧頭巾」や「風通の羽織」の支度にも、ある程度の時間的余裕が必要だったはずだ。

さらに、この夜の彼女の態度にしても、ずいぶん奇妙なものである。「己れはお前が居なくなつたら少しも面白い事は無くなつて仕舞ふのだから其様な厭やな戯言《じやうだん》は廃しにしてお呉れ」という吉三の言葉は、掛け値なしの真実であるし、彼の「心細さ」についてもお京はつねづね聞かされていたはずだ。言葉を尽くし、反撥をあらわにして断念を求める吉三のせつなさは、読者にも十分伝わってくる。

にもかかわらず、お京までもが自分を「置ざり」に「捨て丶行《ゆく》」という事実に打ちひしがれ、うなだれる吉三に対し、彼女はつぎのように言うのである。

お前は何うかおしか、何だか可怪《をか》しな様子だね私の言ふ事が何か痛にでも障つたの、夫れなら其やうに言つて呉れたが宜い、黙つて其様な顔をして居られると気に成つて仕方が無い（下）

物語の流れからすれば、これはずいぶん不可解な言葉である。吉三の「心細さ」を、最も理解しているはずのお京が口にしたとは思えないちぐはぐな印象を、読者に与えかねない表現である。お京は本当に、吉三の落胆する理由がわからないのであろうか。このよそよそしさをどのように解釈すればよいのか。

先入観を取り払った眼で素直に読めば、お京は吉三の心境にたいした関心を払っていないとしか考えられない。つまり、自分が妾奉公に出ると聞けば彼がどれほど気落ちし、寂しがるかなど、お京は気に掛けていなかったのである。徒然を慰めてくれるよい友達の吉三は、自分のとりあえずの「出世」を喜んでくれるだろう。そして、自分がそうであるのと同様に、別れを苦痛に感じたり、絶望したりはしない。そんなふうにお京は考えていたのではないだろうか。だからこそ、自分なりに決着をつけた問題に、他人である吉三が、なぜあれほどの反撥を示すのか、彼女には理解できなかったのだ。

それは、対立と呼ぶことすらできないものである。吉三の言葉はお京をなんら動かすことができないのだ。わずか十カ月ばかり前に引っ越してきたお京は、「何時となく心安く」なった吉三が「毎夜」のように訪れるのを、愛想よく受け入れていた。しかし、生まれ育った環境も、現在おかれた状況も、大きく異なる年下の吉三に完全に心を許すところまで、関係は深化していなかったというのが、実際のところであろう。説明らしい説明もないままに、妾奉公という道を選んだお京のよそよそしさの背景には、おそらく普段から吉三が、仕事のつらさや自分の将来について、思いのたけを打ち明ける相手にはなり得なかったという事実がある。お京の口から、謝罪の言葉が一言も発せられなかったという点にも、こうしたつながりの意外な薄さがうかがえるのではないだろうか。

結局、お京の人生において、吉三はあまり重要な役割を果たしていなかった。繰り返し、吉三の「心細さ」を聞かされながらも、その寂しさを共感できぬまま、お京は彼の目の前を通りすぎていくのである。明日の暮らしが見えない日々を不安にすごす彼女に、吉三の言葉と真正面から向き合うだけの精神的余裕がなかったということだろう。そして、最終的にお京は、「誰れも願ふて行く処では無いけれど、私は何うしても斯うと決心して居るのだから夫れは折角だけれど聞かれないよと言」い、断固とした態度を取ることになるのである。

五　別　れ

一葉の小説に登場する語り手が、「作中人物に癒着的な半話者」とよぶべき性質を持つことを指摘したのは亀井秀雄氏である。(20)「たけくらべ」の語り手を例にとり、自己意識（主体性）の一貫性の乏しさや、作中人物の「ことば」に自分の声を重ねて表現を進めてゆく」といった特徴を明らかにする亀井氏の手並みは鮮やかであり、本テクストを考えるにあたってもたいへん示唆的である。「わかれ道」の語り手はどこにいるのか。棚田輝嘉氏も指摘するように(21)、語り手は吉三に半ば「癒着」していると考えることが可能である。「わかれ道」の表現上の特徴として、お京にまつわる情報の提示が極端に少ないことがあげられる。彼女の内面も過去も、妾奉公に至る経緯にしても、語り手が示す情報の範囲は極端に狭い。亀井氏の指摘を媒介に飛躍を恐れずいえば、「わかれ道」において、お京の内面やパーソナルな情報がほとんど描かれていないのは、吉三がそれを知らないからだと考えられないだろうか。実際のところ、吉三に見えないお京の内面、吉三の知らないお京の過去、そういったものはテクストから徹底的に排除されている。吉三があまり関心を示さないからこそ、「わかれ道」の語り手は、お京の内面に踏み込もうとしないのではないだろうか。

吉三の「心細さ」やネガティブな自己認識については既に述べた。強い孤独感を抱き、「優しう言ふて呉れる人」の出現を痛切に願っていた吉三は、目の前にあらわれたお京に急速に傾いていった。（中）における「職人ども」とのやりとりを見てもわかるように、自分は誰なのか、どこから来たのかという問いにこだわり続ける吉三にとって、お京との関係は、「心細さ」を満たしてくれるのみならず、アイデンティティを補完するものですらあった。吉三が吉三であることにおいて、お京の果たす役割はたいへん大きなものだったのである。

だが、優しさを盲目的に希求するあまり、吉三には、現実のお京が見えなくなっていた。ひたすら自分の「心細さ」を訴え、孤独を埋めようとする吉三には、自分も彼女の支えになろうという意識などまったく芽生えていなかったのではないだろうか。一方的に、自分の内部にわだかまる言葉をぶつけながら、吉三もまた生身のお京と向き合うことがなかったのである。

「わかれ道」は悲しい物語である。「我が身の潔白」を盾に、激しくお京の選択を非難する吉三には、そのような選択に至ったお京の日常や内面の葛藤は見えていない。お京にも吉三の寂しさは理解できない。結局のところ、彼らの言葉は最後まで出会うことがなかったのである。同じ場所、同じ時間を共有し、それぞれなりの安らぎを見出しながらも、ついにわかりあえぬまま、まじわらない二人は別れていくのである。(22)

注

(1) 山田有策、小森陽一、藤井貞和、戸松泉「共同討議　樋口一葉の作品を読む・わかれ道」『国文学』29―13、一九八四・十
(2) 注(1)に同じ。
(3) 関礼子「貧者の宵―『わかれ道』試論―」『文学』56―7、一九八八・七
(4) 横山源之助『日本之下層社会』は、岩波文庫版(一九八九・十二)に拠った。
(5) たとえば、関礼子論文(注3参照)など。
(6) 桜田文吾『貧天地饑寒窟探検記』は『明治前期の都市下層社会』(光生館、一九八一・十一)に拠った。
(7) 松原岩五郎『最暗黒の東京』は、岩波文庫版(一九八八・五)に拠った。
(8) 注(4)に同じ。
(9) 注(3)に同じ。
(10) 著者不詳「昨今の貧民窟―芝新網町の探査―」は、『明治東京下層生活誌』(岩波文庫、一九九四・九)に拠った。
(11) 平出鏗二郎『東京風俗史(上)』は、日本図書センター覆刻版(一九八三・三)に拠った
(12) 著者不詳「府下貧民の真況」は、『明治東京下層生活誌』(岩波文庫、一九九四・九)に拠った。
(13) したがって、「一寸法師」という設定に、吉三の「成長を拒否する潜在的願望」を読み、「それまでは年齢相応の背丈の少年だった吉三がお松の死を契機にして身体の発育が停止してしまったという経過があったことはほぼ間違いない」とする高田知波氏の見解(「『わかれ道』の位相」『駒沢国文』25、一九八八・二)には賛成できない。
(14) たとえば、愛知峰子「『わかれ道』論―一葉のふねのうきよ也けり―」(『解釈と鑑賞』60―6、一九九五・六)、

滝藤満義「『わかれ道』」（『現代文研究シリーズ17　樋口一葉』尚学図書、一九八七・五）、戸松泉（注1参照）、松坂俊夫「『わかれ道』」（『鑑賞日本現代文学②　樋口一葉』角川書店、一九八二・八）。「わかれ道」に「永遠に大人になることのない小児的ユートピア」を読む藤井貞和氏の見解も（注1参照）、このような吉三把握につながるものであろう。

（15）菅聡子「一葉の〈わかれ道〉―御出世といふは女に限りて―」『国語と国文学』70―2、一九九三・二

（16）ここに述べた、吉三のネガティブな自己認識は、彼自身のジェンダー・アイデンティティの形成をも困難にしているのではないかと考えられる。職人仲間が吉三とお京の関係を、浄瑠璃「桂川連理柵」のお半・長右衛門になぞらえ笑う場面を見てみよう。彼らの「翻弄」に対する吉三の反駁はずいぶん奇妙なものである。「男なら真似て見ろ」という啖呵に続いて彼が口にするのは、意外なことに、自分がいかに「男」として意識されていないか、二人の間に性的な匂いが払拭されているかというものだ。「茶棚の奥の菓子鉢の中に、今日は何が何箇ある」かを知っていることが、どうして「男」としての自慢になるのだろう。「夜るでも夜中でも」入れてもらえるのは、お京が彼を「男」として扱っていない証拠ではないのか。十六歳という年齢に見合った成熟を見せてしかるべき吉三の言葉が、（ことの善し悪しは別にして）「男」がまねるべき規範からかなりずれたものであることは明らかである。世間一般において、「大人三人前」の腕を持つ十六歳の傘職人と、「年頃二十余りの意気な女」の間で演じられるべき男女の関係がどのように認識されているか、彼にはいまだ理解できないのだ。二人の関係を、性愛も当然含まれた大人の恋仲になぞらえた、職人仲間の下卑た「翻弄」がずらされることによってはからずも、吉三のイメージする「男」がマスキュリニティ（男性性）からどれほど隔たっているか露呈するのである。

ここでいうジェンダー・アイデンティティの形成とは、自分が男／女であることを自己認識の一部または中心に位置づけ、その社会で承認された性役割を習得（内面化）するというような意味であるが（井上輝子「日本の女性学と『性役割』」『日本のフェミニズム③　性役割』岩波書店、一九九五・一）、みずからが引き受けざるを得ない性役割というものに通じておらず、性的にも未成熟な吉三のありようは、彼のセルフイメージが否定的であることと深い関係があると私は考えている。

（17）注（13）参照。
（18）注（15）に同じ。
（19）藤井淑禎「わかれ道」『解釈と鑑賞』45―1、一九八〇・一
（20）亀井秀雄「口惜しさの構造」『感性の変革』講談社、一九八三・六
（21）棚田輝嘉「樋口一葉『わかれ道』―語り手の位置・覚え書―」『考』1、一九八五・六
（22）このような別れのありようは、「ゆく雲」におけるそれと類似性が高く、ひいては一葉の残したテクストの根源的なモチーフにつながっていくのではないかと私は考えている。「ゆく雲」については、第六章「『冷やか』なまなざし―『ゆく雲』を読む―」を参照されたい。

第十二章　物語ることの悪意
――「われから」を読む――

一　はじめに

わかりにくさが指摘される「われから」ではあるが、さまざまなエピソードに日時や人物の年齢、結婚後の年数などが書き込まれており、それが、出来事を正確に理解するためのインデックスとなっていることに目を向ける必要がある。三章後半～七章にかけての「美尾の物語」も、これら、ひろい意味での〈日付〉を手がかりに整理していけば、美尾の変化のプロセスがある程度、理解できるようになっている。一章～三章前半・八章～終章にかけての「町の物語」も、ある「霜夜」から始まり、年末にかけて事態の急展開していく様は、〈日付〉を念頭に置かず漠然と理解したのでは読み誤る可能性があるだろう。

この〈日付〉へのこだわりは何故かと考えたとき、「われから」が、噂をめぐるドラマであることが重要なポイントとなってくる。噂の多くは断片的な、あるいは曖昧な情報が語り手／聞き手の興味・関心によって歪められ、増幅し、流通するものである。真実か否かが担保できないまま、しかし流通していること自体が真実性を保証するかのように見なされ、共有されていく。噂とは、巻き込まれた人を傷つけ、大きなダメージを与えかねない危険なメディアである。ことに、「われから」の場合がそうであるように、悪意が含まれたとき、そこでは言葉というものの持つ暴力性があますところなく発揮される。

対抗するすべはあるのだろうか。いったんインターネット上に流出した個人情報が、無限に複製され続け、どこまでも漂流し回収するすべがないのと同様に、町をめぐる噂をとどめる手段はないように思われる。人の口に戸は立てられず、もはや、彼女の名誉を回復することも、現状復帰も望めない。自分は噂を口にしないという良識ある態度を守ったとしても、暴力の前で、それはあまりにも無力だ。

次善の策といえるかもしれないが、本論では「われから」に書かれた出来事の正確な把握をめざし、あわせて、悪意ある噂を意図的に、過剰に内包した小説としての「われから」の戦略に迫りたい。噂の存在について語ること自体が噂を煽る所作とならないよう、あたう限りの注意を払いながら。

＊

ところで、入れ子型になっているという構成上の問題もあり、〈日付〉を念頭に置いたとしても「われから」が、読み取りづらい小説であることは間違いない。一〜三章前半までの上段が町の日常を描き、三章後半〜七章の中段が失踪に至る美尾と与四郎の結婚生活を、八章以降の下段でふたたび町が金村家を追われるまでを描くというように、全体は三段にわかれているが、それぞれの段の相互のかかわり方がうまく把握できないというのがまず問題としてある。

三章前半まで、「贅沢」が身につき、美人で「いまだに娘の心が失せ」ない町の日常を描いた後、語り手はその父親がかつて「赤鬼の与四郎」と呼ばれ、一念発起の後、「人の生血をしぼ」るような半生を送り財を築いたことを紹介する。小説の展開からすれば中段は、上段で語られた現在の町の、美貌や裕福さなどの由来を説明するものとして語り始められたことになるのである。そこから、何を契機として与四郎が、そのような変貌を遂げたかを説明するために、語り手は「われから」の三分の一を費やし、妻の美尾がかつて与四郎を裏切り、生後間もない娘の町を残して失踪したことを語っていく。これらはまた、下段で語られた町の淋しさ・心細さが何に由来するかの説明となっているだろう。愛する美尾に裏切られ与四郎が蓄財に没頭した結果として、現在の町の裕福さがあるが、「母親似の面ざし見るに癇の種とて寄せつけも致されず、朝夕さびしうて暮し」てきたと町自身が語るように、美しい母親にたいへんよく似ていたため彼女は父親から疎まれ、その淋しさを埋めるために「機嫌かひの質《たち》」が形成されたことがわかる。下女達に囲まれて育った町にとって、「人に物を遣り給ふ事」は他者との関係を結ぶ有効な手段であった。また、孤独な生い立ちから結婚してもなお、夫に「捨てられは為ぬか」とおびえ、心細さを感じるという、現在の町の心境も理解しやすい。

だが、そのように説明したとしても、上段―中段―下段の関係性というものは、正直なところうまくのみ込めない。なぜなら中段は、妻に裏切られた与四郎の物語ではなく、失踪に至る美尾の物語になっているからである。読者が中段で、美尾の葛藤に共感するにせよ反撥するにせよ、彼女の失踪に至るプロセスを読み、何らかの手応えを得るにもかかわらず、一方で「町の物語」は独立した展開を見せるのである。両者の接続に関し、ストーリーレベルでの説明はうまく機能せず、それぞれをどのように位置づければよいかわからないのである。正直なところ、町の現在を説明するためであれば、中段にあれほどのボリュームは必要なかったといえる。

むろん、それぞれが独立した意味を持つと考えることは可能である。「女にとって生きづらい明治社会の現実を、境遇の異なる二女性を通して描きたかった」(1)というように受け止めることもできるかもしれない。だが、そのような説明にも、実感として納得いかないものがある。

「われから」における「美尾の物語」の挿入は、どのようなねらいがあったのか。何のためにあれほど長い「美尾の物語」が語られなければならなかったのだろう。町の現在について、さほど多くのことを説明してくれるわけではない「美尾の物語」を長々と語るのは、そこに、ストーリーレベルとは異なった必要性を想定した方が妥当ではないだろうか。全く違う発想で、中段はあれだけのボリュームが必要になったと考えるべきではないか。まずは、この点を考えるところからはじめたいと思う。

二　曖昧なままに語る

そもそも美尾が、失踪に至る葛藤を抱えるようになったのは、「万づに淡々しき女子心を来て揺する様な人の賞め詞」のためであった。そういう意味で私たちは、「はかなき夢」に心を狂わせた美尾を責めることができない。美しい女性を伴侶にしたいと願い、好色なまなざしを向ける「世間」とは私たちのことだ。彼女は、自分に向けられた他者のあからさまな欲望をなぞらされているに過ぎない。乳飲み子を置いて失踪するというのは確かに、美尾自身の倫理の欠如を問われる事態に違いないが、「一つは世間の持上しなり」とあるように、たまたま美しく生まれついたというだけで、美尾に無責任な欲望にまみれた視線を向け、傷つけ、葛藤を誘ったのは「世間」なのだ。

「浮世に鏡といふ物のなくば、我が妍《かほよ》きも醜きも知らで、分に安じたる思ひ、九尺二間に楊貴妃小町を隠くして、美色の前だれ掛奥床しうて過ぎぬべし」とあるように、「高品に美くしき」美尾ではあっても、結婚してしばらくは「身分は高からずとも誠ある良人の情心うれしく、六畳、四畳二間の家を、金殿とも玉楼とも心得て」いた。にもかかわらず、たまたま自分が生まれついて優れた「容貌」を持ち、しかしそれゆえかえって「通りすがりの若い輩に振かへられて、惜しい女に服粧が悪るいなど哄然《どっ》と笑はれ」なければならないとすれば、「八円どりの等外が妻」として、美尾が「若き心には情なく」思い、貧しさを恨んだとしてもやむを得まい。「世間」

はあからさまに、彼女を嘲ってはばからないからだ。美尾がただ願うのは、人から馬鹿にされずにすむだけの与四郎の「出世」である。「其為になら内職なりともして御菜の物のお手伝ひは」するつもりでいた。

美尾の人生にとってひとつの転機となったのは、結婚四年目の春、四月十七日のお花見の際に、「何処の華族様なるべき」というような、贅をこらした男女の様子を目にしたことだ。


はかなき夢に心の狂ひてより、お美尾は有し我れにもあらず、人目無ければ涙に袖をおし浸し、誰れを恋ふると無けれども大空に物の思はれて、勿体なき事とは知りながら与四郎への待遇《もてなし》きのふには似ず（四）

美尾の葛藤が、明確な形を持ちはじめたのがこの時である。彼女の抱いた「はかなき夢」は、分不相応なものであったが、しかし、あながち夢でもないことは、彼女が失踪にあたって「手の切れるやうな新紙幣《あたらしき》をばかり、其数およそ二十も重ねて」置いていったことからも明らかだ。金額は不明ながら、「見る人毎に賞めそや」されるほどの「容貌」とは、相応に価値あるものなのだ。そして翌二月、「梅見の留守」の出来事が、事態をさらに展開させる。

ところで、三章後半には、与四郎が梅見に興じている間に無断で家を空け、丸一日にわたり帰ってこなかった美尾の、説明と謝罪が記されている。母親が危篤となり呼ばれ、看病で連絡すら出来なかったのだとする具体的な釈明が綻びを感じさせないため、機嫌の悪かった与四郎も疑いを抱かず、かえって美尾の母親の身を案じるわけであるが、このエピソードを閉じるにあたって語り手は、わけ知り顔で「与四郎は何事の秘密ありとも知らざりき」（傍線引用者、以下同様）と付け加える。さらに五章には、現状への不満から与四郎を強い口調で非難することもあった美尾が、この「梅見の留守」を境に、「兎角に物おもひ静まりて、深くは良人を諫めもせず、うつ〳〵と日を送つて実家への足いとゞしう近く」なるというように、態度を大きく変化させたことが記されている。ここから美尾が失踪するまでは、妊娠・出産をはさんでわずか一年。読者としては、三章末尾で突然あかされた「秘密」の存在が、美尾の失踪と何らかのつながりを持つと判断せざるを得ない。この、美尾失踪に至る「秘密」とは、いったいどのようなものだったのであろうか。

読者は、美尾失踪に至る経緯をそれなりに知らされてはいる。貧しさゆえの情けなさを味わい、引け目を感じさせられてきた美尾が、結婚四年目の春四月、「はかなき夢」に心を狂わせたのが第一ステップ。そして、翌年の二月に「お実家《さと》からのお迎ひとて奇麗な車」で出かけ、夫に無断で外泊するのが第二ステップである。その後、「物おもひ静ま」った美尾の妊娠が判明し、町を出産するのが十月十五日。年改まって二月に彼女は町を置いて突然、失踪する。

その間、繰り返し語られるのは、与四郎の不甲斐なさである。収入の低さやみすぼらしい外見、「碌でもなき根すり言」を言ったり「我れは懶怠者《なまけもの》の活地なしだと大の字に寝そべつて」ふて腐れるところなど、彼のマイナス面が強調されるとともに、「与四郎は何事の秘密ありとも知らざりき」、「与四郎は唯お美尾が身の病気《いたつき》に胸をいためぬ」、「心安きまゝの駄々と免して可愛さは猶日頃に増るべし」、「与四郎は心おごりて、（中略）放れぬ物に我れ一人さだめぬ」などと、妻の心変わりに気づかぬ迂闊さを語り手は何度も指摘する。それによって、美尾の抱える「秘密」の存在が読者に強く印象づけられることとなる。

しかし、実際のところ「秘密」の具体的な内容は、読者にもつまびらかにされない。

ありし梅見の留守のほど、実家の迎ひとて金紋の車の来し頃よりの事、お美尾は兎角に物おもひ静まりて、深くは良人を諫めもせず、うつ〳〵と日を送つて実家への足いとゞしう近く、帰れば襟に腮を埋めてしのびやかに吐息をつく（五）

「梅見の留守」の際、美尾の抱える「秘密」の存在を明言したのは語り手自身である。ところが右の引用のように、結婚五年目の「梅見の留守」が大きな転機となり、美尾の葛藤がひとつの出口を見いだしたと考えられるにもかかわらず、何があったかは、朧気にさえ語られない。「秘密」のさらなる展開を予感させるにもかかわらず、語り手は右の引用に続いて「されどもお美尾が病気はお目出度かた成き」と話題をはぐらかす。美尾の体調の悪さは妊娠のためだったかもしれないが、「与四郎は何事の秘密ありとも知らざりき」と言ったきり、「秘密」の行方について、読者の関心を知りながらも、詳細を語ろうとしないのである。

ところで、「梅見の留守」事件は、仲のよい夫婦の間に突然、持ち上がったわけではない。結婚四年目、四月十七日のお花見を契機に「はかなき夢に心の狂ひてより、お美尾は有し我れにもあらず」、まわりから見ればたしかに痴話喧嘩じみていたとしても、二人はしばしば激しく衝突するようになった。これまでとは様子の異なる美尾の振る舞いに納得いかぬ与四郎は、夫の「出世」を願い「心から泣いて、此ある甲斐なき活計《くらし》を数へ」る美尾の言葉を素直に聞くことができない。「美尾が様子の兎に角に怪しく（中略）さながら恋に心をうばゝれて空虚《うつろ》に成し人の如く」であるため、浮気すら疑い、「いよ〳〵真に其事あらばと恐ろしき思案をさへ定めて美尾が影身とつき添ふ如く守りぬ」というような状況下にあったのである。梅見から帰り、美尾の留守を隣家の妻から聞かされた与四郎が、即座に「不審の雲は胸の内にふさがりて」という心境になるところを見ても、当時の与四郎の不安は色濃い。

「さりとも憎くからぬ夫婦」の間のことであるから、喧嘩の後には仲直りがあり、「近処合壁つゝき合ひて物争ひに口を利く者は無かりし」とある。だが、与四郎の愛情にかわりはないとしても、「互ひの思ひそはそはに成り」信頼関係は損なわれていた。「物言へば頓《やが》て争ひの糸口を引出」すといった状態にあったのである。そのようなタイミングで、美尾の無断外泊は行われた。

そういう意味で、「梅見の留守」を、美尾が主導的な立場に立って計画的に行われたものと捉えることは困難だ。あらかじめ予定されていたことであれば、与四郎に不審を抱かれないよう手を打った上で家を空けるほうがリスクは少ないからだ。思いがけず、降って湧いたように美尾の身を襲った出来事として捉えない限り、丸一日にわたる不在は不用意にすぎる。

したがって、与四郎の気づかぬ「秘密」とは、発表当時より指摘があり(2)、現在もなかば通説となっているように、美尾の母が仕組んだものと考えるのが妥当かもしれない。最終的に、美尾は出所不明な手切れ金を残して失踪するわけであるから、「秘密」とは、美尾が裕福な男性の妾になるといった約束を指すのだろうか。日頃から「ある甲斐なき活計」に不平を漏らす娘の身を案じた母親により、美尾の知らぬところで先方との間に何らかの契約が交わされ、与四郎が「梅見の留守」のおり、何も知らされずに突然呼び出された美尾が因果を含められる。それをきっかけに、「実家への足いとゞしう近く」なるのも、母親が仲介役ならば当然の措置である。その後も、計画は着々と進行し、町の出産後に母親が先発、ひと月後に美尾が後を追う。すべて母親の差し金であると考えるべきだろうか。

しかしそのように解釈しようとしたとき、大きな障害となるのは、なぜ、母親は「お美尾の産前よりかけて、万づの世話にと此家へ入り込みつゝ、兎もすれば与四郎を責め」なければならなかったのかという問題である。共謀する美尾が「迂路〳〵する」ほどに憎まれ口をたたかねばならぬ必然性はどこにあるのだろう。半年以上も前からお膳立てした計画が、美尾の妊娠という事態を挟みつつそれでも予定どおりに進み、産後の美尾の体調さえ整えば、夫と子を捨てて新天地へ旅立たせようとたくらんでいたとすれば、かえって母親は、あのようなことを言わないのではないか。よほどの恨みでも想定しない限り、目の前の与四郎を欺き、むごい苦しみを与えるであろう計画を胸に、わざわざ「兎もすれば与四郎を責める」というのは理解しがたい。

六章冒頭よりはじまる母親の叱責は手厳しいものであり、現状に満足する与四郎への強い苛立ちが伝わってくる。しかし、そのような苛立ちは、奮起への期待があればこそ発せられるものではないか。子供が生まれることを機に自覚が芽生え、与四郎が変わってくれるのではないかとの期待が、あのように厳しいことを言わせると考えるべきではないか。

美尾失踪の経緯について、先行研究の多くがそうであるように、美尾の母親の主導で行われたと捉えたくなるのは自然である。先に述べたように、「梅見の留守」が美尾の独断だとすれば、不用意にすぎるからである。しかし、そのように捉えようとするなら、美尾の出産前に母親があれほど厳しく与四郎を責めたところが腑に落ちない。与四郎に内緒で娘を無断外泊させ、しかも翌日の夕刻まで引き留めるとなれば、よほど腹をくくった計画を準備しておかなければならないはずである。しかも、その後繰り返し美尾は呼び出されてもいる。そうであればもはや、与四郎に嫌みを言ったり、波風を立てる必要など無い。怪しまれるような振る舞いはかえって控えるべきで、母親の態度は道理に合わない。

むろん、母親が美尾の「秘密」を知らないのだと考えればつじつまは合う。母親にも内緒で、美尾が誰かと密会をかさねていたのだとすれば、何も知らない母親が娘の行く末を心配し、与四郎の不甲斐なさを責めたてたとしても不自然ではない。町が生まれた後、堂々と、自分の行く先を告げて彼女が旅立つのも後ろめたさがない以上、当然のことである。しかしそれもまた、「梅見の留守」の不用意さが隘路となるし、美尾が母親との口裏あわせもないまま、実家を口実に外出していたとなれば、あまりに大胆すぎるだろう。

また、先行研究においては美尾が、「西の京に御栄転」した「従三位の軍人様」に妾として迎えられたとの見解をしばしば目にするが、そのような人物さえ、実在するかどうか疑問である。美尾の母親が計画を主導、もしくは共謀しているとすれば、わざわざ追跡の手がかりを与えるであろうか。

	美尾単独の計画	美尾と母親の共謀	母親主導の計画
「梅見の留守」について	あまりに不用意すぎて、不自然	あまりに不用意すぎて、不自然	当初、美尾は知らなかったのだから、自然
実家を口実に美尾が頻繁に外出したこと	口裏を合わせていないとすれば危険すぎ、不自然	共謀しているのだから、自然	母親主導であるから、自然
母親が与四郎を責めたてたこと	母親は「秘密」を知らないのだから、自然	あまりに残酷で、不自然	あまりに残酷で、不自然
母親旅立ちの詳細について	隠す必然性がなく、事実	隠す必然性があり、虚偽	隠す必然性があり、虚偽
美尾の失踪について	母親とは別のどこかに失踪した可能性も	母娘二人でどこかへ	母娘二人でどこかへ

右の表のように、「秘密」＝失踪に至る経緯をめぐって、美尾単独の計画、美尾と母親の共謀、当初は娘に知らせぬまま母親が計画を主導したという、三つのパターンが考えられるが、どれもどこかしら難点を抱えている。ピースが足りないジグソーパズルのようであり、矛盾や余白が多すぎる。

しかもやっかいなのは、「梅見の留守」から失踪に至る一年の間に、美尾の妊娠の発覚・出産という出来事がはさまっていることである。妊娠の発覚が、すでに動き出していた計画の遂行にまったく何の影響も及ぼさなかったと考えることはできないだろう。また、生まれた娘の存在も、無視できないものである。美尾の「容貌」が「秘密」成立の鍵になっていたとすればなおさら、妊娠・出産のため、「秘密」がどのような曲折を見せたか、把握はますます困難となる。

むろん強引に、美尾失踪に至るストーリーを、書かれていることと極力矛盾しないように組み立てることは可能である。

美尾の将来と自分の老後のことを心配した母親が、あらかじめ娘に何も知らせずお膳立てをし、実家からの迎えの車を差し向ける。実家に到着した美尾ははじめてそこで計画を告げられ、驚くものの受け入れる。美尾が妾奉公をするのだとすれば、彼女を迎えに来た「金紋の車」は、相手の男性の経済的豊かさを物語るに違いない。そして、その日を境として、美尾は夫への態度を和らげるとともに、「実家への足いとゞしう近く」なる。これは計画の進展を意味するだろう。だが、美尾が妊娠したことで、計画は暗礁に乗り上げる。せっかくのお膳立てがだいなしになり、自分の老後も安泰ではなくなったため、身重の美尾の面倒を見る母親は、怒りもあらわに与四郎の不甲斐なさを責めたてる。ところが、町の出産と前後して、ふたたび計画が息を吹き返す。打ち合わせに従い、あらかじめ母親が与四郎の思いもつかない土地へ旅立った後、美尾もまた、手切れ金を残して失踪する。

しかし、以上のような解釈はあまりに恣意的で、深読みと批判されても仕方がない。決め手のないままに、このような飛躍が許されるなら、どのような読みも成り立つといわざるを得ない。

＊

美尾の失踪をめぐって、事実を見極めることはきわめて困難である。矛盾に突き当たり、「秘密」の詳細を知ることが出来ないまま、読者は宙づりとなる。「秘密」の存在を明言し、にもかかわらず語り手がみずから喚起した読者の関心に応えず、その具体的内容を明らかにしないためである。

事件の発端となる美尾の葛藤は具体的に描かれている。また、美尾の失踪という幕切れと、与四郎の変貌も描かれている。だが、読者は、そのあいだをつなぐものとしての出来事の真相＝「秘密」にふれることを許されない。繰り返し誘われながら、読者は拒まれるのだ。これはどのような効果をもたらすだろうか。

たとえば、出産の後、美尾が「日々に安からぬ面もち、折には涕にくる丶事もある」場面でも、「血の道の故」という彼女自身の言葉が紹介されるばかりである。失踪を間近に控えたこの時期の「涕」は意味深長であり、読者の関心はいやでも高まるが、しかしここでも、与四郎が迂闊にも「左のみに物も疑はず」といった様子であることを語るのみで、語り手は「涕」の理由を明かさない。〈謎〉をかけられた上で、肩すかしを食らわされた読者は、ますます好奇心をそそられるのではないだろうか。美尾と母親の行方もしかりである。

また、町が不義の子かどうかについても、判然としない。WHO（世界保健機関）は、最終月経が始まった日から数えて正常妊娠持続日数を四十週（二八〇日）とする。(3) 月経周期が二八日周期で一定している場合、最終月経日より十四日程度後が排卵日に当たるため、出産日が十月十五日なら単純計算上、受精日は二六六日前の、一月二二日前後ということになる。したがって、「梅見の留守」がわざわざ「如月」と明示されている以上、町を授かったのは「梅見の留守」以前である可能性が十分ある（ここでも〈日付〉が事実把握の手がかりとなる）。町が不義の子である可能性を示唆する目的なら、町の誕生日を一カ月遅らせるべきであろう。

　しかし、妊娠・出産をめぐっては個人差があり、与四郎の子だと結論づけることもできない。「十月十日《とつきとおか》」という表現もあるのに、曖昧なままに町を不義の子とする論考の存在には首を傾げざるを得ないが、微妙な時期にわざわざ「梅見の留守」が設定されていることも確かである。そのことが、多くの論者の関心を呼び、「テクストの表面には何も書かれていないのだが〈想像〉することは容易である」(4)というような、留保付きで根拠の薄弱なままの議論を招来するのだ。

　だが、「われから」においてはまさに、はっきり知らさないままに物語るということが必要だったのではないか。「秘密」をたんに語らないとするのではなく、中段においては〝曖昧なままに語る〟という方法がとられているのだと私は考える。空白を残したまま、断片化され統合不可能な事実の束が、微妙なバランスで配置されることがかえって、読者の興味を引き、関心をかき立てる。中段にあれだけのボリュームが必要だったのも、「秘密」をたんなる秘密のまま終わらせるのではなく、読者の興味をそそる〈謎〉とする段階を踏むためではないだろうか。そこから、読者はまるで促されているかのように、決して知りえないことを、語りはじめる。先行研究の多くがそうであるように、事実の確定が困難であることを口にしながらも、それでもあえて、自分の判断を語ろうとする。結果的にそれは、美尾のセクシュアリティと結びついた人格を取り沙汰することになり、「淫奔」(5)、「淫蕩」(6)というような偏見に満ちた残酷な表現が飛び交うことになるのである。

　後述のように、それこそがまさに、噂のメカニズムに巻き込まれるということなのだが、さらに上段（一〜三章前半）における「われから」の戦略を検討してみよう。

三　誤解を誘いながら語る

上段、特に二章における町と千葉のやりとりを解釈する際に注意しなければならないのは、語り手の提示する情報にノイズが混入していることだ。たとえば、「無骨」な「勉強家」である千葉は、真夜中すぎの「奥様」の訪問に、どう対応すればよいかわからず、緊張しているため、態度がぎこちないものとなっている。そのためか、彼の身を案じて町が火を熾そうと思い、「炭取を此処へ」と言っても、「書生はおそれ入りて、何時も無精を致しまする、申訳の無い事でと有難いを迷惑らしう、炭取をさし出して我れは中皿へ桃を盛つた姿」という、失礼とも思える態度をとってしまう。恐縮のあまり、町の親切に見合った振る舞いができないのである。町は、恐れ入るばかりの千葉の様子を察してか、「これは私が道楽さ」とみずから口にし、気の置けない態度をとる。

だが、そのようなやりとりを描いた後、語り手は町の振る舞いを「自慢も交じる親切」と意味づける。押しつけがましい、これみよがしな部分が含まれていると読者の注意を促すのである。そして、炭火を熾し「千葉もお翳《あた》りと少し押や」る町の仕草は、「奥さまは何のやうな働きをでも遊したかのやうに」と揶揄される。親切ぶりが鼻につくといわんばかりだ。

たしかに、町と千葉のあいだに「奥様」と書生という上下関係が存在する限り、彼女なりの心配りからどんなに親切な態度を取ったとしても、そこには権力関係が生ずるであろうし、「無骨一遍律義男」の千葉は恐縮するしかない。町にも、些細な好意を大げさに表現する欠点がないわけではない。だが、たとえ押しつけがましい行動に見えたとしても、町にすれば「此前に居た原田といふ勉強もの」が脳病になり、狂死するという取り返しのつかぬ出来事が忘れられず、千葉の身を案じないではいられないのだ。また、千葉にしても、母親代わりの姉のことを懐かしく思い出すと同時に、「有難きは今の奥様が情と、平常お世話に成りぬる事さへ取添へて、怒り肩もすぼまるばかり畏まりて有る」とあることから、町の親切を心から有難く感じていることがわかる。彼はただ、うまく表現できないのだ。そういう意味で、この場面は、恩情あふれる「奥様」とそれをありがたく思う書生の交流としてほのぼのと描写されても不思議はない。しかし、語り手はあえて読者の反撥を誘う表現を用いて、町の振る舞いに特定のニュアンスを付加するのである。

さらに、千葉と言葉を交わした後、町はそれまで自分の着ていた羽織を脱いで「千葉の背後より打着せ」る。その時、語り手は「人肌のぬくみ背に気味わるく、麝香のかをり満身を襲ひて、お礼も何といひかぬる」という、千葉の反応をそのままに付け加えるのだが、このような操作も、読者の感性に一定の枠をはめる効果を持つだろう。

むろん、純朴な千葉としては、女性の肌の感触をじかに伝えるような町の行為は動揺を誘うものであり、さらなる緊張を強いられたであろう。「人肌のぬくみ」を「気味わるく」感じたのも、正直な生理的反応だったに違いない。朴訥な「勉強家」ならではというところであり、町も少し配慮が欠けていたかもしれない。

しかし、千葉がそのように感じたことを、あえて付け加えたなら、夜寒を思いやり、きちんと断った上で、自分の羽織をわざわざ打ち着せる町の心遣いは、よけいなお世話であったと感じられはしないか。自分がなぜ一介の書生にすぎない千葉の身を案じるのか、説明した上で示した親切はあだとなり、歓迎されざるお節介に成り下がる。悪意を含んだ、付け加える必要のない情報があえて付け加えられることで、町の心遣いは別のニュアンスを持つようになる。すべては、「奥様」の自己満足にすぎないという印象を与えるのである。また、若い男性として、千葉のセクシュアリティがあのように反応するのは仕方がないが、それがこのように印象の強い表現で唐突に突きつけられることにより、読者は町の官能性という問題を意識せざるを得なくなる。二章における町と千葉の交流を読み、読者が町に対して〝無神経〟〝ふしだら〟というような印象を持ったとすれば、それはなによりも、以上のような語り手の操作に影響されてのことである。

たとえば重松恵子氏は、「改稿過程、及び近松の浄瑠璃をプレテクストとして検討していくと、冒頭からの語りは、夫の留守の夜、空閨を守る者の、満たされぬ性の有様が特に強調されて語られており、奥様と千葉との関係を必然的なものとしていることがわかるのである。」と述べている。(7) また、藪禎子氏は上段から「お町自身の性の飢渇」「女の鬱屈した性」を読み取る。(8) つぎにあげた『めさまし草』の評は、まさにそういった反応の典型であり、カリカチュアとさえいってよい。

第一回にお町千葉が室にての挙動は余りに過ぎたることとなり。（中略）深夜に我が肌のぬくみを添へて、麝香のかをりくさき八丈の羽織を書生に打着するとは、免しがたき淫婦の所行にて、浅黄縮緬の帯しどけなく、よう似合のうと笑ひながら、雪灯片手に立出づる態を画がゝば人は何とか云はん。これのみにても肝癖ある男ならば、不義ものと一喝して責むべき価値あり。(9)

ところで、語り手の提示する情報にノイズが混入しているという意味でいえば、じつは上段全体がそのような語り方になっている。

「われから」の冒頭は、ある霜の夜、身持ちが悪く外泊をやめぬ夫・恭助の不実に対する町の憤りを描くところから始まるが、隠し事をし、夜遊びに精を出す夫の不在に腹を立てる町に、読者はあまり同情しない。それどころか、右にあげたように、彼女の性的欲求不満が取沙汰され、「妻恋ひありく猫」の描写などから町の裏切り（不貞）の予兆が読み取れるとされてきた[10]。十三章をまつまでもなく、上段の時点ですでに町は一方的に批判の対象となっているのである。町が誠実に見えないなら、夫の浮気にも同情できず好意も持てないだろう。彼女の怒りに読者がうまく同化できないのもしかたがない。

だが、町が貞淑な女性でないから、それに見合った描かれ方になるのだと前提してはならない。「われから」に限っては、語り手が町を、ことさらになまめかしく語るからこそ、彼女が〝ふしだら〟に見えてしまうのではないだろうか。ここには、名づけられないまま、一人の女性が「奥様」として表象されることの問題性が露呈している。

すでに指摘のあるように、上段で語り手は、一貫して町を「奥様」と呼ぶ。そして、贅沢の身についた「奥様」の様子とともに、彼女の周囲にことさらに派手でなまめかしい小道具を配置することで、読者の欲望を喚起するのである。「枕ぶとんの派手模様より枕の総の紅ひも常の好みの大方に顕はれて、蘭奢にむせぶ部やの内、燈籠《あんどう》台の光かすかなり」という妖艶で匂やかに描写された室内にしても、そもそもは町が自分の趣味を反映させて調えた夫婦のためのプライベートスペースにすぎない。また、「八丈の書生羽織しどけなく引かけて、腰引ゆへる縮緬の、浅黄はことに美くしく見えぬ」という彼女の肉体をなまなましく想起させる描写をとってみても、町にとってはたんに「平常着」を無造作に羽織っただけなのだ。だが、語り手が意図的にちりばめた記号に促され、読者の欲望は自動的に作動する。美人で金持ちの「奥様」とは、何とも魅力的な響きではないか。まなざされる対象の意志とは関わりなく、読者は豪奢な「奥様」という存在を、男を誘うなまなましい表徴とみなしてしまうのである。

三章でも、「奥様」の贅沢さや「道楽」を説明するために取り上げられるのは、「さなご入れたる糠袋にみがき上て出れば更に濃い化粧の白ぎく、是れも今更やめられぬやうな肌になりぬ」という入浴をめぐるエピソードであるし、彼女の美しさをたとえるにも、わざわざ芸妓を引きあいに出して称揚する群衆の声を紹介する。町はいわば、過剰にセクシュアルに演出されているのである。それらは当然、良識ある読者の反感を買う。

　そして、個別性を持たされないまま、強い言葉で夫への不信を口にする美しく〝ふしだら〟な「奥様」の内面は、容易に類型化され平板化されてしまうだろう。暇をもてあました「奥様」の、気まぐれな、取るにたりない悋気にすぎないと。こうして読者は、語り手の誘導をやすやすと受け入れ、この贅沢な「奥様」に、距離を置くようになる。読者が、いったん獲得した観点から自由になるのは難しい。

　しかし、それは町のせいではない。町本人の意図・心づもりとは無関係に、語り手はみずからの意志でそのような操作を行い、読者を誤解の渦に巻き込むのである。

「われから」はノイズに満ちた物語である。いわゆる「三人称の語り手」でありながら、あくまでも「奥様」に対して偏ったスタンスを崩さない語り手により、読者は、このドラマの歪んだ一面を見るよう強いられる。上段では、〝誤解を誘いながら語る〟という方法がとられているのだ。ここまで見てきた操作は、意識的になされたものであり、語り手によって意図的に仕掛けられた〈罠〉と考えない限り納得いかないものである。語り手には、十分な客観性を保証するつもりがないのだ。あえて誤解を誘うのは、後述するように、読者を噂のメカニズムに巻き込むためである。

　語り手が、登場人物に対してこのように否定的なスタンスを持つ場合、通常私たちは、それが批判に値する人物なのだと考える。町という女性が、それだけの欠点を有しているのだと想定し、下段でそれが明らかになるのだと期待するだろう。しかし、そのような期待は、読者の目を曇らせる。語り手は、読者の誤解を誘うために、町の日常を作為的に歪めて、切り取って見せたにすぎないからだ。次節ではさらに、下段における「われから」の戦略を検討したい。

四　悪意をもって語る

さて、中段を経ることで、町の不幸な生い立ちが読者の前に明らかになったわけであるが、下段になってもやはり、語り手は揶揄的な調子を忘れない。

> 落葉の霜の朝な〳〵深くて、吹く風いとゞ身に寒く、時雨の宵は女子ども炬燵の間に集めて、浮世物がたりに小説のうわさ、ざれたる婢女は軽口の落しばなしして、お気に入る時は御褒賞の何や彼や、人に物を遣り給ふ事は幼少《ちいさい》よりの道楽にて、これを父親二もなく憂がりし、一ト口に言はゞ機嫌かひの質なりや、一ト言心に染まる事のあれば跡先も無く其者可愛ゆう（八）

というように、町の生い立ちを知らぬ世間が簡単に判断を下すような無責任な口調で、「一ト口に言はゞ機嫌かひの質なりや」と意味づける。生後まもなく母親に捨てられ、父に疎まれて暮らした町固有の事情を顧みることなく切り捨て、何とも乱暴な評価を下すものである。上段から続いて、語り手の姿勢は天晴れなほどに一貫している。

そして、八章後半以降、十二章までは揶揄的な調子をあまり感じさせないものの、曖昧なままに語るという方法や、誤解を誘いながら語るという方法は結局あらためられないまま、十三章に集約して現れる。いや、十三章のために、ここまで準備が行われてきたというべきであろう。

十三章では、町と千葉をめぐる疑惑が成立した事情とともに、噂が流布し、恭助の耳にまで達した結果、最終的に町が住み慣れた家を追われたことが語られる。だが、〈日付〉を手がかりに整理するなら、十二月十五日に恭助の隠し子と妾の存在が明らかになり、翌日に恭助が養子の話を切り出すまでは、そのような噂がまったく存在し得なかったことを確認したい。そして、恭助の秘密を知り「さま〴〵物をおも」うようになってからというもの、葛藤を抱えた町は「時々」癪を起こすようになるわけだが、「始は皮下注射など医者の手をも待ちけれど」と、最初は当然のこととして医者にかかったことが記されている。だが、癪が「日毎夜毎に度かさな」るため、そのたびに医者の手を煩わせるのが面倒になり、「やがて」千葉を頼るようになる。しかしこれがあだとなり、「人の目にあやしく、しのびやかの囁き頓《やが》て無沙汰に成る」という展開を見せるのである。ここまでは金村家内部の出来事である。

そして、町が介抱の礼として、千葉に「奥様お着下しの本結城」を「新年着《はるぎ》に仕立てゝ遣は」すという出来事があり、その着物を仲働きの福が「かねてあら〳〵心組み」にしていたため、「其恨み骨髄に徹」った彼女は、悪意を込めて噂を外部へひろめるよう努める。それが「いつしか恭助ぬしが耳に入」り、さらに「親しき友など打つれての勧告」という捨て置けない事態ともなるのであるが、これら一連の出来事はすべて年内のことなのである。

なんとも不自然ではないか。噂の拡大などあっという間なのかもしれないが、しかし、現実に医者を呼ばねばならないほどの事態があり、しばらくしてから千葉が介抱に呼ばれるようになったわけである。そのような事情を知る使用人たちが、町の「反かへる背を押へさする」千葉の振る舞いに疑いの目を向けるようになったのは、それが「夜といはず夜中と言はず」何度も繰り返されるがゆえであろう。使用人たちの目から見て、尋常ではない、病気のためではないと感じられるタイミング・頻度で千葉が町の部屋を訪れるため、「隠れの方の六畳をば人奥様の癪部屋と名付けて、乱行あさましきやうに取な」すようになったのである。また、町が礼として「奥様お着下しの本結城」を千葉の「新年着に仕立て」直すよう物縫ひの仲に指示を出すのも、千葉の介抱により癪が一段落した後のことではないだろうか。仲働きの福が「女髪結の留を捉らへて」噂を吹き込み、それが恭助の耳に達するまでというのも、多少の時間の余裕を見なければならない。

この点に関し、タイムテーブルの不自然さを正面から問題としたのは、渡辺澄子氏である(11)。

二人の間にいかがわしい事実があるかのように福が髪結いの留にくる〳〵としゃべったのは、町が厄介をかけた礼として、本当は福が狙っていた羽織を千葉に遣った後なので、どうみても二十三、四、五日辺りかと推測される。留の口が「電信」と成って広がり恭助の耳に届いたのは二十六、七日頃だろうか。これでは、姦通の事実の成り立ちようがない。

身も蓋もないが、傾聴に値する指摘だろう。そもそも、「姦通の事実」ありとの立場をとる論者は、このタイムテーブルの不自然さをどうやり過ごしているのだろうか。渡辺氏の指摘には少し言葉足らずなところもあるので、氏の指摘も参考に、私なりにおおよそのところを整理してみたい。

15日……恭助の秘密が露見する。

16日……恭助より養子の相談を受ける。

18日……町が時々癪を起こすようになり、医者の手を煩わせる。

20日……千葉が介抱するようになる。

22日……使用人が二人の関係に疑いの目を向けるようになる。

23日……介抱の礼として、町が千葉に新年着を贈ることを知り、仲働きの福が激しく恨む。
24、25日…福が髪結いの留に噂を吹き込み、留がそれを外部にばらまく。
27日……噂が恭助の耳に届く。

28日……親友らが勧告に訪れる。


問題は、「姦通の事実の成り立ちようが」あるかないかではない。二人の関係が使用人の間で噂となりはじめた時点から仲働きの福が噂を外部に撒き散らすまで、あまりに展開が急だということである。右の表のように、タイムテーブルにあわせてすべてを最短期間で見積もったとしても、疑惑がささやかれはじめて数日で、もうはや福は「例の口車く〳〵とや」っていることになる。結果的にはそれが、町に立ち直ることのできない深刻な被害を与え、千葉の立身の夢を断つのであるが、芽生えたばかりの疑惑が、熟成する暇もなく散布されたことを看過してはならない。

実際問題として福自身、町と千葉の間に「姦通の事実」があったかどうか、確信を持ってはいまい。おそらくは、ここ数日の二人の関係は怪しいとの思いを持ったにすぎないのではないか。だが、「恨み骨髄に徹」った福は、悪意をもって二人はできているとの噂をばらまいた。それにより、個人的な「恨み」を晴らそうとしたのである。〝自分をこんなに不当に扱い、不愉快にさせたあの「奥様」は何らかの罰を受けるべきだ〟との思いから、福はそのような愚行に打って出たのである。狙い違わず、町は窮地に追い込まれた。

福のひろめた噂は、あくまでも悪意ある推測にもとづき、明確な根拠を持たないということを議論の出発点にすべきである。本文の記述を見ても、「人の目にあやしく」「見る目がらかや此間の事いぶかしう」という憶測の域を出ない語り方になっている。あまりに短期間のことであり、密室でのことでもあるから、使用人たちはもちろん恭助や読者にとっても、「姦通の事実」は決して確かめようがないのである。ここでも〝曖昧なままに語る〟という方法は健在である。

町や千葉の人生は、仲働きの福の個人的な「恨み」にもとづく卑劣な振る舞いによって台無しにされたと把握すべきである。ストーリーレベルでいえば、下段においては、そのように過酷な人生の転機が描かれているのである。

＊

ところで、町と千葉の間に「姦通の事実」がなく、悪意ある噂のために、彼女が財産も名誉もうばわれ、住み慣れた家を追われたとなれば、たいへん理不尽なことである。読者としても、これが無実の罪であるなら、当然どこかにその証拠が示されているに違いないと考えるだろう。だが、事実を見極めようとしても、町と千葉の間に何があったかを具体的に証明することはできない。それは、美尾の「秘密」がどのようなものであったか確定できないのと同じく、語られていないからである。憶測の束が存在するだけで、読者は真実を知り得ない。

罪もなく陥れられたというのに、そのことがはっきり示されていないとすれば、読者にもいらぬ疑いが生じるし、町に同情すべきかどうかもわからない。〈日付〉のことはあるにせよ、無実であるということが示されていない以上、疑惑を払拭することができないと考えるむきもあるだろう。あるいは、独身の男性とともに密室で時をすごしただけで、罪を犯したも同然などと息巻く読者もいるかもしれない。福のばらまいた噂が悪意にもとづくものであり、根拠がなく事実と異なるものであるなら、客観的な立場から、あるいは町を擁護する立場から、そのことが明確に語られてしかるべきだと私も思う。そのほうが、小説の方法としてはオーソドックスである。

芥川龍之介「奉教人の死」のように、悪意ある噂によって傷つけられる人が描かれるにあたっては、多くの場合、その人が実際には無垢であることが示される。最終的に真実が明らかとなり、当事者の尊厳の回復が図られることもしばしばであろう。罪のない人間が、他者の含む悪意によって追いつめられ、深く傷つけられるというのは、現実にはしばしば起こり得ることであるが、その不当性を訴えることは良心的な作家にとって重要な課題となる。

だが、「われから」の場合は、上段で「奥様」について誤解を誘う情報を付加し、あえてマイナスの印象を植え付けた上で、下段で「姦通の事実」の有無を明らかにしないまま、彼女が放逐されるまでを足早に描くのである。そのため、「姦通の事実」をめぐって宙づりにされた読者は、自分なりの判断を迫られているように考え、何も書かれていない行間から、「姦通」の痕跡を読み取ろうとするのではないか。発表当時から、多くの論者が「姦通の事実」ありとの前提に立って議論を重ねてきたことからも、そのようにいえると思う。(12) これは、「美尾の物語」において、語り手が「秘密」の存在を明言し、美尾の失踪という事実を語る一方、「秘密」の内容に関しては明らかにせず〈謎〉を仕掛けたことで、読者が促されたかのように、美尾のセクシュアリティや人格について語ろうとするのと同様の仕掛けである。「町の物語」では、噂の流布と、それにより町が絶望的な状況に追い込まれたことを語る一方、噂の真実性に関しては明らかにしないことで、贅沢な「奥様」について何ごとかを語るよう、読者を促すのである。

「われから」の下段は、悪意ある噂に巻き込まれ、再起不能というべきダメージを与えられた人間の姿を描いている。私怨を晴らすべく、悪意をもってばらまかれた噂の暴力性が、はっきりと刻印されているのである。本来、そのような物語について何かを語ろうとする読者には、何よりも冷静さが求められるはずだ。「姦通の事実」の有無を問題にすること自体が、悪意ある噂を肥え太らせ、仲働きの福が行使する暴力に飲み込まれかねないことに、細心の注意を払う必要がある。

しかし、「われから」においては、噂の場、噂のメカニズムに読者自身をも巻き込んでいくような、手の込んだ語りの戦略が選ばれている。福がばらまいた悪意ある噂に、恭助や周囲の人々が巻き込まれ、町を取り返しのつかない状況に追いやったことを語るだけではなく、読者自身をも、いつのまにか町を追いつめ傷つけかねない危うい場にいざなうのである。これはたいへん危険な方法であり、実際問題として、読者自身が気づかぬままに、噂の悪意をなぞる結果となりかねない。無自覚なまま読者が噂に飲み込まれ、悪意ある人々とともに町を非難する可能性は十分ある。

しかし、これが「われから」の狙った受容の場なのだ。企てに満ちた小説というべきではないか。悪意ある噂の持つ暴力性を提示しながら、この小説自体が、読者の偏見をあぶり出し、悪意を引き出すのである。

「われから」は、物語ることの悪意をまざまざと見せつけてくれるテクストである。これ以上、町を傷つけてはならない。

注

（1）渡辺澄子「一葉文学における新たな飛躍―『われから』論」『樋口一葉を読みなおす』学藝書林、一九九四・六

（2）「『美尾』を釣り出したる彼の『美尾が母』」（八面楼主人「『信濃屋』と『われから』」『国民之友』316、明二九・十）。「老婆が飽きたらぬ欲心の強大なる縁に引かれて、終に心ならずも最愛のお町をすてゝ」（無署名「われから」『文学界』41、明二九・五）。

（3）『WHO世界保健百科6　受胎・妊娠・出産』同朋舎出版、一九八九・十二

（4）戸松泉「『われから』試論―〈小説〉的世界の顕現―」『解釈と鑑賞』60―6、一九九五・六

（5）湯地孝『樋口一葉論』至文堂、一九二六・十

（6）前田愛「解説」『大つごもり・十三夜』岩波文庫、一九七九・二

（7）重松恵子「樋口一葉『われから』論―母娘の物語が指向するもの―」『近代文学論集』18、一九九二・十一

（8）藪禎子「『われから』論」『透谷・藤村・一葉』明治書院、一九九一・七

（9）三人冗語「われから」頑固の評『めさまし草』明二九・六

（10）「妻恋ひありく猫」の描写にしても、「あれも矢つ張いたづら者」とあるように、町からすれば、妻である自分をないがしろにして遊び歩く夫の恭助の振るまいと重なるものとしてとらえられており、必ずしも、町の今後を暗示するものではない。「われから」を姦通の物語と見なすからこそ、「妻恋ひありく猫」の描写に含意（インターテクスチュアリティー）を読んでしまうのではないか。

（11）注（1）に同じ。

（12）たとえば、無署名「一葉女史の『われから』」（『太陽』2―12、明二九・六）、宙外生「『文芸倶楽部』第六編」（『早稲田文学』11、明二九・六）、花下眠叟「われからの評を読みて」（『太陽』2―16、明二九・八）など。

初出一覧

第一章……「大つごもり」を読む―「正直は我身の守り」をめぐって―（『立命館文学』540、一九九五・七）
第二章……「たけくらべ」の方法（『立命館文学』564、二〇〇〇・三）
第三章……売られる娘の物語―「たけくらべ」試論―（『弘前大学教育学部紀要』87、二〇〇二・三）
第四章……「たけくらべ」と〈成熟〉と（『国文学　解釈と教材の研究』49―9、二〇〇四・八）
第五章……「たけくらべ」の美登利（『クロノス〔時の鳥〕』〔京都橘女子大学〕14、二〇〇一・三）
第六章……樋口一葉『ゆく雲』論―「冷やか」なまなざし―（『日本文芸学』31、一九九四・十二）
第七章……過去を想起するということ―「にごりえ」を読む―　書き下ろし
第八章……「にごりえ」試論―お力の「思ふ事」―（『論究日本文学』57、一九九二・十二）
第九章……「十三夜」論の前提（『立命館文学』538、一九九五・二）
第十章……「十三夜」論―お関の「今宵」／斎藤家の「今宵」―（『国語と国文学』71―8、一九九四・八）
第十一章…出会わない言葉の別れ―「わかれ道」を読む―（『論集　樋口一葉』おうふう、一九九六・十一）
第十二章…物語ることの悪意―「われから」を読む―（『論集　樋口一葉Ⅳ』おうふう、二〇〇六・十一）

あとがき

私にとって、樋口一葉の小説をめぐって論文を書くというのは、うまく理解できない世界と向き合い、ああでもないこうでもないと考えあぐねているうちに、なんとか一つの論理が見つかり、そこを掘り広げていくなかでようやく、全貌が見えてくるといったプロセスの繰り返しであった。手探りしているうちは苦しいが、少しずつときほぐれていくと楽しくなってきて、自分なりに出口が見えたとき、開放感を味わうことができる。毎回、同じような苦しみと喜びを味わいながら、これまで進んできた。

一葉が百年以上も前に活躍した作家であり、性別や環境など、さまざまな条件が読者である私と大きく異なっているからかもしれないが、その小説には、思いもよらない内容が思いもよらない方法で書かれていて、どの論文も当初の予想とはまったく違った地点に着地する結果となり、驚くばかりだった。自分の経験したことのない世界が描かれているため、一つひとつ小説が替わるたびに新しい勉強をはじめなければならないのも、たいへんだったが興味深いものであった。

前田愛「『大つごもり』の構造」との出会いがすべてだった。日本文学の勉強がしたくて大学に入り、近代文学を学ぶ楽しさに目覚めた私は、なんとなく樋口一葉の小説にひかれ、二年生の頃、前田論文に出会った。ひとつの小説をこれほど豊かに語る人がいるのかと心から感動を覚えた私は、身の程知らずにも、いつか自分もそんな論文を書きたいと願い、大学院への進学を考えるようになった。

第八章「お力の『思ふ事』――『にごりえ』試論――」は、卒業論文をもとに、大学院の博士課程後期課程に進学した後、はじめて活字になったものである。いまとなっては解釈に少々違和感もあるが、愛着もあり本書に収めることにした。目の前にあるこの小説をどう読めばよいのかというのが、学生時代から一貫する私の関心であるが、卒業論文は疑問を足がかりに、自分なりの解釈を一種の物語のように構成することで、面白く伝えることができるのではないかとの手応えを感じた最初の経験であった。その後、「十三夜」を対象に修士論文を書き進めるなかで、そのようなスタイルはますます自分らしく思えた。

後期課程では、この「十三夜」論のひとつが、幸いにも学会誌に掲載されたことで何とか一息つき、自信にもつながった。その後、取り組んだ「大つごもり」では、前田愛氏の傑作論文との格闘を果たすことができ、ほんとうに幸せだった。自分が「大つごもり」と向き合い、小説の論理をたどりながら自分の感じた疑問に答えを見つけようともがけばもがくほど、前田論文の奥深さが実感できた。前田氏は『樋口一葉の世界』（平凡社、一九七八・十二）の「あとがき」で、

作品を手がかりに、一葉の内面に迫るという行き方ではなく、作品の言葉を同時代の習俗や言葉の世界に解き放ち、そこから作品のなかに隠されているコンテクストを掘りおこして行くという方法が、はっきりと見えてきたのは、「『大つごもり』の構造」からである。

と述べているが、小説のコンテクストを掘りおこすことがどれほど困難でも、そこにこだわることではじめて、面白い論文が書けるのだと教えられる素晴らしい経験であった。

「たけくらべ」をめぐっては、忘れられない思い出がある。そのストーリーを理解する糸口が見つからず、長

く苦しんでいたときに、偶然、岐阜県の山あいにある妻の実家で、義父の「何々さんの息子さんも、ええ若い衆になられた」という言葉を耳にした。その独特のニュアンスに違和感を覚え、すぐさま「若い衆って何ですか」と質問した私は、そこから、田舎の消防団や祭りを支える若者たちの活動について教えられたのである。京都に生まれ育ち、祇園祭や時代祭など観光化した祭りしか知らなかった私は、本来、祭りも含めた共同体の運営が、そのメンバーの努力によって支えられていることなど考えたこともなかった。義父の一言によって、長吉もやがて大音寺前を支える重要な柱になるのだと気づいたとき、はじめて「たけくらべ」がおぼろげながら見えてきたのである。

これを契機として、百年以上も前のムラ共同体の様子がどのようなものであったか、民俗学や社会学などさまざまな研究成果を学びはじめた私は、やがてそれが長吉のセクシュアリティの問題にまでつながることを知った。それはまた、美登利が飲み込まれる近代公娼制にもかかわる問題であった。

*

何年ものあいだ授業で、小説を読むという作業を「対話」という言葉を使って説明してきた。なによりも自分が対象と対話するプロセスが重要であると。小説と向き合い、時間をかけて注意深く対象を見つめ、感じたことを問いかける。返してくる声に耳を澄まし書きとめる。そのような対話を通してしか小説は見えてこない。

また一方で、別な誰かもその対象と対話している。私とはまったく違う発想で対象と向き合っているかもしれないし、より的確に質問を投げかけ、うまく話を聞き出しているかもしれない。学生には、研究対象として、できればいろいろな人が向き合っているテクストを選んだ方がいいとアドバイスする。対象との対話のみならず、そのような他者とも対話することで、自分一人では到底探り得ない小説の深部まで手が届くことがあるのだと。

自分だけで進める距離など、そもそも多寡がしれている。さまざまな人による対話が積み重なることでようやく、対象の輪郭が見えてくるのではないだろうか。

偶然の出会いにより、樋口一葉の豊饒なる世界へ足を踏み入れ、多様な対話を重ねることで私は多くのことを学ぶことができた。そのような小説との向き合い方は、指導教授の芦谷信和先生をはじめ、大学・大学院時代の恩師 上田博先生、木村一信先生に教わったものである。先生方の真摯な姿勢は、いまも私の目指すべきものである。

最後に、本書の出版を快諾いただいた和泉書院 廣橋研三社長に心から感謝申し上げるとともに、これまで私を支えてくれた両親と妻にお礼の言葉を述べたい。ありがとうございました。

樋口一葉の小説・未定稿の引用はすべて、筑摩書房『樋口一葉全集』第一巻（一九七四・三）、第二巻（一九七四・九）に拠った。字体を通行の字体に改め、ルビは適宜省略した。また、それぞれの章の配列は、小説の初出順となっている。

■ 著者略歴

山本 欣司（やまもと きんじ）

1966 年、京都市生まれ。
立命館大学文学部日本文学専攻卒業。
同大学院博士課程後期課程単位取得満期退学。
現在、弘前大学教育学部国語教育講座准教授。
専攻は日本近代文学。

近代文学研究叢刊 44

樋口一葉 豊饒なる世界へ

二〇〇九年一〇月二四日初版第一刷発行
（検印省略）

著者 山本欣司
発行者 廣橋研三
印刷・製本 シナノ
発行所 有限会社 和泉書院

大阪市天王寺区上汐五－三－八
〒五四三－〇〇〇二
電話 〇六－六七七一－一四六七
振替 〇〇九七〇－八－一五〇四三

装訂 上野かおる
ISBN 978-4-7576-0524-4 C3395